长篇报告文学

袁隆平与兴安大米

赵 艳／著

远方出版社

图书在版编目（CIP）数据

袁隆平与兴安大米 / 赵艳著. -- 呼和浩特：远方出版社，2021.12

ISBN 978-7-5555-1651-4

Ⅰ. ①袁… Ⅱ. ①赵… Ⅲ. ①报告文学 – 中国 – 当代 Ⅳ. ① I25

中国版本图书馆 CIP 数据核字（2022）第 009357 号

袁隆平与兴安大米

YUANLONGPING YU XING'AN DAMI

总 策 划	苏那嘎
作　　者	赵　艳
责任编辑	孟庆微　奥丽雅
装帧设计	韩　芳
出版发行	远方出版社
社　　址	呼和浩特市乌兰察布东路 666 号　邮编 010010
电　　话	（0471）2236473 总编室　2236460 发行部
经　　销	新华书店
印　　刷	内蒙古爱信达教育印务有限责任公司
开　　本	170mm×240mm　1/16
字　　数	270 千
印　　张	18.5
版　　次	2021 年 12 月第 1 版
印　　次	2022 年 1 月第 1 次印刷
标准书号	ISBN 978-7-5555-1651-4
定　　价	68.00 元

如发现印装质量问题，请与出版社联系调换

袁梦

水稻中国梦

袁隆平

2020.9.27.

目 录

引 言 / 1

第一章 袁隆平的第三个梦想
一、院士来到兴安盟 / 7

二、攻克难关 / 13

三、奇迹！盐碱地变绿洲 / 24

四、草原上的海水稻 / 32

五、袁梦计划 / 41

第二章 唤醒沉睡的土地
一、移民：乡土的蝶变 / 53

二、朝鲜难民与兴安垦荒史 / 59

  三、生生不息的洮儿河 / 67

  四、红色水稻第一田 / 76

  五、他乡暖阳 / 86

第三章　改革开放的春天

  一、霍林河畔种稻人 / 97

  二、探寻生存之路 / 108

  三、回归的稻香 / 122

  四、绿色先行 / 133

  五、盐碱滩挺起的脊梁 / 144

第四章 牵手，行走的第二故乡

一、南繁北育记 /153

二、坚守与仰望 /163

三、沙地中也能开出花来 /171

四、农民水稻专家 /178

五、草原上的"巴克西" /189

第五章 走一条大农业发展的路子

一、科技崛起 /197

二、袁隆平与兴安盟大米的脱贫样本 /205

三、保护18亿亩耕地红线 /215

四、"我在兴安有一亩稻田" /225

　　五、他们，接过改革的接力棒　/ 236

第六章　百年追梦 圆梦小康

　　一、中国北方新粮仓　/ 247

　　二、藏粮于地，藏粮于技　/ 254

　　三、袁隆平的全球视野　/ 262

　　四、一粒种子，拯救世界　/ 269

　　五、一针一线织出"平安瓶"　/ 278

　　尾　声　/ 285

引 言

引 言

世界粮食安全敲响警钟!

2021年5月5日,联合国粮农组织和世界粮食计划署发布《2021年全球粮食危机报告》。报告指出:2020年,全球55个国家和地区内至少有1.55亿人陷入危机级别或更为严重的突发粮食不安全状况,比上一年增加约2000万人。

国以民为本,民以食为天,食以安为先。法行天下,食者无忧。少一分粮食隐患,就多一分生计安全。

2018年9月,习近平总书记到黑龙江农垦建三江管理局考察调研。在北大荒精准农业农机中心一楼展示大厅,总书记看到展出的琳琅满目的农产品感到非常高兴。总书记双手捧起一碗大米,意味深长地说:"中国粮食,中国饭碗!"

2013年12月,习近平总书记在中央农村工作会议上指出:要下决心把民族种业搞上去,抓紧培育具有自主知识产权的优良品种,从源头上保障国家粮食安全。"洪范八政,食为政首。"家事国事天下事,粮食安全是最大的事。

"杂交水稻之父"袁隆平院士对粮食安全有一句至理名言:一粒粮食能够救一个国家,也可以绊倒一个国家。

近年来,全球粮食问题日益突出,粮食危机隐患越来越大。确保粮食安全已

袁隆平与兴安大米

经成为各国农业政策的首要目标。

2018年，内蒙古首个袁隆平水稻院士专家工作站落户兴安盟，这是国内首个苏打盐碱地袁隆平水稻院士专家工作站。改造盐碱地，让盐碱地变为绿洲，让盐碱地成为粮仓，兴安盟吹响了碱地改造、碱地要粮的集结号。

根据联合国教科文组织和粮农组织不完全统计，全世界盐碱地总面积为9.5438亿公顷，遍及六大洲的30多个国家。我国盐碱地面积为9913万公顷。

荒芜的盐碱地，是国家重要的后备耕地资源。如果能将这些土地利用起来，会极大地保障国家粮食安全。在苏打盐碱地开展"以稻治碱"，选育耐盐碱水稻，研发配套高效栽培新模式及技术体系，可以使盐碱荒滩变沃野良田。

兴安盟内的部分地区位于世界三大苏打盐碱地分布区之一的松嫩平原上，盐碱地寸草难生。2020年1月，袁隆平正式启动"袁梦计划"。他信心满满地指出：未来3年，在内蒙古兴安盟合作开发耐盐碱水稻种植20万亩，让当地水稻种植户收入实现翻番。

袁隆平与兴安盟的脱贫样本及耐盐碱水稻种植技术将为黑龙江、吉林、新疆等省区提供经验和范本，也可在"一带一路"国家推广复制，为中国走向国际，保障世界粮食安全做出贡献。

袁隆平有三个梦想：一是"禾下乘凉梦"，水稻亩产过1000公斤，保障国家粮食安全；二是杂交水稻覆盖全球，解决全世界的粮食安全问题；在盐碱地上种出高产水稻，是他的第三个梦想。

兴安大地是袁隆平实现第三个梦想的"圆梦地"，是他开辟的又一片"绿洲"，是他建造的又一座"大粮仓"。

从昨天的一片荒芜到今天的一片稻海，耐盐碱水稻平均亩产一再攀升。2019年，盐碱地优质水稻亩产达508.8公斤；2020年，上升到533.95公斤。人们在惊讶不已的同时，有了更大的盼望与期待。

引 言

　　中华先民为稻米的驯化付出怎样的艰辛和努力，历经多少磨难，我们无从知晓。但他，他们，无数垦荒者的汗水，逝者的泪水，以及科研工作者的一片赤诚之心，在兴安大地铸就了一座绿色的丰碑。

　　向荒漠要粮，向盐碱地要粮。几代兴安人用热血、汗水在土地上耕耘，期盼着收获那一担担稻谷，盛满一碗碗米饭，求得一家人温饱。这是生命最基本的需求，竟让兴安人奋斗了将近一个世纪。

　　今天，我们沿着历史长河追溯祖辈垦荒的足迹，寻找前人执着的身影，以及袁隆平院士团队与兴安人一起战天斗地，不屈不挠改造盐碱地，将万顷荒漠变为"绿洲"、变为"大粮仓"的生动事迹。讲述袁隆平与兴安盟大米的传奇故事，再现一部稻菽发展新的史篇。

第一章

袁隆平的第三个梦想

> 改造1亿亩盐碱地种水稻,每年能多养活8000多万人口。
>
> ——袁隆平

一、院士来到兴安盟

2018年10月16日。

这一天,是兴安人民永远铭记的日子。

这一天,是注定载入兴安盟史册的日子。

"袁隆平水稻院士专家工作站授牌仪式暨兴安盟大米产业发展论坛"在"红色之城"乌兰浩特市隆重举行。中国工程院院士、世界水稻育种专家、杂交水稻之父袁隆平专程赶来参加开幕式。

十月金秋,和风徐徐。

选择这一天挂牌,有特殊意义。每年的10月16日是"世界粮食日",这一年即第38个世界粮食日,主题是"努力实现零饥饿"。随着世界人口的不断增长及可利用耕地面积逐年减少,粮食短缺问题日益严峻,成为名副其实的全球焦点。

世界粮食日,致力于解决世界难题。

兴安儿女欢欣雀跃,奔走相告。

"袁隆平院士走到我们身边,这是真的吗?"

"咱们这儿的不毛之地真会变成沃野绿洲吗?"

朴实能干、充满疑惑的农牧民们从四面八方赶来。兴安盟农牧科学研究所

袁隆平与兴安大米

大楼前的授牌仪式现场被围得里三层外三层。周围的彩旗迎风招展，猎猎作响，犹如人们此刻的心情，热烈而激动，人们翘首企盼早些见到这位带来希望种子的"稻神"。

工作人员推着袁隆平院士，在兴安盟党政领导的簇拥下来到会场，数百人的欢呼声和掌声此起彼伏，久久不能停下。

人们仿佛在做梦一样。当一位古铜色面庞、身材瘦削，脸上挂着慈祥笑容的老人坐着轮椅缓缓出现时，人们才相信这一切都是真的。大家激动地喊着："我看见'杂交水稻之父'了，我看见'稻神'了！"

"老乡们好！"袁隆平笑着挥手问候。

人群簇拥上来。

"谢谢我们的大恩人啊！"有人上前紧紧攥住袁隆平的双手。

气温零下十多度，空气干燥，坐在轮椅上的袁隆平哮喘病加重了，喘气有些费力，但他仍坐得板直，精神抖擞。

袁隆平被人慢慢地搀扶着站起来，身子颤巍巍的，之后又稳稳地坐在椅子上。视频中的他，身板挺直地坐在那，嘴唇一直翕动着，但他全神贯注地听着，坚持到最后。

这段视频在网络上传开，人们的眼睛湿润了。

国家杂交水稻工程技术研究中心副主任张玉烛，讲述了袁隆平院士此次参会的艰难。

前一天，袁隆平还在北京会见外宾，开了一整天的会。坐在轮椅上的老人家，冒着虚汗，在与来宾交谈时，身上的衬衫都湿透了。

当晚，为了工作站的筹备工作，袁隆平与专家团队研究到深夜，他的哮喘病又加重了，喘气粗重，还伴着阵阵咳嗽。身边的人劝他先去看病，他当场拒绝："不，这个会议不能等。"袁隆平坚持要去兴安盟。他日夜牵挂着兴安盟。

张玉烛和身边的人，悄悄地拭去眼泪。

袁隆平水稻院士专家工作站揭牌仪式，在兴安盟农牧科学研究所大楼前举行，简朴而庄重，除了醒目的会标外，没有锣鼓声，也没有爆竹礼炮轰鸣声。喜悦在人们的脸上洋溢着，激动的心情在人们的心中涌动着。就像兴安人接待贵客一样，所有的热情都在心里；就像草原上一个难忘的盛典，人们一生都不会忘怀。

从这一天起，"袁隆平水稻院士专家工作站"落户内蒙古兴安盟，与兴安人民共同奋斗，奔向"建设百万亩基地，打造百亿元产业"的发展目标。

袁隆平科研团队入驻内蒙古自治政府诞生地——乌兰浩特市的消息，由新华社、中央广播电视总台、《光明日报》、《科技日报》等新闻媒介宣传到大江南北，又由凤凰卫视、环球网、全球品牌网、国际在线等媒介传播到世界各地，相关新闻报道累计浏览量达5亿人次。

国内外媒体宣传，传达着一个共同的声音：兴安盟袁隆平水稻院士专家工作站的建立，必将为内蒙古东部地区的水稻产业发展起到极大的推动作用，也将为兴安盟引进高端人才、提升科技创新能力产生积极而深远的影响。

伴着改革开放40周年的浪潮，兴安大地迎来一个新的机遇。

以袁隆平院士为首的科研团队入驻兴安盟，与兴安盟各族种稻人携手并肩，改造盐碱地，向寸草不生的土地要粮，建立北方苏打盐碱地综合利用新模式，形成可规模化推广应用的规范化、标准化的水稻栽培技术模式，打造信息化、智能化的新型水稻丰产高效栽培技术模式，解决"五个关键技术问题"，朝荒芜大地进军的航船扬帆起航。

兴安盟地区有近160万亩盐碱地，其中110万亩盐碱地集中在科右中旗"南三苏木"，沙化、盐碱化土地面积占土地总面积的50%，原生与次生盐碱化并存，严重影响区域生态、农业和经济的可持续发展。粮食产量亩产不足100公斤。

袁隆平与兴安大米

2015年，"南三苏木"近3万人口，未脱贫671户，1618人，贫困发生率5.5%。

盐碱地被称为土地的"癌症"，不长庄稼，不能放牧，犹如人们干涸的心田。

这里牵动着袁隆平院士的心。他把目光投向兴安盟。

科研人员比这里的农牧民更心焦。土壤盐碱化容易蔓延，盐渍或生成于地下，或聚集于地表，年年吞噬着万顷良田，逼迫人们背井离乡。如果土壤盐碱化得不到有效控制，势必会导致生态环境进一步恶化。比如，部分耕地由于次生盐碱化加重而被迫成为弃耕地；几代人上百年开垦出来的良田有可能重新成为荒原，成为白花花的盐碱滩……

这也是袁隆平院士最担心的！他与每一个科研人一道，时时刻刻注视着这里。

"当时袁老师亲自写了一个委托书要我负责兴安盟试验基地的科研工作。"张玉烛介绍，兴安盟盐碱地的开发利用率不到10%，耐盐碱水稻产业的开发尚处于空白期，大量土地资源被闲置浪费，这是因为在盐碱地种植普通水稻产量很低，甚至会绝产。而此时，袁隆平院士正在研究耐盐碱水稻开发项目。他的团队入驻青岛市城阳区，开展盐碱地改良和耐盐碱水稻种植研究。

改造盐碱地是中国的千年难题。

袁隆平院士把目光投向祖国的北方，那里有大量的盐碱地。盐碱地碱性大，透气、透水性不好，严重的话将会造成种植物烂根死掉，而种植耐盐碱水稻，开展盐碱地稻作改良，综合多项改良措施，是国际公认的盐碱地改良发展方向，可以在有效抑制土壤盐分聚积的同时，重建生态循环，创造经济效益。因此，在耕地有限的背景下，如果能合理开发利用盐碱地，发展耐盐碱水稻，把这片后备土地资源改造成高产良田，就有希望彻底解决从土地到粮食的后顾之忧，对于保障国家粮食安全具有重要意义。

张玉烛说："相对于其他地方,兴安盟试验基地是全国较早一批开展盐碱地改良和耐盐碱水稻研发的基地之一。"

北纬46°的大兴安岭南麓生态圈,是世界公认的寒地水稻黄金带,具有水稻种植的天然优势。兴安盟处于大兴安岭南麓生态圈,水资源较为丰富,各水系流域地势平坦,土质肥沃,大部分为草甸土、沼泽草甸土,适宜种植水稻,而且集中连片,有利于规模化种植。得天独厚的自然条件使兴安盟在发展绿色无公害水稻方面具有极大的优势和潜力。水稻产业成为兴安盟区域优势产业和特色主导产业。

2018年,兴安盟水稻种植面积为118.28万亩,总产量为70多万吨,占内蒙古水稻总产量的60%,是内蒙古水稻种植面积最大、产量最高的地区,也是全国13个粮食主产区之一。

黑龙江、吉林、内蒙古兴安盟三地连接,被誉为中国稻米"金三角"。兴安盟位于大兴安岭中段,松嫩平原西部。松嫩平原西部盐碱化土地面积为373万公顷,是世界三大苏打盐碱地集中分布区之一,兴安盟地区有近160万亩盐碱地。

自育品种不够、品牌发展薄弱曾是兴安盟水稻发展的"软肋"。

兴安盟缺少本地自育品种,主要从黑龙江、吉林等地引进,种植品种达30多个,但种植上存在分散性和分割性的问题。稻强米弱,兴安盟大米常被东北收购商作为散米收购,然后以当地品牌"贴牌"销往各地。这既证明了兴安盟大米品质优良,也反映了其自身品牌发展薄弱。

在了解到兴安盟种植水稻的天然地理优势及大面积的盐碱地荒弃现象后,袁隆平院士非常焦急。

"盐碱地的开发是当务之急,能保障更多人的饭碗啊!"

"盐碱地上种植普通水稻,由于耐盐碱性能不强,产量极低甚至绝收,改良成本大,研发耐盐碱水稻才是高效改良的好路子。"

袁隆平与兴安大米

"兴安盟种稻历史悠久,只要加强指导,农民的种稻水平就会有很大提高。"

夜深了,袁隆平院士还在与专家们探讨和筹划在兴安盟建站进行耐盐碱水稻种植的科研方向。

水稻是兴安盟五大粮食作物之一,既是单产第一、总产第二的重要粮食作物,也是增加农民收入的重要经济来源。种植水稻的收益远远大于种植玉米的收益。

兴安盟种出的大米品质优良,但有个问题——产量低。兴安盟每年水稻种植面积为120万亩,可产量只有70万吨。此外,还有大片盐碱荒地长期不能耕种,处于闲置或低效开发的状态。

为了改变这种现状,袁隆平院士提出,一是要"良种良法配套",即在选育高产优质水稻新品种的基础上,根据兴安盟气候环境和土壤情况,针对性地研究高产高效栽培技术,实现良种与良法有机结合,最大限度地发挥良种的生产能力,提高水稻单产和总产;二是要针对苏打盐碱地的特点,选育耐盐碱水稻,开展盐碱地稻作改良,提高盐碱地产出率和经济附加值,促进生态系统恢复重建,通过创新科技发展,向盐碱地要耕地,保障国家粮食安全,实现对盐碱地的高效利用。

兴安盟的袁隆平水稻院士专家工作站组建了19人的联合科研团队,包括以袁隆平为首的7名专家,其中常驻专家有4名。"一定要把这块研究基地开发好、利用好,一定要给当地带来福音。"袁隆平反复叮嘱驻站专家。

二、攻克难关

盛夏时节，没有一丝风。在烈日的炙烤下，密匝的芦苇沙沙作响。科尔沁草原上白茫茫一片，盐碱地被烤得"噼啪"作响，干裂的土地坚硬板结，空气中充斥着盐碱的味道。

盐碱地，当地农民称之为"碱巴拉"，蒙古族牧民称之为"胡珠日嘎吉尔"。碱巴拉地里出的是高氟水，农牧民们长期喝着高氟水，牙齿长满黄斑，腿部变形，行走困难。

"喝着苦碱水，吃着草代粮。"祖祖辈辈生活在这片寸草不生的土地上的农牧民，喝不到纯净水成为心头多年的痼疾。

这里是兴安盟科右中旗巴彦淖尔嘎查白音塔拉艾里，是科右中旗"南三苏木"之一。这个小村，祖辈改变不了土地的状况，放牧牛羊无草，种地不长庄稼，没有出路，只能全家出去打工。村里没有年轻人，只有留守的老人和娃儿。只要村里来车来人，老人就会蹒跚地走出门，向远处久久地张望。孩子们跟在车后面"阿爸、额吉"地哭喊着，追出很远很远……

水是苦涩的，泪是苦涩的，这是盐碱滩在哭泣。

最早一批进驻袁隆平水稻院士专家工作站的专家刘建兵，难以忘记第一次来

袁隆平与兴安大米

到这里时看到的情景:"眼前大片白茫茫的盐碱地都弃耕了,真是太可惜了!"他长期在湖南进行作物遗传育种研究,南方的田地寸土寸金,没有见过这样荒弃的大片土地。

公开资料显示,我国盐碱土地分布极为广泛,类型多样,主要为两大类:一类是滨海滩涂盐碱地,主要分布于沿海各省;一类是内陆苏打盐碱地。兴安盟试验基地的盐碱地属于后者,主要危害在于土壤中碱的含量高。

张玉烛说:"我们进驻之前,当地高盐碱的土地基本上都是抛荒的,老百姓种了没有收益,要开发的一些地连草都不长。"碱会导致土壤板结、不渗水,影响作物对肥料营养的吸收,pH酸碱度高于8,很难生长作物。他还做了一个形象的比喻:"盐土是凉拌菜,碱土是腌咸菜;凉拌菜水一冲就没味道,腌咸菜用水冲还是咸的。"

因此,专家首先要针对盐碱地进行专业检测,确定到底是偏盐还是偏碱,再确定改良方案。盐碱地改良需要通过耕层脱盐,或者化学和其他方式。

试验之初,他们就遇到了难题。兴安盟气温低,当地冻土层将近1米厚,而在盐碱地获取水源的主要方式是打井。他们打了十来口井,从井里抽出的水带着厚厚的冰碴儿,需要进入蓄水池增温后才能用来灌溉。第一年投入比较大,耗费精力多,盐碱含量又是"高配",真是难上加难。

还有更多的困难横亘在专家团队面前。从湖南长沙到内蒙古兴安盟往返需要两天,而袁隆平水稻院士专家工作站与科研基地之间还有300公里的路程,路也难走,每次都要走上半天。

然而,这些都没有阻滞专家前行的脚步,他们长期驻扎在试验基地。刘建兵有两个行李卷,一个在兴安盟,每年要在兴安盟住上两个月;一个在湖南杂交水稻研究中心,其余的十个月就是在这里度过的。张玉烛跟随袁隆平院士到各国交流讲课,身上的一件汗衫穿了12年,听说是因为根本没时间去买衣服。

第一章 袁隆平的第三个梦想

张玉烛还讲了一个故事,几十年间,他数十次到北京开会,开展科研项目,却没有时间去看长城。有一次,他都买上票了,却有紧急会议,便立即赶了回来。直到现在,他也没能看到长城。

我在一旁感慨着,真是遗憾。他却笑着说:"一点儿也不遗憾。到了兴安盟,看看这里的草原、丘陵,就算到长城了!"

难关,是制种勇士必须攻克的堡垒;精神,是战无不胜的法宝。

袁隆平水稻院士专家工作站站长王世刚带领团队到各旗县市,调查收集气候、物候、地质、土壤、光热资源、水资源和自然灾害方面的基础数据和资料。其中,科右中旗的贫穷与荒漠化让他震惊。在这里看不见日头,狂风吹起的沙砾,打在脸上生疼生疼的,人在大风里行走会被推出老远。

王世刚,山东泰安人,本科毕业于中国矿业大学非金属专业,硕士研究生毕业于哈尔滨工业大学结构工程专业。2005年6月,湖南省临澧县引进人才时,他被引荐到临澧天兴石膏厂、临新夏水泥厂工作。之后,他因研究采用非金属材料研发盐碱地改良剂的专业所长而加入袁隆平院士的科研团队,一起攻克盐碱地稻作改良难题,成为袁隆平的弟子,潜心水稻科研。

2018年,兴安盟隆华农业科技有限公司成立,王世刚任董事长,并担任兴安盟袁隆平水稻院士专家工作站站长。

"这里为重度苏打盐碱地,'陷车、陷苗、陷人',盐碱地'三陷'导致无法耙地,无法插秧。这白茫茫一大片,全是盐碱地,当地老百姓只能种植少量几种作物,苦不堪言。多少人曾尝试治理盐碱地,但大量移苗后,由于除草剂过量使用,盐碱地除碱做不好,导致钠离子无法脱洗,伤害了苗株,苗株吸收不了水和营养,最终枯死。"

王世刚站长还记得当年来到这里时看到的情景,要比自己想象中严重得多。裸露着白色瘢痕的地块,板结硬化,成片成片荒弃,让他心痛不已。连绵起伏的

袁隆平与兴安大米

丘陵在王世刚的眼中渐渐成了一条虚线，草原变得更为死寂。

荒野粗犷、莽苍的气势，含有碱味的泥土气息，以及农牧民愁苦期待的目光，瞬间攫住了他的心。

从这一天开始，这个山东汉子便再没离开兴安盟。他要带领袁隆平水稻院士专家工作站团队改变这片土地。

兴安盟南部有大量的盐碱地，常年风沙不断。"我们刚开始来建盐碱地高效利用基地的时候，就是这样一片盐碱地，什么都长不了。"兴安盟农牧科学研究所副所长王崴用手搓着盐碱土，皱着眉头说道。

农牧民围上来，七嘴八舌地议论着。

"你看着这都是盐碱地，其实全是盐。涩，还苦咸苦咸的。"

"特别是春秋季，地面上常常有一层薄厚不一的盐霜或盐壳，就好像下了雪一样。"

随行队伍中有人蹲下身去，抓了把土，仔细观看。有人捏了一点儿放在嘴里尝了尝，苦涩、齁咸，马上就皱着眉吐了出来。

这里的农牧民祖祖辈辈依赖这片草原放牧，拘囿于传统的种植模式，靠天吃饭。多年了，却始终无法根治这片土地，盐碱地成了荒弃的"死滩"，农牧民已经不抱有任何期待了。

如何尽快治理、改良这片盐碱地？王世刚和专家们连夜探讨治理方案。

在袁隆平水稻院士专家工作站入驻后不久，专家们就开启了各项工作。

"我是在一次偶然的机会，参加了兴安盟举办的大米品尝会，第一感觉是它和南方的大米有着云泥之别。我顿时感叹，这么好的大米竟然'养在深闺人未识'。"王世刚说，"当地领导告诉我，兴安盟的气候条件极佳，但是农业科技水平欠发达，缺少本地水稻品种和高产栽培管理技术，虽然这几年品牌意识逐步加强，无奈底子太薄。"王世刚决定帮助兴安盟把大米产业做大做强，并积极促

使袁隆平水稻院士专家工作站落户兴安盟。

东北是我国苏打盐碱地集中分布区，面积高达1.1亿亩，并且每年以1.4%的速度扩展。内蒙古兴安盟盐碱地属于东北内陆苏打盐碱地，pH酸碱度达9、盐度含量达6‰的属性，让它成为盐碱地里的"高配"。通常情况下，pH酸碱度高于8的盐碱地，很难适合作物生长。而袁隆平给盐碱地试验区定下的目标是：盐碱地pH酸碱度达9或盐度含量达6‰时，亩产在300公斤以上，就可以推广耐盐碱水稻种植。

显然，兴安盟的盐碱地符合袁隆平所提出的土壤条件。

为了把兴安盟的这几大优势统筹起来，推动兴安盟经济社会持续健康发展，构建兴安盟现代耐盐碱新型产业体系，2018年8月4日，国家杂交水稻工程技术研究中心、国家盐碱地高效利用研究中心、湖南博川农业发展有限责任公司和内蒙古自治区兴安盟行政公署在湖南长沙正式签署合作协议，成立袁隆平水稻院士专家工作站。这一举措将进一步加快先进农业科技成果转化，提高兴安盟地区水稻产量，改善水稻品质，促进米业发展，总结推广出一套每亩水稻增产100公斤的技术方案。2018年10月12日，注册了兴安盟隆华农业科技有限公司作为袁隆平水稻院士专家工作站的运营管理平台。

2019年，袁隆平水稻院士专家工作站在科右中旗建立了苏打盐碱地综合利用基地，主要对引进的耐盐碱植物种类进行试验示范，并推广。其中，有水田面积约590亩，以耐盐碱水稻种植为主，通过与湖南杂交水稻研究中心合作，开展耐盐碱水稻品种资源鉴定、引种观察、品种筛选、展示、扩繁及肥料试验、改良剂试验等，自选和外引品种资源达600余份；还有370亩用来开展耐盐碱经济作物的研究，引进芦笋、油葵、碱蓬、苜蓿、油芍、蛋白桑等品种资源约200份。

要培育出耐盐碱的水稻品种，难就难在筛选和选育上。通过田间筛选，专家们从100多个品种中终于挑选出几个。这样第二年育秧，成苗率就在90%以上。

袁隆平与兴安大米

俗话讲："白根有劲，黄根保命，黑根有病，灰根要命。"培育出的秧苗不仅白嫩粗壮，而且根系盘得非常好，这样的秧苗插到田里有利于返青。

除了品种的选育，他们还探索盐碱地改良的方法。

面对万亩荒弃的盐碱地，袁隆平水稻院士专家工作站打响了一场没有硝烟的科技战役。

首先要做的，就是把土壤里的盐碱含量降下来。

传统的盐碱地治理，一般采取翻耕、施肥旋耕、泡田洗盐等方式，即利用大量的淡水进行多次淋洗，最终将土壤里的有害盐碱洗脱出去，降低土壤盐分和pH酸碱度，使根系环境适合水稻生长。但这种方法只适合轻度苏打盐碱地或滨海盐碱地，对于东北的中重度苏打盐碱地而言，单纯的泡田洗盐法，效果并不理想。同时，还会浪费大量宝贵的淡水资源，土壤中的养分也会大量流失，增加水体环境富营养化的风险。

为此，王世刚和他的团队提出"以耕层改土治碱为基础、以灌排洗盐为支撑、以耐盐碱水稻品种为核心"的重度苏打盐碱地快速改良理论及技术路线，创建了苏打盐碱地物理化学生物同步快速改良技术。相比传统方法，这种治理方法能缩短改良年限3~5年，可实现一次性改土治碱、多年可持续高效利用的盐碱地治理目标。

专家们在这里进行小规模的种植试验，试验面积为590亩。要把盐碱地改成良田，先得把土壤中的盐碱含量降下来。他们看中了当地丰富的牛羊粪，在牛羊粪中加入专用盐碱调节剂，发酵以后做底肥，按照每亩300公斤的用量撒在地里，既能培肥地力，又能利用肥料中的腐殖质和氨基酸中和土壤中的一部分碱。

"你看这里都是羊粪，牧民家家户户几乎都养羊，所以羊粪很好收集，发酵以后的羊粪，对改良土壤非常有用。"专家结合草原牧民养殖的天然条件，利用粪肥改良盐碱地。

第一章　袁隆平的第三个梦想

"粪里可生金,又可解决农村的面源污染。一举多得啊!"这可让牧民们长了见识。

如何让盐碱地发挥最大作用?这是团队的另一个研究重点,又将涉及土壤改良、生长调节、施肥技术、栽培设备和栽培方法……

在王世刚看来,盐碱地作物高产定律可用"高产=良田+良种+良法"这个关系式来定量描述,即良田是基础,良种是关键,良法是手段,三者缺一不可。然而,对于治理东北地区的重度苏打盐碱地而言,应用"以稻治碱、改土增粮"创新技术才能提高作物产量。也就是说,先要改良土壤,再选育抗逆品种,同时配套高产栽培技术。

盐碱地改良后,还要增加经济附加值。袁隆平水稻院士专家工作站以自身多年来的实践经验,结合兴安盟的气候和土壤情况以及畜牧业发达的经济结构,组织专家团队考察调研几十种农林作物,最终筛选出油葵、燕麦、油芍、蛋白桑、紫花苜蓿等农林作物进行种植。这是多少次田间试验、多少辛苦和汗水的成果啊!

这些作物不仅可以起到防风固沙、涵养水土、丰富生物多样性等提高生态系统稳定性的作用,还可以做出高端木本油、生物燃料、中药材等多种高附加值产品,根、茎、花、叶、果实和种子都可以利用起来,全身都是宝!亩收益是传统主粮种植的几倍至十几倍,而且很多是多年生农林作物,一次定植收益可达数年甚至数十年,后续投入少而产出稳定,可谓是铁杆庄稼!

为了确定这些多年生的经济作物是否适应兴安盟漫长而严寒的冬季,王世刚站长带领团队在科右中旗开展小范围试验,小心翼翼地把这些苗木种在地里,反复叮嘱要定期浇水,然后忐忑不安地等待着春天的到来。

整整一年时间,多少次排灌、检测、施肥、除虫、除草,终于在盐碱地里看到了一畦畦绿苗,虽然不多,却看到了希望。那一刻,专家们流下欣喜的泪水,

| 袁隆平与兴安大米 |

农牧民们热泪盈眶。

这些在地里从没见过的作物品种，令村民们大开眼界。

此时，专家们早已运筹帷幄，做好下一步耐盐碱水稻的种植规划，准备第二年的丰收大战。

专家们带来上百个不同的水稻品种进行试验，筛选出成苗率90%以上的耐盐碱水稻品种进行试种。

王世刚满怀信心地说："因为观测了常年的气候、水源，这块地种水稻是可以成活的。这片盐碱地的土质虽然非常糟糕——砂石、黏土、湿陷性，但是也有一个好的方面，土质富硒弱碱。刚好我们用的水源好，是霍林河的水，现在水稻长势非常好，超乎我们的想象，期待会有一个好的收成。"

科研人员试种的590亩水稻，秧苗长势良好，让当地的农户看到了希望！

通过改良盐碱地，还示范带动了周边牧民种植耐盐碱水稻2000亩。秧苗长势良好，这让当地的牧民也看到了希望。

科研永无止境。王世刚说："改良盐碱地和选育耐盐碱水稻品种，目前在兴安盟仍处于试验阶段。由于积温等气候环境及土壤情况不同，其他地区一定要结合当地的实际情况，不能盲目效仿。"他心里暗暗铆着一股劲儿。

3年来，兴安盟农牧科学研究所与兴安盟隆华农业科技有限公司依托袁隆平水稻院士专家工作站的科研力量，针对北方苏打盐碱地类型，开展耐盐碱水稻新品种选育及配套高产栽培技术研究，建立了四大科研基地：

在海南省三亚市袁隆平院士基地附近建立兴安盟水稻南繁基地，总面积为40亩，通过南繁加代，缩短育种周期；

在内蒙古自治区乌兰浩特市义勒力特镇西白音胡硕嘎查建立科研育种基地，总面积为260亩，开展各类水稻科研试验；在乌兰哈达镇古城村建立种子繁育基地，总面积为1710亩，为兴安盟提供优质水稻种子；

第一章 袁隆平的第三个梦想

在内蒙古自治区兴安盟扎赉特旗好力保镇五家子村和三家子村建立水稻节水旱作基地，总面积为200亩。2021年，基地更换至乌兰浩特市义勒力特镇羊场子嘎查，面积为280亩。在兴安盟科右前旗巴日嘎斯台乡建立科研基地，总面积为785亩，开展旱作水稻科研试验；

在内蒙古自治区兴安盟科右中旗巴彦淖尔苏木白音塔拉嘎查后塔拉艾里建立盐碱地综合利用示范基地，总面积为1847亩。同时，与周边合作社签订耐盐碱水稻试验示范协议，示范带动面积为2000亩。

四大基地聚焦"优质水稻提质增效""耐盐碱高产水稻新品种选育""耐盐碱经济作物引种改良""盐碱地高效利用"四大世界级难题攻关，通过集成杂种优势利用、第三代杂交水稻技术、现代分子育种技术、水稻高产栽培技术、盐碱地改良技术和耐盐碱作物引种驯化技术，建成国家级耐盐碱产业先行试验示范区，实现盐碱地等传统农业边际资源的可持续利用和粮食综合生产能力的稳步提升。

王世刚站长说："从2019年3月开始，我们主要开展耐盐碱水稻品种资源鉴定，进行引种观察、品种筛选、品种扩繁、肥料试验及改良剂试验等，为打造耐盐碱水稻种植模式提供科学依据。3年后，盐碱地改良后的土质将适合旱地作物耕种。"

兴安盟袁隆平水稻院士专家工作站以原生态耐盐碱稻种为亲本，在袁隆平院士第三代杂交水稻育种技术的指导下，通过田间加压筛选与分子标记辅助鉴定相结合，从种植的3000多份水稻材料中，初步选定100多份与苏打盐碱地的特征以及兴安盟的土壤、气候条件和积温环境相匹配，具有耐盐碱、米质优、产量高等综合特性优异的海水稻新品种，并对配套栽培技术进行研发。

为实现优质杂交水稻品种以及当地优质水稻产量提高和品质提升，袁隆平水稻院士专家工作站采取早准备、早计划、早落实、早督查的措施，扎实做好水稻

袁隆平与兴安大米

插秧前期准备工作。

在距离兴安盟乌兰浩特市约30公里的察尔森水库下游,有一片插满标牌的稻田,这就是兴安盟袁隆平水稻院士专家工作站的水稻试验基地,这里有来自我国天南海北的3000多个水稻试验品种。

袁隆平水稻院士专家工作站的专家和当地的科研人员一起在这里进行试验,选育适合当地种植的水稻品种。

袁隆平水稻院士专家工作站专家刘建兵说:"接下来,我们将以袁隆平水稻院士专家工作站为抓手,在加快引进并推广最新培育的'耐盐碱杂交水稻品种'和先进技术的同时,引进更多的科研团队,拓展研究多种高经济附加值的农林作物品种和种植技术。"

在万物回春之际,水稻科研基地忙碌的身影,使这里更加生机盎然。

"手把青秧插满田,低头便见水中天。"这是古诗中所描写的插秧的情景。眼下正是水稻插秧的时节,在袁隆平水稻院士专家工作站的水稻科研基地里随处可见一派繁忙的插秧景象。本次插秧的品种是以本地优良品种为基础,采用常规杂交育种与第三代杂交水稻技术、分子育种等技术,引入外地优质资源和有利基因选育的杂交水稻新材料、新组合。

在水稻科研基地里,科研人员头戴斗笠,在田间穿梭,辛勤插秧。周边田地里的一丘丘水田已经插下丛丛整齐的秧苗,远远望去一片淡淡的绿色。工作人员站在田埂上,将一盘盘培育好的秧盘搬上插秧机。随着插秧机在平整的水田里来回穿梭,后面便留下一行行绿色的线条。

王世刚站在稻田里,看着稻穗饱满的颗粒。1粒、2粒、3粒……计算着今年水稻各个品种的成熟时间。

距离收割的日子越来越近,他攒足了劲,做好了一切准备。只有在稻田里,他才能找到可以安身立命的根,找到自己的灵魂。

第一章 袁隆平的第三个梦想

他从来不是一个人。

这是一个团队,一个国家的力量。

他要奔跑,去完成使命,庄严的国家使命。

袁隆平与兴安大米

三、奇迹！盐碱地变绿洲

震惊！袁隆平院士在盐碱地上种大米？

盐碱地的改良和治理，是一个世界性难题。当地老百姓对科研专家治碱的实力半信半疑。

在二十世纪五六十年代，没有农作物可以在盐碱地上成活。人们必须采用"洗土"的办法改良盐碱地，排盐、洗盐，降低土壤盐分含量，种植耐盐碱的植物培肥土壤。在盐碱地上种植农作物，前脚种下秧苗，后脚就死了，即使种上耐盐碱植物都不行。

位于兴安盟最南部的科右中旗好腰苏木、巴彦淖尔苏木、巴彦茫哈苏木，被称为"南三苏木"。科右中旗"南三苏木"是典型的连片特困地区，贫困人口集中、贫困程度深、脱贫难度大，是国家级贫困旗。人均年收入不到700元，与蒙古语意为"富裕"的名字极不协调。

无数专家验证过，这里主要为苏打盐碱地，含有碳酸钠、碳酸氢钠等盐物质，土壤pH酸碱度达到8.8至9.6，盐度含量高达5‰至6‰，土壤上面常常有一层白花花的盐霜，几乎是不毛之地，草木不生。科右中旗属于重度盐碱地区，除去原生态草甸草原，其余可开发用于种植水稻的盐碱地低产田面积高达37万亩。

第一章 袁隆平的第三个梦想

二十世纪七八十年代出生的科右中旗人都记得，这里的春秋时节总是有风沙如影随形。"出门一趟，耳朵、嘴里都是沙子。"牧民白乙拉边说边叹息，"风沙大，苗也栽不活。头天种上，第二天就被刮走了。连天风沙，经年无收。"

"沙尘暴一年刮一次，一次刮半年"，曾是形容科右中旗巴彦茫哈苏木哈吐布其嘎查生态不断恶化的俗语。由于过去过度放牧，往往草场还没到雨水丰沛的季节草就被牛羊吃没了。巴彦茫哈苏木党委书记汪宝泉说："恶劣的生态直接影响了农牧民的脱贫步伐。""南三苏木"的土层非常薄，羊、牛在草原上走，沙子就被搅上来了。

"南三苏木"成了沙化集中连片区，沙化面积一度占据全旗沙化面积的37.5%。牧民经营的草场全部沙化，寸草不生。

人们对这片盐碱地、沙土地望而生畏。我能深刻体会到牧民的惶恐和沮丧。

10年前，我在报社时经常会到基层采访，记者们最头疼的就是到科右中旗"南三苏木"去，回来的记者会被戏谑为"体无完肤"。春秋时节，那片荒滩刮起的沙砾就像刀割着脸，生疼生疼，人们常会被风吹得迷路。夏冬时节，那里又变成沼泽地和厚厚的积雪，经常会陷车，只好人推着车走，不是被弄得一身泥一身沙，就是被风雪冻僵。

春季耕种时，种子播下去，往往被狂风刮出或深埋；出苗后，又遭风吹、干旱、冰雹等灾害。作物夭折，庄稼连年歉收。地里打不出粮食，农牧民过着吃糠咽菜的日子，苦不堪言。

时隔10年，再次踏进"南三苏木"，恍如隔世。防沙治沙面积已有27万余亩。"蚂蚁森林项目"基地草木葱茏，"沙海"变"绿洲"。

环境的改变，产业的发展，让昔日的"南三苏木"彻底脱胎换骨。

在科右中旗巴彦淖尔苏木白音塔拉嘎查后塔拉艾里，袁隆平水稻院士专家工作站科右中旗盐碱地综合利用示范基地，成畦的试验田内各种水稻长势旺盛。

袁隆平与兴安大米

"盐碱地变绿洲，这是农牧民们亲眼见到的奇迹，这都要感谢袁隆平院士啊！"巴彦淖尔苏木金德晓书记感慨道。

曾经偏僻落后的科右中旗"南三苏木"，土壤条件差，有大片不适宜耕种的盐碱地，农牧民"靠天吃饭"，每户年均收入仅6000元左右。

仅仅3个月，袁隆平水稻院士专家工作站就在这片荒芜的盐碱地上建成科研试验基地。目前，已有完备的抽水设备、晒水池、引水灌溉和放水系统。为了改善当地贫困落后的状态，科研专家们在这片盐碱地上打造了近600亩的试验田，引种试种耐盐碱的杂交水稻品种，同时，拓展研究苜蓿、油菜、葵花等高附加值的经济作物盐碱地种植技术，带动农牧民脱贫致富。

袁隆平院士专家团队在这里开展一年生作物、多年生牧草、灌木等耐盐碱品种筛选和配套栽培技术的综合研究，筛选培育适于本地的高产、经济耐盐碱水稻和经济作物进行推广，实现盐碱地生态改良、绿色改良和高效利用的目的，为兴安盟开发利用盐碱地提供技术支撑。

基地初建时，完成了渠系配套，采用边试验、边示范、边推广的技术路线，辐射周边农牧民，带动盐碱地旱改水880亩。目前，基地建成育秧大棚14座，田间灌排水渠系配套，田块整齐。

基地工作站技术人员杨忠说："基地周边3个区块的试验田总计占地面积为1800亩，通过去年的试验成果可知，耐盐碱水稻在盐碱地综合利用方面大有可为。品种与技术的推广有望为本区域农业产业的可持续发展带来巨大的经济效益，也将对推进盐碱地的生态修复和治理发挥重要作用。"

特定的地理环境、适宜的气候条件、丰富的水源以及有待改良的盐碱地，赋予这片基地开发种植耐盐碱水稻的优势。

科学的力量，让农业生产旧貌换新颜。改土治碱、综合发展、摸清水盐运动规律，建立盐渍化障碍因素综合治理工程配套体系，采用沟网结合、深沟浅井、

抽咸补淡的方法……高产高效的成就不是奇迹，不是偶然，而是遵照科学规律、秉持科学精神，用科学方法和手段一步步探索得来的。

从小范围试点到大规模应用，这场科技战役因地制宜，循序渐进……

袁隆平水稻院士专家工作站的专家和科研工作者们努力探索，帮助巴彦淖尔苏木实现了从盐碱地到"绿洲"的历史性转折。白茫茫的盐碱地里长出了水稻，产量增加了八九倍，实现了高质量、绿色发展的转型之路。

科技兴农、技术扶农不是一句简单的口号和标语，而是在攻坚克难中追求卓越的承诺与奉献。袁隆平水稻院士专家工作站与兴安盟农牧科学研究所紧密互动，打通了脱贫攻坚的"最后一公里"。

科右中旗的盐碱地为沙质、盐碱并重，"干的时候像面粉，湿的时候像淀粉"，土壤结构差、肥力低、易板结。"沧海变桑田"是个自然过程，往往要几十年、几百年甚至上千年，但是在技术人员的努力下，一年就使盐碱地变良田，这就是科技的力量！

想要在不毛之地种稻，还要稳夺高产，唯有技术创新。以深耕、勤灌、多旋来"改土"，用良种、密植、足肥促丰产，一系列综合配套措施让盐碱地第一年种植的水稻就获得丰收。

盐碱地改良后种出来的"弱碱米"，对人体健康有益，受到全国各地人民的欢迎。

袁隆平水稻院士专家工作站试验基地积极引进耐盐碱水稻种类，筛选不同品种，配套栽培技术，采用边试验、边示范、边推广的路线，辐射带动兴安盟周边耐盐碱产业发展。在盐碱地推广水稻种植的第二年，白音塔拉嘎查的水稻种植面积就达3000亩，仅此一项就使人均年收入增加3000元。如今，巴彦淖尔苏木的水稻种植面积已超过1万亩。

昔日黄沙漫布的荒漠，已经变成绿浪滚滚的稻田。

袁隆平与兴安大米

几位牧民指着前方开阔平坦的地方告诉我们,那里就是袁隆平院士的盐碱地综合利用示范基地。稻田里还有人和大型机械在作业,几个人正在装稻草。我们要找的基地技术员杨忠正在地里忙碌着。

寒冷的冬季,杨忠走进屋时,头上还冒着热气。他和妻子张丽梅热情地招呼着我们。我们很惊讶,三条大金毛在屋子里圈着。杨忠告诉我们:"外面风沙太大,金毛适应不了这样的天气,就在屋里养着。"

"前两年养的鸡鸭鹅一只没剩下,都被大风刮跑了!"张丽梅笑着对我们说。从她的脸上丝毫看不到对这里艰苦的生活环境的厌弃。

他们在这里守着清苦的岁月,守望大地透出的新绿。

"这里一年四季都离不开人,需要大型机械在地里作业,冬季时还要对土地进行休整。"杨忠已经在基地过了3个春节。张丽梅退休后,就陪着丈夫守在基地,没有回过家。张丽梅性格爽朗,说:"猫狗都搬来乡下了,可以给我们做伴。"杨忠的腿行走不便,张丽梅便留在这里照顾他。

杨忠是兴安盟袁隆平水稻院士专家工作站技术员。1984年,他从内蒙古大学植物学专业毕业后被分配到兴安盟农牧科学研究所工作,从事栽培、育种、实验和田间作业。他常年驻守在基地,奋战在农业科研一线40余年。如今,袁隆平水稻院士专家工作站建站后,他一直坚守在这里。

"我们是2019年3月开始筹建大棚的。刚开始平整土地时,看到的全是白花花的盐碱地,上面足足1厘米厚的硝和碱,夏季也是这样,连草也不长,站在草原却看不到一点儿绿色。"杨忠有些无奈地说。

他继续介绍盐碱地的治理和修复情况。兴安盟80%的盐碱地在科右中旗"南三苏木"。2018年,有的村民自己试种,却没有成功,第二年土地就流转了。2019年,兴安盟农牧科学研究所开始种植耐盐碱水稻。袁隆平专家团队带来一部分水稻试验材料,有的是杂交水稻品种,有的是常规稻;另一部分有从黑龙江、

第一章 袁隆平的第三个梦想

吉林引进的,还有的是兴粳、兴盐、蒙隆系列等盟内自育品种,都是耐盐碱品种。科右中旗积温为3000℃左右,对部分杂交水稻来说,生长期不够,因此,连着两年试种不理想,出现不抽穗的现象。第三代杂交水稻中,有部分品种表现良好,还需继续驯化。

"基地引进水稻品种(系)1000余份,从中筛选出耐盐碱、米质优、产量高的30多份水稻材料进行试验研究。"杨忠边指着那些大大小小的试验材料边介绍。

盐碱地综合利用示范基地,带动了巴彦淖尔苏木白音塔拉嘎查附近的农牧民再就业。杨忠说:"基地常年用工4人,最多时三四十人,每年村民务工费50万元。"

正说着,有三个牧民走进来,走在前面的牧民吴金锁说:"杨专家,我们又遇到难题了,我是来找您请教的。"他是和牧民来基地跟着技术员学习水稻种植技术的。

今年吴金锁家种了145亩水田。以前,从未种过水田的吴金锁找来书本自学,在盐碱地试验种植水稻却没有成功,由于不会选用水稻品种,机械设备、引灌水渠都不完善,种完一年就放弃了。袁隆平水稻院士专家工作站建立后,他的心又活了,每天到基地,跟着专家学习水稻播种、插秧和挖水渠的技术。如今,他还要重整旗鼓,再次种植,春耕前已经准备就绪。他高兴地说:"只要有不懂的地方我就会来基地请教,专家们会悉心指导。太方便了!"吴金锁的脸上充满了憧憬。

杨忠用蒙古语与他们交流,为他们耐心指导,直到几位牧民满意地离去。

杨忠又带领我们来到基地。那里一直有人在作业。杨忠说:"那位在盐碱地开着大型机械的年轻小伙子叫董海明,是白音塔拉嘎查的牧民,35岁了。老家在科右中旗二龙屯,因家庭贫困,成为上门女婿。他是村里唯一的汉族。一家四

袁隆平与兴安大米

口,仅靠几亩地维持生活。"

董海明在这片盐碱地试种过各种作物,如玉米、高粱、向日葵、大豆,但都失败了。春天播下去,没到秋天秧苗早已枯死。

一年年期盼,一年年失望,董海明灰心了。因家庭贫困,他觉得在村里抬不起头,开始出去打工。年底回来后,看到村里建了科研基地,一家三口在这里务工,能赚六七万元。第二年,董海明便决定不出去了。

"这里一年刮两次风,一次刮半年。"开春时,基地里的130个水泥墩子全部被大风吹翻。杨忠找来工人重新用铁板加固,做了百余米长的挡风墙。他说:"在盐碱地作业很麻烦,春季三四月开始平整土地,但盐碱地返浆,车根本进不去。有时一个车一拉,四五个车全都陷进去。不能进行翻地、灭茬旋耕表土层,3年后形成耕作层,机械才能进去耙地、插秧。因此,提前1年开始作业,村民需要用稻草喂养牛羊,明年开春灭茬机、旋耕机也便于作业。"

外面的风沙很大,杨忠缓步走到田间,继续指挥作业。盐碱地的水稻已经收割、入库,但基地的工作人员还未收工,正在灭茬、整地,为明年的备耕工作做准备。

3年来,从开始选种到推广,从工作站试验到基地示范,杨忠始终坚持每天到稻田现场指导。三四月开始整地,4月中旬播种育苗,5月下旬插秧。他的身影每日穿梭在实验室、大棚、稻田,详细记录着稻苗长势和肥料、改良剂的基础数据。看着荒滩一点点变绿,他憧憬着一年的收获。他说:"我还有4年退休,这4年时间我都放这儿了,要在这儿坚守!"

袁隆平水稻院士专家工作站的专家们依然肩负着沉甸甸的使命。

专家们没有停止脚步,没有满足于现状,他们看向远方。

这片草原,原本满是荒凉,大风吹过的时候,只听得到盐碱地的沙沙响声,牧民的心就像没有安家的芦苇,四处漂泊。

科右中旗的盐碱地综合利用示范基地，与周围极度退化的盐碱地相比，大大提高了植被覆盖率，有效增加了生物多样性，形成了良性循环的区域小生态，盐碱地周边开始有绿色植被蔓延。

变有害为有利，盐碱地的改良极大地改善了农作物生长的土壤环境。还结合了生态环境保护、粮食安全和消费需求转型升级。

寸草不生的盐碱地，如今变得生机勃勃。曾经的荒滩已被稻田取代，这些新生的稻苗，带着草原的气息，清新而葱茏。我用手机拍照，发到朋友圈，让人们看到在这片土地上发生的奇迹。

这片草原的生态恢复得越来越好，各种过去不常见的野生动物开始进入人们的视线，其中较多的有野鸡、沙半鸡、野兔、野鸭和大雁，水鸟也多了，还有村民叫不上名字的各种鹤鸟。春季的野鸭有四五种类型，绿头鸭、针尾鸭、花脸鸭等。深秋时节，大雁成排从北向南飞，稻田里的野鸡、野鸭到处乱跑，有时扑倒在田间作业的收割机里，与沉甸甸的稻穗一起上下翻腾。

昔日的土地重焕生机，袁隆平水稻院士专家工作站带领农牧民在致富的道路上一直探索和努力。

| 袁隆平与兴安大米 |

四、草原上的海水稻

现在，我站在这片曾经谓之"荒蛮"的死海之地。

盐碱白已变成生态绿。

5月的科尔沁草原，阳光明媚，春风和煦……成群的牛羊贪婪地咀嚼着刚刚露出地面的青草根。

在巴彦淖尔苏木白音塔拉嘎查，新一季海水稻在秋风中扬起一穗穗稻谷，迎来又一收割季。这片曾经"春天白茫茫，夏季水汪汪，只听机声响，不见粮归仓"的撂荒盐碱地，被人远远避之的水草死亡之地，如今已是绿油油的稻田。这里，为我们呈现了草原上海水稻的来世今生。

什么是海水稻？草原上怎么能长出海水稻？

或许有很多人是第一次听闻海水稻一词。海水稻并非长在海水里的水稻，而是一种"耐盐碱高产水稻"。对于一般的水稻而言，如果我们用海水对其进行灌溉，或者说将其种在盐碱地里，或许它们当场就会被"齁"死，然而，海水稻不仅不会被"齁"死，还能正常生长。它是一种介于野生稻和栽培稻之间的、普遍生长在海边滩涂地区的、耐盐碱的水稻，还具有抗涝、抗病虫害、抗倒伏等特性。

第一章 袁隆平的第三个梦想

海水稻的育种过程非常艰难。从成千上万个组合中，精挑细选、优中选优，在经历了炼狱般的层层考验和重重筛选后，仅有93个品种适用于盐碱地生长。

袁隆平水稻院士专家工作站新研发的耐盐碱海水稻成为为数不多的、可以在盐碱地上种植的农作物品种之一。以前没有这些新品种农作物时，在没有被治理的盐碱地上，根本无法种出农作物。

在霍林河两岸的沃土上，有一群"拓荒者"正在热火朝天地奋斗。

袁隆平水稻院士专家工作站开始入驻前期的调研，专家们在白音塔拉嘎查的盐碱地做试验。海水稻的育种需要在成千上万个组合中精挑细选、优中选优。在经历了层层筛选后，专家们找到适用于盐碱地生长的优良品种。从发现一个优良品种，到让它稳定高产，专家们费尽艰辛。

自入驻以来，袁隆平水稻院士专家工作站不断开发和积累盐碱地改良技术，探索盐碱地改良与脱贫攻坚共赢模式，以市场为导向打造科右中旗农产品品牌，逐步实现盐碱地区域生态环境改善、保护和修复，带动农牧民增产增收协同发展。

在盐碱滩上"崛起"的水稻，为这里的人们带来希望。

袁隆平水稻院士专家工作站的入驻，带动了双榆树嘎查牧民的积极性。

在巴彦淖尔苏木双榆树嘎查，驻村第一书记韩军也带领农牧民种稻，使1350亩盐碱地飘出阵阵稻香。《枫叶红了》男主人公韩立的原型就是这位驻村第一书记韩军。

韩军说："以前在盐碱地种水稻时，遇到不懂的地方就去吉林请教老师，现在可以到袁隆平院士的科研基地请教专家了。农研人员没有休息日，没有冬闲，整天都扎在地里，这是他们的常态。"

当我们冒雨行驶300公里赶往科右中旗巴彦淖尔苏木双榆树嘎查采访时，正赶上嘎查召开双书记周例会。驻村第一书记韩军正在给大家安排工作。"今天外

袁隆平与兴安大米

面下雨，咱们就在屋里开个会。现在已经进入稻苗收割的最后阶段，眼下得加快进度……"

开会的牧民代表说："以往开会时，韩书记就带着我们在田间地头开。因为他太忙了，连开会时间都挤不出来。"

眼前的韩军，既年轻又带着朝气，穿着简朴的运动装，身材瘦高，皮肤被晒得黝黑，脸上挂着清朗的笑容。2015年，韩军被科右中旗交通运输局委派到双榆树嘎查任驻村第一书记。驻村后，他做的第一件事就是入户调查。一年内，他走遍全村363户人家，记下5本厚厚的民情日记。

他常年一身运动装打扮，走村串户、盘腿上炕，跟牧民拉家常、摸情况、想对策……牧民都叫韩军书记为"溜达书记"。

这位"70后"干部敢想敢干，为改变双榆树嘎查粮食绝产绝收的状况，成立了双榆种养殖专业合作社，采取"土地流转+土地入股"相结合的方式，以"党员带头入股+嘎查集体入股+建档立卡贫困户入股"的模式，对盐碱地进行"旱改水"，使荒弃的盐碱地从无效耕地转为产量耕地。

说到这片盐碱地，韩军书记苦着脸说："了解土地的人看完都能哭了。"他的话将人们的思绪拉回5年前。那时，只要一刮风，双榆树嘎查的房子就被沙子埋半截，猪也能跑上房顶，生态已经到了非常恶劣的地步。仅靠农业已经没有出路了。韩军书记说："村里已经没有年轻人了，50多岁的人就算是年轻人。"他每天深入农户，了解民情。人们日夜盼着这里有一天也能有成片的水浇地，这也成了韩军的心病。

漫天黄沙，在这片掺杂着浓重盐粉和白碱的土地上，老远就能闻到沙碱土的味道。韩军蹲守在盐碱滩，仔细查看着，思索着。

汗，水一般地流淌下来，浸渍着眼角，使得眼睛眯成一条细缝。汗水一滴滴浇在地上，白碱地湿润了一下，瞬间又干了。

他蹲下来细细观察,这给了他巨大的启示:盐碱有很强的凝固性,盐碱耕地雨后板结,不正是这个道理吗?他像发现了新大陆,兴奋地一跃而起,身上的困顿一下子消散了。他立刻找来装满水的木桶,在土地上冲刷,再覆上一层湿土,不断地进行试验。

韩军想起自己在吉林长春当兵时,见过当地人在盐碱地里种水稻。他马上拨通电话,咨询吉林农业大学的凌风楼教授,约见后,当天便带着盐碱土测值坐火车去请教凌教授。在水稻基地考察调研并得到治理经验后,韩军立即返回。

他连夜召开村民代表大会,并大胆提出实施盐碱地改水田的规划,商议如何治理盐碱滩的事宜。然而,没想到竟然有一多半的村民代表持反对意见。

"你小子别逞能了,祖辈都种不出庄稼的地,咋就能长出东西来呢?"

"我们的钱都投进去,地里不收,钱不都打水漂了吗?"

"不行,这个办法行不通。"

……………

村民代表纷纷议论着、质疑着。

韩军没有放弃,第二天一早继续挨家挨户地做动员工作。他到地里做示范,一锹土一锹土地挖,一桶水一桶水地抬到地里,进行洗盐、排碱、覆土……看着眼前充满干劲的书记,村民代表们终于举手通过了。

正月初三,北方的天气还很寒冷,土地还没解冻,韩军便带着村民代表下地干活。他先是动员大伙儿用车拉来风积沙,准备前期工作。等天气回暖后,大伙儿便开始翻地,将风积沙垫到盐碱地下,并用水泡,泡满后再放出去,清洗一遍土地。这样反复翻整几次,直到土地松软。

从到村里任职那天起,韩军书记就把行李卷放在村委会。从此,他没有了节假日,白天在地里干活,晚上在村委会整理水田种植资料。他带领村民整整干了两个多月。当看到翻整一新的土地后,他体会着战胜困难的喜悦,所有苦闷和寂

袁隆平与兴安大米

寥都被成功的喜悦冲淡、消除了。

韩军坚信掌握科学技术才能致富的硬道理,便带领嘎查党支部一班人到吉林省白城市、长春市等地学习,回来后再实践如何在盐碱地里种水稻。当年,他流转了1350亩盐碱地,没有选用传统的大米品种,而是直接在盐碱地里挑战"吉农大538"这样难伺候的优良品种。

盐碱地的稻苗总是头一天插秧,第二天就被风吹走了。他们就再插秧,插上秧后,小心翼翼地蹲守在田里,查看苗情。

为了掌握水稻生长规律,他每天天不亮就走进地里,认真观察秧苗的变化。他说自己能听到秧苗们在说话,它们就像是自己的孩子一样。看着秧苗一天天在变化,他欣喜着,仿佛看到绿色的生命在跃动。

韩军每天清晨5点起床后,就督促农牧民一起到稻田里干活。他用蒙古语耐心地讲解和传授新技术,亲自示范,一整天泡在泥水里。

村民没有资金,买不起稻种和化肥,韩军就自掏腰包解决他们的燃眉之急。

韩军说:"起初,老百姓根本不相信盐碱地能种水稻。这片地撂荒多年,种啥啥不成,村民畏难情绪重。"2016年,合作社试种的600亩水稻收了19.5万公斤。慢慢地,农牧民不再是看热闹、观望,而是走进大棚,拿起农具。

秋天,捆好的稻子无法运送到家,因为地里返浆、陷车、陷人,直到上冻,才能进到稻田里开始拉稻子。等忙完也到过大年的时候了。

韩军一刻没有停歇,他在思考下一步如何调整产业结构,让村民真正富起来。

他又开始逐户考察,了解村民的需求。村民们在以往的盐碱地里种植玉米,一年下来没有多少收成,再加上远离收购市场,畜牧业效益也低,全嘎查人均收入不到3000元,集体经济收入为零。

要想富,调结构。这个念头在韩军的脑子里浮现。2017年,为改变农牧民

第一章　袁隆平的第三个梦想

传统的生产方式，韩军和嘎查"两委"班子多次外出考察，对盐碱地进行"旱改水"。通过流转盐碱化耕地、资产收益、务工收入3种方式，精准施策，流转农牧民绝产耕地建设水田1500亩。

白姑娘家是双榆树嘎查建档立卡的贫困户。在嘎查稻米产业的带动下，她将自家的土地流转给双榆种养殖专业合作社种植水稻。她和丈夫在合作社打工，年底还能分红，收入大幅度提高，生活很幸福。

和白姑娘一样，嘎查50多户农牧民在合作社的带动下实现增收，水稻种植使当地农牧民在种植业上的收入更加稳定。

嘎查牧民曙光以前长期外出打工，合作社成立后，他回家当起了合作社的长期工。他说："我现在不仅有了稳定的收入，还能照看家里。我们家40亩地流转给合作社，每年能有8000元的土地流转收入。我在合作社当司机，一年收入将近2万元。我媳妇和老父亲也在合作社打工，全家的打工收入将近4万元。"

随着插秧机的运转，科右中旗巴彦淖尔苏木双榆树嘎查一盘盘绿油油的秧苗整整齐齐地插在水田里，为水田披上一袭绿色的新装。进入抽穗开花期，耐盐碱水稻长势格外旺盛。听说袁隆平水稻院士专家工作站的专家来讲课，人们都聚在田间，来请教种植经验。双榆树嘎查牧民张春花正在地里拔草，这是她家第二年种植水稻。"根本没敢想我们牧民还能种水稻，还是在这片扔了多年的盐碱地上，太神奇了！"张春花说，"之前家里的20亩地荒了五六年，现在不一样了。每年我家能领到资产收益分红和土地流转承包费，我和丈夫在合作社打工也能赚钱。每年收入三四万元，靠着种水稻就让我家脱了贫！"

牧民朴实的话语是发自内心的，祖祖辈辈荒弃的盐碱地飘出稻花香，让他们重新燃起生活的热望。

如今，走进巴彦淖尔苏木双榆树嘎查集中连片的稻田里，大型收割机正紧张忙碌地工作，农用四轮车穿梭在稻田里，农牧民们正有序地将稻谷颗粒归仓，脸

| 袁隆平与兴安大米 |

上洋溢着丰收的喜悦。

昔日盐碱地，今日米粮川。2018年，双榆树嘎查水稻产量达45万公斤，嘎查集体经济收入达20万元。这片曾经荒弃的盐碱地，变成增收致富的宝地。水稻发展稳定，曾经绝产的盐碱地在为农牧民带来收益的同时，也为生态修复开创新模式。韩军已经开始筹划下一步发展，双榆树嘎查积极实施产业结构调整，利用水稻种植积累，开展多种经营，实现农牧民收入稳定增加、集体经济稳步增长。

在开展耐盐碱水稻种植及综合利用科研活动过程中，袁隆平水稻院士专家工作站为当地村民提供劳动岗位33个，村民务工达1500人次，带动扶贫村1个，辐射带动周边4个村，人均收入增长量达5000元。袁隆平水稻院士专家工作站发挥科技优势，在助力脱贫攻坚过程中起到较好的作用。

如今，把自己定义为"农民"的韩军，彻底放开了手脚，充分采用科技手段，把收割机、插秧机、无人机组成一体化种植模式，不仅在这片盐碱地种出高产良种米，还成功地试种出"稻花香"品种。

稻谷晾晒在地上，遍地金黄，谷香四溢。

这片盐碱地的每一寸土地对韩军来说，都再熟悉不过了，不管刮风下雨，他每天都会到地里走一圈。他认为，农作物是有感情的，你用心对它们，它们也会把最好的回报给你。

看着金黄的稻田，他感到选择推广耐盐碱水稻种植进行精准扶贫这条路，走对了。

当韩军再次来到双榆树嘎查时，原来对种植水稻没信心的村民拉住他的手说："韩书记，我家宰羊了，走，到我那儿吃手把肉去。"还有人说："你做我们嘎查不走的驻村书记吧！"听着农牧民兄弟诚恳的话语，韩军的眼睛湿润了。

面对未来，韩军满怀信心。经过4年的水稻种植，从种植品种到对土壤、水、技术的掌握，已经趋于成熟，再加上做了水田土地平整，农田水利设施更加

第一章 袁隆平的第三个梦想

完善,实现了增产。嘎查"两委"班子正努力把产业做实,从精准扶贫到乡村振兴,依靠的正是产业。2021年,双榆树嘎查带动百余户村民种植水稻,将水稻种植面积扩增到2000亩。

"让水稻产业来保障农牧民年收益,用其余的土地种植玉米、青贮饲料来保障'牛'产业发展。"韩军的步伐越迈越大,信心十足。

双榆树嘎查借助袁隆平院士的第三代杂交水稻技术,选育适合本地的耐盐碱优质水稻新品种,利用本地丰富的牛羊粪培肥土壤,结合水利和其他农艺措施,终于把寸草难生的盐碱地变成绿色优质的米粮川。

合作社带动周边嘎查改变原有种植方式,在盐碱地改良种植水稻近1万亩,同时改变了周边的生态环境;嘎查60多名农牧民在此务工,每人日均收入为150元;带动建档立卡贫困户33户76人增收致富;农牧民种植收入翻了三番。

韩军说:"耐盐碱水稻开发能辐射周边20多公里的生态微循环,2000亩的耐盐碱水稻,成为草原湖泊,成为一处天然大氧吧。"

由于合理开发盐碱地,双榆树嘎查周边的生态也有了绿色,盐碱荒滩开始长草了,草根也能储水了,同时改善了区域微气候,形成生态环境的良性循环。饱受风沙蹂躏的农牧民亲眼看到喜人景象,脸上开始有了笑容。

农牧民们不再外出打工,流转的土地也收了回来,计划新的一年开始自己尝试种植水稻。

双榆树嘎查种植水稻只是"南三苏木"积极应对困难、加快结构调整的一个缩影。

在科右中旗,袁隆平水稻院士专家工作站的专家们对盐碱地变良田的探索还在继续,一条高质量绿色发展的转型之路徐徐铺展。

未来,在这片充满希望的崭新土地上,必将开出更加绚丽的致富之花。

这里充满人们热切的向往,他们心中总会有一个关于盐碱地的记忆,这里是

袁隆平与兴安大米

他们抛洒青春热血的土地……

盐碱地里有一排坚实的足迹,一直伸向绰尔河畔,这或许就是治碱者的足迹吧!他们一直前行!

第一章 袁隆平的第三个梦想

五、袁梦计划

又是一年丰收季,站在稻田边,袁隆平陶醉着,也憧憬着,这里包含着多少奋斗者的汗水和泪水。

稻田里清风温润、清新,带着一丝丝甜。轻风拂过,稻浪翻滚,沉甸甸的稻穗压下来,在阳光下泛着光亮。

在这风声里有党的温暖,有人民的幸福欢笑和水稻的气息,还有袁隆平院士的无限牵挂。

兴安盟的小山村发生了巨变。

走进科右中旗盐碱地综合利用示范基地的试验田,"碱稻香"香气扑鼻。2019年9月24日,在袁隆平水稻院士专家工作站耐盐碱水稻现场测产验收评议会上,由国家杂交水稻工程技术研究中心、黑龙江农业科学院、内蒙古农业大学、内蒙古自治区农牧厅、兴安盟农牧局等机构的7位专家组成的测产专家组,现场对"兴盐系列"水稻进行取样收割测评。经过专家测评,在pH酸碱度为8.8至9.6、盐度含量在5‰至6‰的土地上,每亩平均产量达508.8公斤。远超此前定的平均亩产300公斤的"及格线"。

正在远程视频的袁隆平院士高兴地说:"耐盐碱水稻初战告捷,这个成绩很

| 袁隆平与兴安大米 |

不错,兴安盟水稻种植有广阔的发展前景。"

曾经寸草难生的盐碱滩,不仅长出水稻,试种结果还大大超过袁隆平院士提出的盐碱地亩产300公斤的目标。

王世刚说:"这一具有里程碑意义的数据,为兴安盟盐碱中低产田提升为中高产田注入希望。"

在兴安盟第一年试验测产成功的基础上,2020年初,袁隆平在海南省三亚基地发布"袁梦计划",提出未来3年,在兴安盟合作开发耐盐碱水稻种植20万亩,让当地水稻种植户收入实现翻番。

袁隆平在发布会上说:"向全国推广耐盐碱水稻1亿亩,亩产按最低产量300公斤计算,总产量可达300亿公斤。这相当于湖南省全年粮食总产量,可以多养活8000万人。"

专家称,兴安盟耐盐碱水稻种植,每亩地改良成本约1万元,且10年内无须再进行土壤改良投入,已具备进行大规模推广的可行性。

雄心勃勃的"袁梦计划"由中国工程院院士袁隆平和阿里巴巴数字农业事业部共同"操刀"。这不仅会大大释放当地的农业生产力,让水稻种植户收入翻番,而且会为我国改良盐碱地和沙漠地区生态环境创造新的经验与模式。

袁隆平团队在兴安盟试种的耐盐碱水稻,已上线阿里巴巴平台,袁隆平亲自为这片耐盐碱水稻取名"袁蒙稻",意为"圆梦稻"。

在盐碱地上种水稻,是袁隆平的第三个梦想。这一技术既可改良盐碱地和沙漠地区的生态环境,又可为沙漠地区的贫困人口解决口粮问题,还能实现种植户收入翻番。

袁隆平的每一个承诺都变成一种信念、一种精神,支撑着农研人一路前行。

袁隆平还有两个梦想。

他说自己曾做过一个梦,梦见杂交水稻的茎秆像高粱一样高,穗子像扫帚一

2020年1月,袁隆平在三亚启动袁梦计划

| 袁隆平与兴安大米 |

样长,籽粒像花生米一样大,他和助手们一块在稻穗下乘凉……后来,他把这个梦称为"禾下乘凉梦"。

袁隆平的第二个梦想是"杂交水稻覆盖全球"。中国杂交水稻在国外推广的面积是520万公顷,假如世界上有一半以上的稻田种上中国超级稻,增产的粮食可以多养活4亿~5亿人。

为了实现这两个梦想,他和他的团队全力以赴。

在他看来,提高粮食产量,让所有人远离饥饿,不仅是他的梦想,更是全人类的梦想。

他怀着热望,笃定前行。

盛夏酷日之下,兴安盟科右中旗盐碱地综合利用示范基地正在开展耐盐碱水稻双减增效栽培技术试验示范、耐盐碱水稻节水栽培技术试验示范、盐碱对寒地水稻产量及品质的影响等项目。国家杂交水稻研究中心副主任张玉烛、王伟平在基地忙碌着,细心分析着每一组数据,记录着每一株稻苗的长势。

汗水顺着脸颊、脊背流淌下来,浸湿了衣衫。他们连续四五个小时伏在田间,认真观察取样。因为他们知道,每一份翔实的数据和确凿的分析对明年水稻种植的重要性。

专家们在田间无数次试验,进行杂交海水稻研究与应用、耐盐碱水稻品种资源鉴定,引种观察、品种筛选、品种展示、品种扩繁及肥料试验,为加快盐碱地高效利用,研发培育兴安盟本土优质水稻高产品种,打造耐盐碱水稻种植模式提供科学依据。

远远望去,这片水稻基地的稻田,与远处未开发的盐碱地形成鲜明对比。一片葱茏与一片荒芜所形成的巨大反差,让农牧民看到实实在在的成果。

曾经,在这片贫瘠的盐碱地,绿色是自然的一种奢侈的馈赠。任何生命力顽强的种子撒到这片土地上,结果都是销声匿迹。

第一章 袁隆平的第三个梦想

曾经寸草难生的盐碱滩如今涅槃重生！

为了让更多的"生命绿"浸染这片荒芜的盐碱地，袁隆平院士亲率团队成立袁隆平水稻院士专家工作站，一头扎进试验田，研发和推广海水稻。试验之初，科研人员的时间不是以秒来计算，而是以年，甚至5年、10年……来计算的。从播种到秋收，科研团队历经4年，反复进行1162次田间试验、875组配组试验。

4年来，科右中旗盐碱地综合利用基地已开发种植5000亩，重点围绕内蒙古自治区科技厅重大专项"北方寒地水稻及区域耐盐碱水稻提质增效关键技术"，主要开展"兴安盟耐盐碱水稻新品种选育及配套栽培技术集成研究"课题，育种资源材料1000多份，从中筛选出耐盐碱、米质优、产量高的育种资源材料600多份，进行南繁加代工作。

"杂交水稻之父"袁隆平院士没有停下脚步，他说："我目前的工作主要有两个研究方向。一个是达到水稻超高产量冲刺目标。目前，我们已经实现亩产超级杂交稻1000公斤，正在向1200公斤冲刺。另一个是研究发展耐盐碱的海水稻。全国有15亿亩盐碱地，其中有1亿多亩地适合种植水稻。通过我们科研团队及广大农业技术人员的共同努力，力争8年之内发展到1亿亩。"

中国盐碱地分布在西北、东北、华北及滨海地区在内的17个省区，盐碱荒地和影响耕地的盐碱地总面积超过5亿亩，其中有2亿多亩地经修复可变为潜在耕地。

袁隆平说："全国盐碱地面积约为14.8亿亩，如果所有的盐碱地都能变成良田，我的梦也算实现了。"

如今，这个梦想正在一步一步实现。

为了助推"袁梦计划"的实施，中国联通与国家杂交水稻工程技术研究中心和兴安盟袁隆平水稻院士专家工作站已经开展相关工作，开发了"袁梦"5G智慧农业系统，实现兴安盟盐碱地改良和耐盐碱水稻种植的数字化、信息化，以及

| 袁隆平与兴安大米 |

水稻病虫害AI识别的智能化，进一步提升水稻种植、推广、科研数据采集以及专家远程指导的效率。

在袁隆平院士的见证下，国家杂交水稻工程技术研究中心、兴安盟行政公署、中国联通智能城市研究院、中国联通湖南省分公司、中国联通内蒙古自治区分公司、兴安盟隆华农业科技有限公司联合举行"5G+智慧农业战略合作协议"签约仪式。

为了种植海水稻，让盐碱荒滩变良田，袁隆平科研团队的"四维改良法"应运而生。它整合了物联网系统、土壤定向调节剂、植物生长调节素及抗逆性水稻四大要素的技术配套方法，让土壤和农作物都活起来。

袁隆平水稻院士专家工作站以第三代杂交水稻育种技术为指导，培育出与兴安盟的土壤、气候条件和积温环境相匹配的"袁蒙稻"海水稻。

有人迫不及待地想尝尝从盐碱地里长出的大米是什么味道。

武汉网友"孜孜奶奶"发表博文写道："今天的晚饭，我用了儿子昨天网购的'袁蒙稻'做米饭……这是我吃了六十几年的米饭，第一次吃海水稻……身为年逾九旬老人，国宝袁老把一生的时间奉献给海水稻，奉献给国家，我们吃着袁米饭，心里油然升腾起一股深深敬意……"点击量增至百万。

"袁蒙稻"，受到人们的广泛关注。

"我们计划通过大米订制和稻田认购等多种方式，让社会大众也能参与进来。据测算，每购买1公斤耐盐碱水稻大米，可支持2平方米盐碱地改良，帮助当地民众增收0.2元。"王世刚充满期待地说，"全国有接近2亿亩可栽种的盐碱地，兴安盟就有100多万亩。如果我们把兴安盟的盐碱地改造成水田高效利用，将会增加耕地面积，提高单位产量。"

"袁蒙稻"改造了兴安盟约2000亩盐碱地，既让农民脱贫致富，又改善了生态环境，把盐碱荒地变成高产耕地，保障了国家的粮食安全，让更多人吃到健康

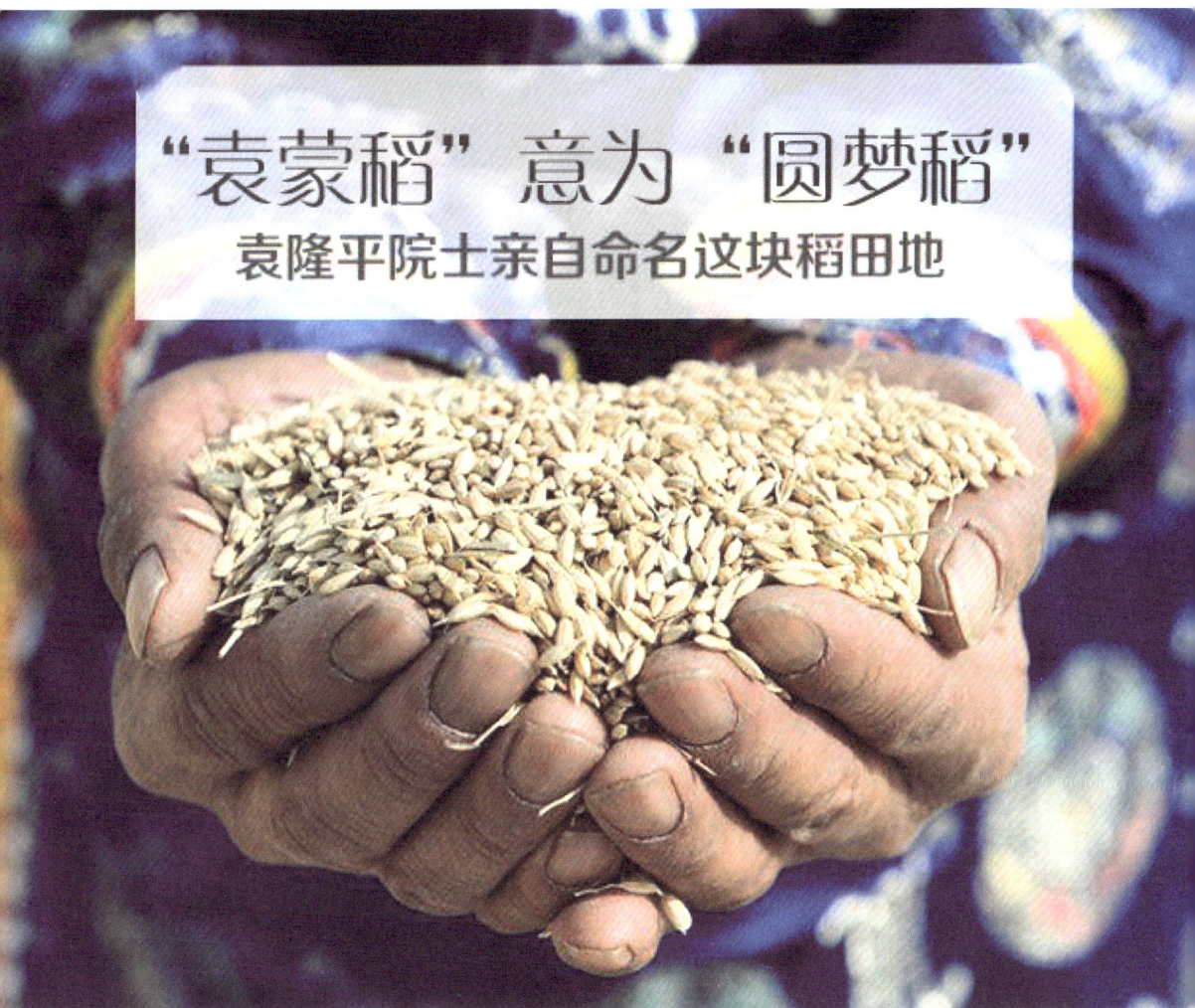

袁隆平院士命名科右中旗基地耐盐碱水稻为"袁蒙稻",意为"圆梦稻"

袁隆平与兴安大米

的大米。

从二龙屯有机米业公司采访结束后,付雅玲副总经理给我们带了一些加工后的草原上的海水稻,并嘱咐我们回家一定要品尝。回家当晚,我便焖了一锅,米香四溢,米粒软糯饱满,让我饱腹之余,更加感慨袁隆平院士及其团队所有科研人员的辛苦付出。这是他们用心血和汗水在这片草原上创造的奇迹!

袁隆平院士的耐盐碱水稻技术,已在内蒙古、山东和新疆小范围试种。

为了走出一条不同于传统的"提高粮食单位面积产量"的新路,借助袁隆平院士的第三代杂交水稻技术,选育适合本地的耐盐碱优质水稻新品种,利用本地丰富的牛羊粪培肥土壤,结合水利和其他农艺措施,终于把寸草难生的盐碱地变成绿色优质的米粮川。

扩大可耕种土地面积,为农业用地做"加法",是袁隆平团队的努力方向。

从泛着白色盐花的盐碱地到适合作物生长的良田,栽培的水稻从平均亩产400公斤跃升到500公斤,兴安大地改写了盐碱地贫瘠的历史。

人们的眼中闪着亢奋的光芒,惊奇地看着改天换地的变化。"这是做梦都想不到的美事哟!"

"袁蒙"海水稻碱地香大米正式面世,米色晶莹透亮,米粒均匀饱满,煮粥浆汁如乳,味甘醇香,回味悠长。这种在改良盐碱地种出来的"弱碱米",对人体健康有益,受到各地市场的欢迎。袁隆平院士在出席2019年兴安盟大米产业发展论坛时,品尝大米后,连声称赞:"不错,不错!好吃!是优质米!很好吃!"

兴安盟注重利用"互联网+",强化电商平台建设,拓宽销售渠道,大力发展产销对接、电子商务和线上线下交易,提升了本地弱碱米的市场竞争力。自上"天猫商城"以来,已卖出90万公斤。

网友秀秀在微信朋友圈发文:我在超市看到米袋上印有"每购买1公斤海水

稻，可支持改造2平方米盐碱地"，就买了两袋10公斤的袁米，并且嘱咐儿子，以后我们家要经常买这种米吃。袁老希望借助"袁蒙"海水稻销售帮助当地农民脱贫致富，每购买1公斤海水稻可以帮助当地农民增收0.2元。我们必须大力支持袁老，实现他的心愿！

每个人默默的支持，每一次无声的行动，都给这个贫困地区注入爱心和希望。

从试验田走向餐桌，从发现一个优良品种到让它稳定高产，这个过程漫长而曲折。

2020年9月27日，"兴安盟耐盐碱水稻测产验收暨现场观摩会"在科右中旗巴彦淖尔苏木隆重举行。耐盐碱水稻亩产量达533.95公斤，再创历史新高，得到新华社、《科技日报》等主流媒体广泛报道。

当日，袁隆平院士通过视频连线，宣布耐盐碱水稻的最新科研成果，并表示："今天测产结果超过530公斤，我很高兴！兴安盟地处北纬46°，在这里取得成功，将为黑龙江、吉林、新疆等省区的耐盐碱水稻种植研究提供借鉴意义。在中国实现耐盐碱水稻种植1亿亩的目标，前景很美好！"

这是袁隆平水稻院士专家工作站4年奋战的成果。历经4年，袁隆平带领团队在这片荒蛮之地创造出亩产超越千斤的奇迹！

播下金稻种，做强农业"芯"！

袁隆平院士对这里满怀期待。近两年，通辽、赤峰等地组织考察团到科右中旗考察学习盐碱地种稻改良模式及技术，还有北京、山东的农业开发公司也到这里来投资盐碱地种植水稻项目。

2021年4月，袁隆平水稻院士专家工作站的专家们在西白音胡硕嘎查水稻科研育种基地开展了一系列错期播种、不同基质土孕育等试验项目。在科研基地进行，由内蒙古自治区农业技术重大协同推广项目——优质水稻绿色节水高效栽培

袁隆平与兴安大米

技术推广、北方寒地水稻及区域耐盐碱水稻提质增效关键技术研究与集成示范。专家们热烈地探讨着种业创新的未来发展之路,一个种业创新工作的"兴安模式"逐步显现。

从过去的一片荒芜到如今的一片稻海,耐盐碱水稻平均亩产又创新高,让全国水稻专家都惊讶不已。2019年,兴安盟耐盐碱水稻优质稻米亩产达508.8公斤;2020年,亩产达533.95公斤。是起点还是终点?未来,世界稻米之路,人们充满了期待!

这片土地到底发生了怎样的故事……

第二章

唤醒沉睡的土地

> 我一生最大的愿望就是让人类摆脱饥荒,让天下人都吃饱饭。
>
> ——袁隆平

一、移民：乡土的蝶变

这是一次史无前例的艰难的大迁徙。

黑土地上到处是苦难、死亡、荒蛮、废墟、荒野。

面对残酷的生存危机，山东、河北、河南、山西等地的农民不得不背井离乡，逃难到陌生的东北大地。这支队伍里裹挟着我的爷爷、奶奶、姥爷、姥姥，还有年幼时的爹和娘，以及更多的难民，他们不知前行的路，只是为了逃荒，为了活着……

数以万计的人葬身兽腹、沼泽，倒毙在荒山野岭，路上有不断堆起的坟头，失散的亲人在哭号着。几千公里的跋涉，就为了能有一块自己的土地，在这片苍茫的荒原上，开垦出一方生存的空间。

闯关东是一条充满苦难的路，也是一条有生存希望的路。

清政府对蒙古盟旗推行"移民实边"政策，札萨克图旗前后分3次招垦荒地，允许旗民自垦荒地，科尔沁草原开始大批放垦，关内汉族农民大量涌入各蒙旗。由外地移入札萨克图旗境内的居民不计其数。这些移民中，除从卓索图盟喀喇沁各旗移来的部分蒙古族农民外，多数为山东、河南、河北的农民，也有从奉天（今辽宁省沈阳市）、吉林和临近省份移入的农民。他们在租来的土地上种植

| 袁隆平与兴安大米

粮豆作物。土地开垦面积不断扩大，垦殖区由南向北推进。

科尔沁草原放垦让更多的外乡人涌了进来。这片辽阔的土地容留了十几万难民，他们散居在洮儿河、归流河两岸。

科尔沁草原沃野千里，江河纵横，水草丰美，自古以来就是北方游牧民族的天然牧场。洮儿河、归流河流域是北方游牧民族繁衍生息的热土。当时这里成为大批难民逃荒的暂留之地。他们在河岸边、山坡下搭建草棚、窝棚，有的支起马架子安顿一家老小。

洮儿河温润的胸怀滋养了水草丰美的土地，丰腴的草原孕育了人们的慈善和包容。札萨克图旗人敞开胸怀，接纳了不计其数的外乡人，说着不同语言的人们在洮儿河畔一同耕作。

札萨克图旗东南原野辽阔，南北长千余公里，跨洮儿河、蛟流河流域，水草丰美，土壤肥沃，垦牧皆利；西北重峦叠嶂，群峰交错，山势陡峭雄伟，有茂密的原始森林，洮儿河贯穿中部。归流河、蛟流河等河水，缭绕东南原野注入嫩江。

兴安盟的科尔沁右翼各旗人，居住在洮儿河沿岸广阔的草原上，以传统畜牧业为生。他们不会种田，只是在沙土覆盖的野地上漫撒籽粒，赶牛马踩踏，待雨后成苗，任其自熟。

流入此地的汉族移民将木犁、锄头、石碾和农耕技术带到了草原。第一年，他们种上荞麦；第二年，种植麦子、高粱、玉米、大豆。牧人放牧，农人耕种，一代又一代人繁衍生息，在兴安大地上出现了一个又一个村屯。

洮儿河畔渐渐繁盛起来。

那些流传在民间的歌谣，真实地记录了人们当年的生活情景，一首《洮儿河》唱道：洮儿河水清澈透明，两岸各旗和谐友善。安居了的各族人民，当家做主天下传颂……

第二章 唤醒沉睡的土地

那些流入此地的"关里人"凭借吃苦耐劳的精神，披荆斩棘，开垦出一片片农田。

那时候，由于逃命，家人都陆陆续续地走散了。娘的大伯带着一家老小闯关东，四处漂泊，听说最后定居在内蒙古一个偏僻的小山村里。当时，姥姥又接连生了5个孩子。家里的日子愈加捉襟见肘。娘8岁的时候就跟着姥爷在家学纺布，靠纺布的钱交学费，并帮助姥姥照顾5个年幼的弟弟。在举步维艰的时候，收到了娘的大伯给山东老家送的书信。信上说：兴安地广人稀，在这里种地一定能养活一大家子人。他嘱咐姥爷姥姥去他居住的地方投奔他。姥爷姥姥商量了几天后决定，他们留家照顾5个年幼的孩子，让娘去投奔她大伯。

姥姥流着泪为娘打上行囊，临走时，给娘揣上写有地址的书信和3张煎饼、几根大葱。

娘坐在火车上，看着老家的山脊渐渐远去，心绪不宁，在想念家乡和亲人的思绪中昏昏沉沉地睡了一夜。醒来后，看到车窗外大地平展开阔，一望无际，娘的心情一下子疏朗起来，心想：这就是我要来的地方吗？这里就是我要生活一辈子的地方吗？

18岁的娘怀揣着信笺在这个陌生的乡村漂泊了三天三夜，找不到她大伯家。她又累又饿，绝望的感觉渐渐袭上心头。当娘坐在村外一棵老榆树下歇脚的时候，看见从村里走出一个颤巍巍的小脚老太太，正是她的大娘。娘惊呼着扑到她大娘的怀里，娘俩儿抱头痛哭。

稳定后，娘发电报给远在山东老家的姥爷姥姥报平安。惊喜中的姥爷姥姥反复叮嘱娘，一定要在那里安定下来。

娘住了几日后就喜欢上这个地方。娘的大伯托请乡政府的秘书，为侄女办迁移户口的手续。秘书见我娘是一个朴实的山东姑娘，便为自己的弟弟提亲。

娘的户口落下了，接着成亲了。一切都安顿好之后，娘就把姥爷姥姥，还有

袁隆平与兴安大米

5个弟弟接到了兴安盟。

这是刚刚落地的新家。

兴安盟科右前旗察尔森镇的前进嘎查是个移民村,分3个艾里。蒙古语"嘎查"相当于村,"艾里"相当于屯。

姥爷姥姥一家七口迁居到这里,在前进嘎查一个艾里安定下来。村里还有从山东、河南来的移民。

姥爷守着那几亩田地,每年都要撒下种子,盼着收获。

土地开垦后,草场逐渐上移。生态环境日趋恶化,土地日渐贫瘠,既养不了牛羊,又种不了庄稼。地里种不出庄稼,姥爷就做起了老家的铁匠手艺人,渐渐成为村上闻名的"张铁匠"。

炉膛的火苗吞噬着黑暗,姥爷站在火炉旁,佝偻的腰身起伏着,大粒的汗珠从脊背上流淌下来,划出一道道沟,手臂上下挥动着,锤起锤落,火星四溅,火光映着他苍老的脸,风箱的声音伴着他呼呼的喘息声。他把红红的铁料从炉火中夹出来放在铁砧上,一下下敲击着,将漆黑的屋子照得火红通亮。随着刺啦一声,木桶里的白烟倏然飘起,一件制品完成了。锄头、铲刀、铁掌、马镫、马嚼头……姥爷像摆军功章一样把它们一件件地、方方正正地摆好,两只粗糙的手在上面反复摩挲着。

爹是种地的好把式,一年四季把汗水洒在兴安大地上。他在开垦的田里,种过荞麦、高粱,种过玉米。舅舅们也长大了,也开始下地了。

一次艰难的大逃荒,他们在寻找,充满迷惘。一群大雁向南迁徙,齐刷刷的翅膀划过辽阔的大草原,划过山脊线,将他们内心的茫然与困惑带走了,他们的表情清晰起来。

这是他们的第二故乡。

逃难出来的人,就为了多挣一口吃的。我们邻家住着朝鲜族康大伯一家,他

56

第二章 唤醒沉睡的土地

家租了一片田地种水稻,也是全村唯一种植水稻的农户。我出生时,娘的奶水不够,一天,康家大娘端着一盆白花花的大米来我家下奶,娘感动得落下泪来。那是全家老小第一次吃到香喷喷的米饭,哥哥们端着饭碗欢喜地满屋跑。谁也不敢想有一天能吃到白米饭、白面馍,这难道是做梦吗?娘使劲掐着自己的大腿。当时,村上种水田的很少,大米是不多见的。只有少数朝鲜族农户在种水田,村里的孩子总是馋得不行,眼巴巴地盼着有一天能吃上白白的大米饭。

还在坐月子的娘,点着煤油灯,熬了5天5夜,纳了一双带乌眼的黑色绒面小棉鞋,送给康家的小儿子。

听娘讲,在山东老家,地里产的粮食不多,孩子们多填不饱肚子,于是,几乎家家都会种些地瓜,把地瓜晒成干后,再磨成粉做红薯馍馍,能顶饥饿,靠它救活了很多人。那是娘对老家的最香甜的记忆了,但那时候,谁家都没吃过白米饭、白面馍。

我家吃白米饭的事在娘的老乡中迅速传开了。"老张家吃到细粮了,真的,恁香恁香的。"老乡们羡慕着,口里咂摸着,脸上浮现出对未来日子的无限向往。

后来,村里渐渐开始种植水稻,据说都是跟康大伯学习的,爹和娘也偷偷将家中的五亩旱田改为水田。祖祖辈辈都以种植旱田为生,姥爷想象不到有一天会从水田里讨吃的,但这都真真切切地发生了。

打捞贫苦岁月里的记忆,这些记忆给娘留下的印象极为深刻。这么多年过去了,她依然记得当时的情形。

我娘最拿手的是摊山东煎饼。我们经常围在灶边,看着娘摊出一张张黄灿灿、香喷喷的煎饼。一个稳若磐石的黑色底锅,一捆轻细的柴火,娘坐在小木板凳上,身子向前微倾,左手用勺舀面,随着调好的玉米面汁刺啦刺啦地在烧好的锅里响起,右手便娴熟地一圈圈转动手中的耙子,随着飞快地旋转,一张煎饼的

袁隆平与兴安大米

完美轮廓就浮现了。热气扑面而来，香味也钻入鼻孔。坐在腾腾热气里，娘红润的脸上漾着微笑，两手轻轻掀起一角揭起来，煎饼薄如蝉翼，透着光亮。娘每每撕下一角，扔给垂涎欲滴的我们，我们欣喜雀跃地吃着。在那个物资贫乏的年代，娘摊的煎饼给我们的生活增添了一抹亮色。

几个老乡常来看娘，坐在一起拉呱儿。"拉呱儿"是山东方言，聊天的意思。山东方言很幽默，黑不叫黑，叫"黢黑"，白不叫白，叫"煞白"。我听得多了，也懂得了一些，不时地会上去打断他们，生硬地冒出几句，惹得他们哈哈大笑。

每次，娘都会给他们摊好厚厚的一摞煎饼，他们卷着大葱吃得很香、很香。熟悉的乡音，煎饼，似乎有着巨大的感染力，饭后几个老乡坐在一起，齐声哼着沂蒙小调，唱着唱着就会泪流满面……

二、朝鲜难民与兴安垦荒史

难民迁徙是一个时代的悲剧，也是一个民族的苦难史。二十世纪二三十年代，潮水般的朝鲜难民从朝鲜半岛，从江原道、庆南、首尔，向中国的内蒙古、黑龙江、吉林、辽宁等地涌来。

他们逃难到异国他乡，举目无亲，在用一锹一镐刨出的土地上，繁衍生息，最后扎根在这片土地。

这片草原上的人们，称逐水草而居的牧民为"游牧"，称逐水源开垦的朝鲜族稻民为"游农"。

这是他们的集体肖像：每个人身上背着柳条包，手掌布满老茧，佝偻着腰身，目光里充满坚韧、质朴。

他们的名字叫稻农。

赵龙元随父亲到中国东北时刚刚5岁。

赵龙元老人现年90岁，对以往的事还能清晰地描述。他说："那时父亲一直在给别人榜青，种水稻，可是到了秋天，我们却见不到一粒稻米，每天吃的都是玉米饼、高粱米饭等粗粮。"没有土地，生活艰难，赵龙元一家只能辗转搬迁。

对于饥饿的人来说，食物的香味会留下极为深刻的记忆。在赵龙元的童年记

袁隆平与兴安大米

忆中,稻米的香气和味道已经浸入心脾,难以言述。

我仔细观察赵龙元老人摊开的双手。

那是一双怎样的手啊!苍老、坚硬、关节粗大、弯曲,微微战栗,手指无法合拢,像是被时光的流水浸泡过,粗糙却泛白,细密的掌纹纵横交错。在漫长的岁月里,这双手蘸着血水和泪水耕种,留下一道道伤痕。岁月穿过掌纹,虽已渐渐褪去老茧,但指缝间仍残留着稻香。

老人面部皱纹纵横,话语轻缓,说:"祖辈为了寻找水系丰润的河流开发水田,经常迁徙,我们已经搬过十多次家了,从延边、农安到白城镇赉,最后定居在兴安盟。"

在和朝鲜族村民的交谈中,我知道他们是经历一番跋涉后来到兴安盟的。几乎每个人都可以向别人讲述自己或祖辈从朝鲜半岛迁入中国的经历,无论是亲身经历的一代,还是他们的子孙后代。这些故事经过一代又一代人口口相传,构筑了他们的共同记忆。几位朝鲜族老人讲起过往时,情绪依然激动,眼里闪着泪光。

作为内蒙古朝鲜族主要聚居区的兴安盟,大批朝鲜人的迁入始于1919年朝鲜半岛爆发的"三·一反日运动"后,朝鲜沦为日本的殖民地,朝鲜人民在日本侵略者的控制下过着极其悲惨的生活。朝鲜的贫苦农民为了生存,背井离乡,扶老携幼,越过鸭绿江、图们江,纷纷来到中国。当时在朝鲜人民中流传的民歌《搬家歌》,如实反映了朝鲜人民无力养家糊口、妻离子散、流离失所的悲惨生活情景:

老黄牛一步三摇,高轮车轻轻飘飘,
妻子顶着木盆瓦罐,破东烂西丢下了。
咱们默默地走,是寻找,也是奔逃。

第二章 唤醒沉睡的土地

寻找一块无主的土地,不管它李朝唐朝。
老黄牛呀,不必东瞅西瞧,哪怕是天涯海角,
你只管往前走,离衙门越远越好。
妻子呀,你不必心焦,理想的地方一定能找到。
我们到那里播种插秧,那儿土地肥美,那儿阳光普照。

丰沛的河流是朝鲜人民种植水稻的命脉。在水源丰沛的河畔,会有聚居的朝鲜村落,这是他们的落脚地,他们依水而居,倚水而种。1919年,沈思楚等人带领30余户朝鲜贫苦农民,逃难到中国,在兴安盟扎赉特旗绰勒河下游的北巴岱荒野上开荒造田,种植水稻。之后,又在扎赉特旗好力保、保安沼一带逐步种植水稻,成为兴安盟地区最早的水稻种植区。

兴安盟内的洮儿河、霍林河、绰尔河、归流河、蛟流河等流域,水源丰沛,适宜开发水田。于是,朝鲜农民开荒引水,种植水稻,与当地汉族、蒙古族、满族等农牧民一道开发并建设这片土地。

他们将一片片长满乌拉草的沼泽地、草甸子开垦为水田,播下稻种。到了秋天,看着成堆的、黄灿灿的稻谷,朝鲜农民高兴地把稻谷捧在手里,眼含热泪地跪在地上,连连磕头,大声呼喊着:"感谢上苍,我们有饭吃了,我们的孩子不再挨饿了。"

他们挖开一片片荒凉的土地,给了它们一个个温暖的名字,南鲜光、北鲜光、古城、三合、国光、和平、金刚……这些地方成为今天的兴安盟朝鲜族聚居村落。

在这里,我看到一个奔波在山间田埂的身影,身材瘦削,面色黑红。他叫朴成奎,54岁,有着响亮的头衔——兴安盟扎赉特旗绰勒银珠米业有限公司董事长,扎赉特旗第十四、十五、十六届人大代表,全国种粮售粮大户,全国民族团

袁隆平与兴安大米

结进步模范个人,是国内各媒体争相报道的成功企业家。

2020年11月,扎赉特旗绰勒银珠米业有限公司刚刚获得"蒙"字标,内蒙古仅有两家企业获此殊荣。当我们走进办公室时,埋在厚厚的书籍中的董事长,竟未发现我们。他看起来比在领奖台上和镜头里还要瘦削,但神采奕奕。

他热情地招呼我们坐下。我被办公桌上的民族历史研究资料所吸引。在经营公司之余,朴成奎一直在寻访探究朝鲜移民在兴安开垦的历史,并致力于稻作文化的保护工作。他说:"这些年我走访了兴安盟、赤峰、呼伦贝尔的朝鲜族聚居村落,探寻那里的民族历史及稻作文化。"

在这些草原深处的朝鲜村屯里,依然存活着许多与稻作农业伴随而生的风俗。原始的稻作文化密码,记录着一个民族成长的历程。

朴成奎说:"我的祖辈为了生存,从朝鲜逃难到这里,在这片土地拓荒,建立家园,并坚守在这里。"我看到他的目光中透出一种坚持。

朴成奎的祖父如果在世,应该有130多岁了。朴成奎没有见过祖父,只是从父亲的讲述中知道了一些祖父的故事。

据朴成奎的父亲讲,祖父是个视土地为生命的人,为了生存辗转流离,一生躬耕于田亩之间。朴成奎还记得照片上祖父那双粗糙的、棕褐色的手,手上那被岁月风霜刨出的沟壑,像是时光刻下的痕迹,让人看了难以忘记。

他们难以割舍脚下的土地。探寻稻米起源是一次重要的文化寻根。

这是一个个活着的历史,一个个活着的、立体的人和事。

远离故土的朝鲜难民赤手空拳地来到异国他乡,在遍地残雪、寒风刺骨的北方荒野上,一锹锹、一镐镐地刨出土地。祖祖辈辈耕种的稻农将汗水和希望一起播种在土地里,就像呵护婴儿一样,精心呵护着一株株稻苗。

自祖辈在这片土地栽植水稻后,其后代仍眷守着这里,耕耘劳作。

我们几经周折,找到了这段历史足迹的记录者——扎赉特旗绰勒镇鲜光中心

校的退休教师康正龙。我们到访时，老人正在家中翻阅历史书籍，知道我们的来意后，他的情绪非常激动。他为我们找来积攒多年的手稿，在一页页发皱泛黄的纸上，都是他密密麻麻的手迹。老人的手微微颤抖，声音也变得有些哽咽："再不保留就没有了，什么都没有了。"

在长达3个小时的交谈中，老人几次落泪。当我们要离开时，他坚持出来送别。在刺骨的寒风中，老人拄着拐棍在后面远远地目送，扬起的手落下后，在脸上擦拭着泪。我的心情也变得异常沉重。

每一个亲历者，每一次讲述，都会让我重新走入那段艰苦的岁月。

为了开辟水田，他们不仅要用双手一镢头一镢头地刨出地，还要跳进刺骨透心的冰河中，打桩子，压柳条，背土填石，拦河筑坝，灌田撒种。在最初开发水田的岁月里，有多少人因为被冰水冻伤或被冰碴冲伤而导致终生大疾，又有多少人不慎掉进冰河里丧生。

他们把稻田看成安身立命的根本，那里凝结着他们的汗水和心血，也凝结着生存下来的希望。这些水田都由朝鲜农民开发耕种，为了不误农时，他们起早贪黑，不等冰雪开化就修水渠，打池埂子，耙地整地，适时播种。

披星戴月、顶风冒雨地开垦田地，连一条石头缝都不放过。他们凭借着积累的经验和不屈的毅力辛勤劳动着，最终成功种植大面积水稻，使这片土地被金黄色的稻浪所覆盖。

内蒙古东部地区气温低，昼夜温差大，无霜期很短，不利于水稻生产。勤劳的朝鲜农民靠自己的聪明才智和顽强的毅力，历经艰辛，把在温带和亚热带地区才能生长的水稻迁移到高寒地区。他们当年种植的稻种是从朝鲜和中国东北地区引进的耐寒性强、成熟期短、产量较高的北海道稻和大丘早稻。

为了克服稻种品种单一、产量低下等问题，朝鲜农民在水稻种植过程中一直摸索和实践，培育出许多水稻品种，如北海道、小甸子、坊主六号等。各地区的

袁隆平与兴安大米

朝鲜农民因地制宜,选择适合当地生长的种子。耐寒性强、早熟、产量较高的新品种,战胜了无霜期短、水温低、昼夜温差大等不利于水稻生长的自然环境,促进了兴安盟水稻大面积推广种植。

水稻是精耕细作的农作物,稻农为之付出了很多艰辛。

90岁的金粉善老人讲起种水田的辛苦时,还皱着眉头说:"那时没有机械耙地,全靠人力。4月,东北还很寒冷,地里的耕作层还冻着冰碴,种稻的人光脚在上面踩,两脚冻得通红,有时候踩得两脚血淋淋的。"老人边说边将裤腿卷起来,让我看腿上的一道道划伤、冻疮,深深浅浅的疤痕,触目惊心。

一直种植水稻的朝鲜族老人尹春植回忆说:"在稻田里插秧是最辛苦的了。男女老少都要下到田里,最早是赤着脚,那时候没有胶皮靴子。人们哈着腰,一弯腰基本上就是一天。中午的时候能歇一会儿,吃口饭。"

他沉浸在回忆中,继续讲道:"种水田非常辛苦。汉族农民一开始不习惯,也不愿意种,后来看种水稻收成好啊,而且政府也支持在咱们这里推广水稻,这才开始跟着种的。慢慢地,他们也很少种别的了。"

不同的地域和水域,使朝鲜农民在移居初期的水田开垦中遇到了各种各样的难题。当时,兴安地区主要是以旱田种植和牧业为主,人们缺乏对水稻种植的认识,而且由于天气寒冷、无霜期短,加上工具简陋,给水稻种植带来很大的困难。20世纪50年代以前,兴安盟农业生产主要采取撂荒和休闲的耕作制度,新开发的水田连续耕作三五年后便弃耕,撂荒三五年后重新开垦种植。一般采用"漫撒籽"方式播种,平均亩产仅50公斤。

这种播种方法虽然实行起来较为简单,但只适用于新开垦的土地,或是杂草比较少、土质较为肥沃的土地。经过几年的耕种后,土壤肥力会降低。这种情况下,杂草横生,田地也会荒芜。大多数朝鲜农民在水田种植两三年后便弃耕,顺着河流再度迁徙,寻找下一处更好的沼泽地,再次开垦。在我走访的一些朝鲜族

村落中,上了年岁的老人讲起当年的水稻种植,都会对最初的直播种植所带来的稗草丛生等一系列难题感到头疼。

朝鲜农民开发水田,是在困难重重的环境下进行的。首先选择适宜灌溉水田的河流,然后修筑柳条拦河坝,挖渠引水,灌田种稻。这就是兴安盟最早的农田水利工程。

"朝鲜人迁入东北以后,在什么基础都没有的情况下是怎样解决最重要的引水灌溉的问题?效果如何?"我提出一连串的疑问。

"咱们这边是用柳条,因为可以利用高低差,也有更复杂的。有的地方是等冬天到了,封江了,在上游用铁丝网拦上,再在冰上面装石头,石头有的是。等到开春,冰化了,石头就落下去了,落下去的石头就把水给引上来了。"三合村村民朱圣吉说,"就是老一辈的生活经验吧,年轻的看年老的做,自己也就学会了,一辈传一辈吧。"

"水把头"很辛苦,每年冬季要提前垒坝,准备第二年的引水工程。修筑拦河坝是一项庞大而危险的工程,除了用柳条拦河筑坝外,我还了解到,在兴安盟其他嘎查村屯定居的朝鲜族也有不同的引水灌溉方式。

据当年参加过筑坝工程的古城村老人尹晋模回忆:每年开春,全村男女老少凡能干活的齐上阵,能割柳条的就割柳条,能背石头的就背石头,能编草帘子的就编草帘子,做好筑坝前的一切准备工作,待到冰河一开就修筑拦河坝。筑坝之日,全村的青壮年男子,大口喝上几口老白干后便赤身裸体地跳进刺骨的冰水中,打木桩、压柳条、铺草帘子,用石头压住之后填土堵漏,筑成拦河坝。当河水涨高,坝中的水通过新开的水渠汩汩地流入田里的时候,特地来围观此景的村民们眼含热泪欢呼雀跃,庆祝筑坝成功。

在开垦水田初期,朝鲜农民自制了一些耕种工具,如锹、镢头、木铁犁和背架子。背架子是一种木制架子,与现在使用的扁担一样,是重要的人力运输工

袁隆平与兴安大米

具。其他生产工具还有割稻子、割草用的镰刀和脱谷用的连枷，后来逐渐引进日本的人力除草机、脚踏脱谷机。

如今，在兴安盟的民俗博物馆和农耕陈列室，我们依然能看到当年的农具。兴安盟地区出土了清代铁犁铧、柳编桶、铁耙、铁锅、石臼等文物，每件物品都静静地躺在展柜里，岁月在上面刻印了斑斑锈迹，也烙上了兴安盟水田开垦的艰辛历史。

一株水稻，从播种、育秧、抽穗、结籽到最后燃成灰烬，一季便走完了一生。第二年，重新开始。多像一辈辈躬耕的稻农，不断地燃尽自己，照亮后人。这些背井离乡的垦荒人，最后留下了一抔黄土，守护着这片土地。

我从科右中旗返回的途中，看到坟冢越来越小，渐渐地，回归大地的广袤与平坦，与这片土地融为一体。

三、生生不息的洮儿河

洮儿河水奔腾着，水的清澈荡涤了大地的污浊。这承载着生命和希望的母亲河，从不曾停止行走。

深秋时节，站在锡伯图山下，苍凉的气息扑面而来。眼前的影像相叠着，有猎猎作响的经幡，繁星点点的油菜花，有马蹄声声，还有活水源头的潺潺水声。

稻田、牧草与牛羊，和谐安宁。草原在苍茫的暮色里，显得更加深邃、辽阔。

阳光照在稻苗上泛起清新的气息，浸润人们的心灵深处。这是最香甜、诱人的味道，田野里蓄满了希望。鲜花和牧草，不断地变换颜色，稻田里覆盖着一片金黄。

乌兰浩特市乌兰哈达镇古城村是朝鲜族聚居村，北面和东面靠山，南面开阔，是一个有着千顷沃野的村庄。村庄坐落于一座古城遗址处，因而得名"古城村"。生活在古城村的朝鲜族人占古城村总人口的98%，因此这里也叫"高丽城"。

古城村有悠久的水稻种植历史，汉族、蒙古族、朝鲜族世代在此辛勤耕耘。据村上老人讲述，自辽金时代起，就有朝鲜人在这里种植水稻。从古城遗址中挖

袁隆平与兴安大米

出了朝鲜人使用的铁锅、捣糯米的石臼和石棒。这些文物和传说记录着在这里种植水稻的历史，给这座村落增添了一份神秘感。

历经时代变迁，古城村水稻种植兴衰更迭。弯身劳作的农人们，和着泥土的气息，潜入稻田，一畦畦稻子在阳光的映衬下，散发着光泽。

如今，村民们携手努力，在"杂交水稻之父"袁隆平院士的指导下，成功种植出"冷水有机稻"，重现"水稻之乡"昔日盛景。

在古城村，赵晓芳一家是村里有名的幸福家庭。这家人由4个民族组成，赵晓芳是蒙古族，妻子陈玉华是汉族，他的女婿是达斡尔族，两个妹夫则是朝鲜族。在兴安盟，像这样的家庭并不在少数。

赵晓芳是古城村书记，也是兴安盟的朝鲜族村屯中唯一的蒙古族书记，曾获"全国民族团结进步模范个人"荣誉称号。

"你好！赛音白努！阿尼哈撒哟！"一见面，赵晓芳流利地用3种语言送上问候。他身材壮实，脸色黑红，声音洪亮，我们被他的爽朗、幽默感染了。

2009年，赵晓芳当选为村支书。他说："在多民族聚居村当支书，一定要把民族团结作为头等大事来抓。"这是赵晓芳对自己提出的要求。

无论是在自己的小家，还是在村子这个大家，赵晓芳都用心呵护着民族团结之花。他说："汉族兄弟把经商经验传授给蒙古族、朝鲜族兄弟们，朝鲜族兄弟把种植水稻的技术传给汉族、蒙古族兄弟们，蒙古族兄弟把养殖技术传给汉族、朝鲜族兄弟们，我们就像石榴籽一样紧紧地拥抱在一起，这些年就是这么过来的。"

77岁的朝鲜族村民孙晶洙是村里的贫困户，体弱多病，平时没有人照顾，他的儿子女儿都在外打工。赵晓芳不仅帮助他盖了新房，还为他申请低保，对他家里的几亩口粮田也进行土地流转，使他有了生活保障。

孙晶洙感动地说："真是多亏了赵书记，要不然我这日子都不知道怎么过

第二章 唤醒沉睡的土地

了！"

当选村支书后，赵晓芳考虑的最多的就是如何带领全村各族群众实现共同富裕。2019年，袁隆平水稻院士专家工作站在古城村建立种子繁育基地，水稻品种技术的改良给古城村带来新的契机。

面对全村的青壮年外出打工、村里仅剩留守老人和孩子的现状，赵晓芳以成立草原香云水稻种植合作社为载体，不断创新和完善土地流转方式，带领村民增收致富。结合农业产业结构调整，草原香云水稻种植合作社采取"党组织+专业合作社+农户"的形式，全力推进土地规模化经营，有效降低生产成本。

土地的有效利用，为村民带来更多的实惠。

李太源，50岁，体弱多病，儿女都不在身边，家里没有劳动力。他加入水稻种植合作社后，说："自从加入合作社，从春播到秋收都是科学统一管理，水稻育秧播种机和高速插秧机的投入使用代替了传统人力，省时省力省功夫，又能多赚钱，多好啊！"

刘铁明是村上的低保户，多年来一直在外地务工，家中的耕地一直闲置着。回到家乡后，他看到合作社的运营模式和发展前景，选择主动加入合作社。如今，刘铁明已经成为古城村的种粮大户。他站在稻田边，望着长势喜人的水稻，难掩心中的喜悦，说："现在种田可省心了，都是合作社统一管理，统一销售，无纺布育苗，规模化经营，还有袁隆平水稻院士专家工作站的专家到地里进行现场指导。我去年一年就赚了10多万元，再也不用出去打工了。"

在赵晓芳的带领下，全村4000亩土地已顺利实现流转，从春播到秋收都是统一管理，并用水稻育秧播种机和高速插秧机代替了传统人力，有效节省了人力和物力，社员的收入也有了显著提高。

关于合作社，赵晓芳有说不完的话："自2012年草原香云水稻种植合作社成立以来，我们先后投入170多万元用于购置播种机、插秧机等农机具，大大提高

| 袁隆平与兴安大米 |

了机械化耕作水平。下一步我们将建立加工厂，打造自己的品牌，完善合作社的管理机制，引领广大村民发家致富。"

村支书赵晓芳在地里忙碌着，稻田里的禾苗壮了，又是一年好收成，他的脸上有掩饰不住的喜悦。

草原上盛开的金达莱，一片艳丽，在凄凉孤寂的岁月里，散发出多少芳香，给了他们多少企盼！

在漫长阒寂的历史岁月中，各族人民共同在这片广袤的土地上繁衍生息，完成移民开垦，促进民族融合。

1947年5月，内蒙古自治政府在王爷庙街成立，草原人民欢呼雀跃。"满达胡金刚大米"被选为草原贡米献给盛会，牧民装满3个勒勒车，走了三天三夜。

"巴达仍贵"系蒙古语，意为"兴旺发达"。百年前，这片草原被称为"阿贵·桑如巴"。"桑如巴"是当时名满草原的歌者的名字。1948年，大批朝鲜移民迁入巴达仍贵，形成金刚朝鲜族聚居村。金刚村的朝鲜族增至60户，在洮儿河右岸开发水田，水田增至2000多亩。金刚村后改称"满达胡嘎查"。朝鲜族李在英、蒙古族常占荣和辽宁移民朱庆才联合成立满达胡金刚合作社、洮仁高勒水稻种植合作社，带动了周边村屯的水稻种植。在科尔沁草原洮儿河畔，稻花飘香，凝聚着汉、蒙古、朝鲜等民族的兄弟情谊。

这不仅是大地的杰作，人类的杰作，更是劳动者的创造和智慧。凭着一份执着的坚守和对生活的热忱，他们守着、耕耘着、挚爱着这片土地。

1947年10月10日，中共中央颁布了《中国土地法大纲》，实行"耕者有其田"的土地制度，按人口平均分配土地。兴安地区的土地改革运动轰轰烈烈地开展起来。

"不种千顷田，难打万担粮。"政府鼓励农民开荒种地，发展粮食生产，支援解放战争。虽然各地耕地面积持续增加，但获得土改运动胜利果实的农民却在

第二章 唤醒沉睡的土地

生产上深感耕畜、劳动力不足。

为了解决这些困难，科右前旗哈拉黑镇的农民李斗熙，于1949年带领几户朝鲜族农民，率先成立了兴安盟地区第一个自愿组成的农业生产互助组。随后，科右前旗三合村成立了权斗万、尹尚禄、尹寿铉互助组，还成立了由妇女组成的梁点顺互助组。1954年，哈拉黑镇、古城村、三合村的朝鲜族农民们，在互助组的基础上建立了初级农业生产合作社。

89岁的朝鲜族老人郑英淑讲述当年在三合村参加妇女互助组的经历，激动地说："那时候，大家只有一个念头，感谢共产党的恩情，把日子过起来。"她带领妇女搞生产，帮助农户收割水稻，彼此之间建立了深厚的友谊。

此时，兴安大地发生了巨大变化。经过土地改革，贫苦农民分得了土地和房屋，有了牲畜和农具，农耕生产积极性空前高涨。兴安盟各级政府采取果断措施，筑堤防洪、兴修水利，进行防洪排涝，引水灌溉，治理水土流失，实行综合治理，使水害变为水利。耕地面积骤然增加，而生产工具落后、劳动力不足，使耕作方式变得十分粗放，多数地区广种薄收，造成土地退化和沙化。有些牧场还被开垦为耕地，导致牧场面积不断萎缩，影响了畜牧业的发展。到1950年，全盟粮食作物播种面积有480多万亩，总产量超2亿公斤。随着生产发展，开荒种田仍呈递增势头。

科右中旗杜尔基镇鲜光嘎查的吴点男老人回忆说："那时我刚刚10岁，开始有互助组时，我们就搬到这里来了。"

当时，鲜光嘎查已经成立了互助组。吴点男的父亲有种植水稻的经验，被推选为互助组组长。辽宁朝阳有种植技术，他的父亲前去考察学习，回来后做了村上的水稻种植技术员，还被聘去突泉县生产队讲课。突泉县内有蛟流河，水域旁的土地肥沃，那里有十几户朝鲜族人家在种植水稻。吴点男的父亲在那做了8年技术员。

| 袁隆平与兴安大米 |

吴点男指着家中展柜上一个锈迹斑斑的铁锅对我说:"当年父亲就是背着这口铁锅,带着家人四处奔波,非常艰难。'一个行李卷,一个朝鲜锅'是当时的全部家当。我一直珍藏着,这是全家人活命的见证啊!"

金凤石是政协科右中旗第十届、十一届委员。鲜光嘎查在1998年被洪水冲刷后,河水淤积的黑土地土壤肥沃。国家综合开发后,修建了防洪坝、石头护坡、路、田、渠得到修整,水土治理成效明显。翰嘎利水库是水田灌溉的源头,水量丰沛,附近地块适合用于大面积开发水田。结合这些先决条件,金凤石第一个提出旱改水提案——《关于修建靠山枢纽至鲜光嘎查水渠的建议》,并成为先进提案员。2018年,他被村民推选为鲜光嘎查书记。

金凤石听爷爷讲,爷爷7岁时,太爷就领着全家人逃荒到这里。当时村里只有五六户朝鲜族人家在种植水稻。内蒙古草原辽阔,河流众多,到哪里都可以开垦种植,到哪里成立互助组,都能相互联系,最后他家落户于兴安盟扎赉特旗鲜光嘎查。

水稻种植技术是一代代传承下来的。开荒、春季放水、牛犁翻地、直播等农活,他从小看着父亲做,便也学会了。

金凤石记得,父亲每天早起去生产队干活。鲜光生产队是全旗先进队,有两台手扶拖拉机,一台链轨车,而别的生产队还在靠牛车拉地。那时有互助组,每组七八家,这样几家联合种植一两年后,农村就开始实行家庭联产承包责任制了。

金凤石说:"我家十多口人,分了1头牛,3只羊。"那时候,他也开始跟着下地干活了。

20世纪80年代初,黑龙江、吉林最早实施稀植栽培技术,并且实行选育品种改良。内蒙古由于土地多、产量少,引进的水稻品种多为北海道品种。北海道品种口感好,但极易引起稻瘟病,种植两年后必须进行更换。当时普遍缺乏技术,

第二章 唤醒沉睡的土地

没有自育品种，每年秋收时，稻民需要拿着种子到邻村或者邻居家换品种。

金凤石说："那时候种水稻非常艰难，没有优良品种，没有先进技术，全靠老一辈传承的经验。产量低，米质不好，一亩稻田最高产三四百公斤稻子。要是水稻发生病虫害，潜叶蝇在叶片上繁殖，就进行水控。水落下去了，蝇虫就没了，这些都是传统的种植经验。"

1998年发洪水后，几百亩水田全部被冲毁，村里2/3的村民都出去打工了，留守的没有几户。金凤石也出去做了7年的建筑工。他每天辛苦工作，两头不见太阳，一身衣服湿透了，晚上回来再换一身。金凤石拼命挣钱，就想着有一天回到村里，带领村民把日子过好。那时，村里家家户户生活都很困难，农民手里没有钱，生产工具只有手扶拖拉机。

2003年，外出打工的金凤石夫妇回到家乡，开始承包土地，种植水稻，还在荒山上栽植杨树800亩。他家种植的水稻长势最好，收成最多。邻村的蒙古族牧民来向他学习，他手把手地教，周边村的蒙古族牧民都学会了。牧民们都叫他"金四哥"，还与他结成了"安达"，即"兄弟"。

杂交水稻是袁隆平院士培育出的一种高产杂交水稻品种，是由普通稻与在海南发现的野生稻杂交培育而成。1975年，杂交水稻种植技术研制成功，从而为大面积推广杂交水稻奠定了基础。在海南试验成功后，又在黑龙江试种一年，再引种，最后由科技人员"送科技"到田间地头。

正值水稻移栽关键时期，兴安盟农业局科技人员深入田间地头开始示范指导，讲解推广水稻旱育种植技术。"秧苗在旱地中培育，移栽时必须携带泥土，使秧苗能够快速定根返青。水田中的水不宜过多……"农技人员边示范边指导操作。

水稻机械化育插秧技术到底有什么好处呢？多年实践证明，该技术不仅可以省工节本，解除农民在育秧、插秧中的三弯腰之苦，而且能够大幅度增产、增

袁隆平与兴安大米

收，亩增产100公斤左右。

前些年，金凤石去吉林、黑龙江考察。目光敏锐的金凤石购进先进品种，聘请技术员来讲课，带来先进的水稻插秧技术，并且在鲜光嘎查进行大面积推广。

对于祖祖辈辈一直"漫撒籽"种植水稻的农民来说，水稻插秧技术简直是个划时代的改革。

"现在好了，有了袁隆平院士专家建立的南繁基地，可以进行南繁北育品种试验，去除杂种，留下优良品种。每年种植几亩水田，能顶以前几十亩的产量。"金凤石说道。

"但是，这些父亲已经看不到了，耕种了一辈子水稻的父亲，只有一个心愿，就是能多打些粮食。父亲从没有看过这些先进的设备和技术，也没看过收获成堆的稻谷。临终前，父亲还舍不得吃碗中的大米，一直嘱咐我怎么种地才能多打粮食，养活一大家人。这也成为父亲一生的遗憾。"回忆往昔，金凤石的神情有些黯淡。

从广种薄收的粗放经营方式到集整地、收获等机械化于一体的水稻插秧技术，农民真正看到了土地耕种改革带来的收益，也从不理解到慢慢接受，再到大面积推广。

现在，村里种水稻有了更多的优势。

金凤石说："袁隆平水稻院士专家工作站入驻兴安盟后，带来了先进的优质水稻栽培技术。工作站的朝鲜族技术员朴勇基，是本地的水稻专家，经常来为村民讲课，每年会有三四次，种粮大户都去听课。"

开春时，金凤石家承包种植了400亩水田。他的儿子李明博也跟着种，他要将水稻种植技术传承下去。

在布谷鸟开始鸣叫的季节里，大片杏树的花香弥漫了乡野，稻农们开始了育苗、插秧的劳作。

在井渠旁，我看到稻农们用百折不挠的意志和力量，克服一个个难以想象的困难，书写大地的丰收。我看到他们在稻田里，手捧着沉甸甸的稻穗，脸上绽开灿烂的笑容。

那一刻，我的身心与这片土地融为一体。

记忆在稻香中永恒。只要农耕的火种不熄，故乡便是不朽的。

袁隆平与兴安大米

四、红色水稻第一田

他们，20岁刚出头，就将生命交给了战场。

他们，将荒滩变为良田。

他们的名字叫拓荒者。

这是英雄辈出的红色土地，刚从战火硝烟中走出来的战士，征尘未洗又走向荒原，在这片土地上播下了革命的火种和希望。

他们驰骋在辽阔的大地上，不仅参加辽沈战役和平津战役，还支援前线，为抗美援朝战场调训和运送战马，立下赫赫战功。他们，就是内蒙古骑兵第一师的战士们。

1932~1945年，在日伪侵略者的血腥统治下，兴安大地惨遭蹂躏，民不聊生。归流河、洮儿河两岸虽然水草丰茂，但由于战乱，粮食产量很低。1947年6月，内蒙古骑兵第一师主力南下参加东北解放战争，留守后方的步兵第二团团长拉瓦、政委鲍音扎布带领全团30名战士徒步40公里，进驻斯力很乡。

他们此行肩负三大任务：一是根据中共中央颁布的《中国土地法大纲》，保卫土地改革运动，帮助农民平分土地，建立政权；二是帮助农牧民开荒生产，让他们有田种、有米吃；三是为前线供应军粮，解决部队生活所需，达到粮食自给

第二章 唤醒沉睡的土地

自足。

在欢迎屯垦开荒战士仪式上，团长拉瓦激动地说："我们正在做一件亘古未有的、翻天覆地的大事。"站在荒原上，全体战士齐声唱蒙古族长调民歌《可爱的枣红马在奔驰》："骑上枣红快骏马，策马扬鞭奔向前。青春火热好年华，献给经济快发展。"

洪亮的歌声响遍荒滩。

在兵团人未到之前，这片土地上有十几户朝鲜族农民在零星的地块上种植水稻。他们见证了兵团人的苦，也在劳动中与兵团人建立了深厚的友谊。

赵龙元与朝鲜族女子金粉善就是在这里相识、相爱、结婚。新房是赵龙元自己搭建的泥草房。

"那时的生活条件非常艰苦，没有更换的衣裤，身上长满了虱子。那个年月，人瘦得可见肋骨，虱子都吸不出血来。"金粉善回忆当时艰苦的日子，还紧锁着眉头。

团长拉瓦和战士们意识到肩上的重任，彻夜未眠。在昏暗的油灯下，团长拉瓦紧急分配任务，战士们主动请缨。这关乎着在前线作战的几万名战士的生死，还关乎着草原农牧民的饥饱。乌兰浩特市是红色革命根据地，从敌占区和外地投奔解放区的农牧民非常多，粮食供给成为首要问题。

紧接着，他们被眼前的景象惊呆了，这是一片白茫茫的荒滩。这样的沙土地能种庄稼吗？

没有人退缩。抗疾病，忍饥饿，团长拉瓦和战士们战胜重重艰难险阻。

他们在这片荒滩上搭建帐篷，修建地窨子。用粗树干做檩条，用细树干做椽子，先铺柳条，再盖一层苇草，然后糊上厚厚的草泥，正中间留一个天窗，一个地窨子就盖成了。

地窨子就是他们的家。

| 袁隆平与兴安大米 |

开荒造田，战士们比着干，争着干。

顶着烈日，趟着泥水，齐声喊着口号，大家一起欢快地劳动。

一个班的战士为了救活一根稻苗，将壶里的饮用水倒给了小稻苗。

为了让稻苗能在荒漠上活下来，他们硬是用铁锹挖出1000米长的排沙渠。沙土变成了沃土，但是许多战士却累倒在渠旁，腰身弯了下去。

战士们手掌上的血泡一层接着一层，榆木柄经常被染红。

夏天，荒滩上的温度高达40℃。一夜大风过后，战士们满身都是沙子。冬天，气温在-40℃，荒滩上到处是厚厚的冰雪。晚上睡觉时，战士们穿着棉大衣，窝在厚厚的稻草里，还冻得打哆嗦，身子缩成一团；早晨起来，头顶上结着冰绺。

战士们每日光着脚泡在田地里。金粉善和村上的十几位朝鲜族妇女，心疼这些年轻的娃，便将家中仅有的一点儿布头拼接起来，纳成布鞋，送给战士们穿，自己和家人穿的却是露着脚的木鞋。

战士们每天喝着野菜粥，干着高强度的农活，饿得眼冒金星，有的战士累得晕倒在田里。但是看着田间生长的稻苗，他们所有的疲惫和困苦都瞬间消失了。

这就是我们的战士，内蒙古骑兵一师的英雄们。他们战天斗地，满怀热血豪情。

由于国光村土地肥沃，洮儿河水资源充沛，灌溉便利，开荒造田的官兵们直接把这片荒地改造成水稻田。但是，骑兵一师二团某连的官兵大多是蒙古族牧民家的孩子，对水稻田的开垦、改造及水稻的育苗和田间管理都不了解。团长找到在这居住的从朝鲜迁徙来的赵龙元、于光明、金海哲、王成云、金书元、金银哲等种稻高手，并聘请他们为部队种植水稻的技术员。有了技术员，战士们立刻行动起来。

一面军训，一面开荒造田。战士们跟着技术员学习晒种子、选种子、整秧

第二章 唤醒沉睡的土地

以及每亩地播种几斤种子,到插秧期学习插秧,插了秧,又学习灌水、放水、施肥、防治虫害等技术。从播种那天起,技术员们就和战士们一起趟在泥水里,仔细观察苗情、水情和地情,直至试种成功。

技术员们根据祖辈的种植经验,结合当地自然规律,提供了很多经验和技术指导。他们提倡水稻浸种,防止病虫害;提倡秋翻休整土地,精耕细作,防止土地盐碱化。为防止因种水稻而使土壤盐碱化扩散,只限在国光村一带的初垦荒地范围内试种。在荒地试种成功后,逐渐扩大种植面积,进一步形成了国光村大规模集中连片的水稻种植。在这片荒滩上引种水稻,不仅改良了土壤环境,防止土壤沙化扩散,而且为前线军队供应了大量备用军粮。

团政委鲍音扎布、团参谋长新特克带领全体战士每日蹲守在田里,进行耙地、翻耕。这些屡建奇功的兵团战士,胸怀"世上无难事"的壮志豪情,虚心向村民讨教,制订方案,挖沟排沙,方圆几十里的大荒滩变成了大"战场"。在治理过程中,为了提高产量,战士们集思广益,创造出许多好用的土办法,如使用粪肥改良土壤。全体战士早晚在草地上拾粪,在田地边把粪垒成小山般高,成为稻田里的一道风景。

战士们喊着口号,扛着农具,迈着整齐的步伐,走向田间。

背后是垦荒休息的马架子。寒风中,在劳动之余,战士们靠着马架子大声背诵毛主席语录。

由于艰苦的条件和繁重的田间作业,战士们多数患了胃病和风湿性关节炎,每到阴雨天就钻心的疼痛。但是谁都不喊一声苦,不道一声累。看着那一片片绿油油的稻田,战士们更来了干劲儿。

技术员手把手地教,战士们磕磕绊绊地学着干着,费了不少劲儿。二连的巴特尔学得最上心,干起活来也最起劲。战士们遇到不懂的就问他,他也能说上个一二三,都快成半个技术员了。

| 袁隆平与兴安大米 |

有一天，随着夜色降临，天地间好像盖上了一层黑幕布，空气闷闷的，不多时，暴雨像天河决了口一样凶猛地往下泻。由于担心刚刚长出苗的水稻被冲毁，一夜没睡好的班长、排长，大清早就跑去稻田，到田边一看，水稻苗齐齐整整的，没有丝毫损伤，稻田里的水也都排出去了。

"这是谁干的？"

"这得一宿没睡吧？"

大家议论纷纷。这时，远远看见田埂上，一个扛着锹的人从地头走过来。有人大声喊道："哎呀呀，是团长，团长。"只见团长拉瓦的身上沾满了泥巴，他正用手擦着头上的汗，咧嘴笑着，露出两排白白的牙齿。昨夜，团长拉瓦听外面下着瓢泼大雨，想起技术员的话：稻长半腰，最忌水泡。于是，他连忙穿上雨衣抓起电筒冲了出去，到田边一看，地里都灌满了水。漆黑的夜晚，身上淋着大雨，他一块地接着一块地进行挖渠排涝……战士们的眼窝子热了。

太阳升起来了，稻苗在微风中轻轻地摇曳着，摆弄着身姿。

一杆杆红旗在荒丘上高高插起，战士们将这里作为新的战场。在团长拉瓦的带领下，战士们一鼓作气地开发了上千亩水田。转眼秋天到了，稻田里一片金灿灿的。第一年种植的50亩稻田丰收了，稻谷碾出白晶晶的米粒，蒸出的米饭吃起来又香又软。

战士们边吃边兴奋地说："自己种出来的米，吃着可真香！"

"没想到咱这打仗的手，还能种出大米来！"

战士巴特尔捧着稻米流下泪水，激动地说："等我复员回家，也要在河边种水稻，让草原的阿爸阿妈也吃上白米饭。"

战士们大面积种植水稻，也带动了当地村民。1950年，内蒙古骑兵一师撤离时，把几百亩稻田都留给了国光村村民。

荒滩变成了绿洲，内蒙古骑兵第一师创造了改天换地、敢为天下先的人间奇

第二章 唤醒沉睡的土地

迹，国光村的这片荒地成为由人民军队开垦的"红色水稻第一田"。

屯垦废，则边疆乱；屯垦兴，则边疆宁。

兴安盟红色稻田丰收的稻子为内蒙古骑兵全师备足了军粮。前线的骑兵战士们继续快马加鞭，跟踪急进，共参加大小战役202次，击敌无数，为内蒙古的民族解放和东北解放战争做出了重大贡献。

这段红色历史沐浴着这个小山村。

我找到了技术员赵龙元，当年的其他技术员都已经不在世了。赵龙元仍能清晰地回忆当年的情形。"我的父亲一直在给日本人榜青，没有自己的土地，一直流离失所，最后在王爷庙落脚。土地改革后，我们农民有了土地，我又被聘为技术员。这可是从来都不敢想的事啊！"赵龙元老人的脸上浮现了笑容，"那时都是自制的农具，设备落后，但是大家耕田的积极性很高。蒙古族官兵很能吃苦，每日在田里劳作，还虚心请教，称我们为老师。"

人进沙退，呈现勃勃生机，荒滩变为幸福之海、希望之海。

一种天然的强韧和创造，让这片土地焕发生机。

在原本荒芜的沙地里长出一片片绿色的青苗，覆盖了原有的荒凉和裸露的肌肤，简直换了一个天地。这片土地被唤醒了，枯寂的心田被滋润了，草原上的牧民重新燃起了希望，不再感到孤立无援。

村主任金泰德和申泰凤以及"水把头"赵怀江，率领朝鲜人和义勒力特镇包达力干村民大胆引出洮儿河水，并且选坝、放水、撒稻种。经过反复试种，终于在1934年获得成功。当时每亩水田产175公斤稻谷，日后逐年增加，不但此地朝鲜人吃上了大米，还把剩余部分给了当地村民。

国光村村委会原书记金光明还记得当时的"水把头"——张凤烈老人，他不仅是村上年纪最大的，而且经验丰富。金光明沉浸在以往的记忆中，生动地向我描绘当时的场景。"水把头"要管一年的放水、收渠之事。每年开渠引水时，河

稻花香里说丰年

当年的"红色水稻第一田"

第二章 唤醒沉睡的土地

水畅快地流淌，人们载歌载舞，似乎将对未来的期许都聚集在这水流中，河水汩汩地流淌出人们的幸福与收获。

到了20世纪50年代，国光村的水稻种植面积已经达到10万亩，国光村也逐渐成为"兴安盟水稻生产第一村"。内蒙古骑兵一师的星星之火使兴安盟的水田建设形成燎原之势。

屯垦戍边变成建成戍边，实现了历史性跨越的生动景象。

前方，金戈铁马，内蒙古骑兵一师驰骋疆场，在弹雨纷飞的岁月里，在马刀见血的搏杀中，在改天换日的征途上，让敌人胆战魂飞。

后方，军民团结，战士们与群众开荒造田，种植水稻，把原来的荒地变为粮食高产的"塞上江南"，源源不断地为前线供应军粮。

半个多世纪过去，回眸抚摸那段历史，仿佛还能感受到永不褪色的兴安红色精神，仿佛还能看到战士们的勃发英姿和青春热血，以及各族人民一起拓荒生产的感人场景……

战士们艰苦奋斗，将沙地变成良田，把荒漠变成绿洲，创造了塞北草原的人间奇迹。

1949年春，荒滩铺满新绿，内蒙古骑兵第一师步兵二团的战士们被调离到前方部队，牧民们与战士们紧紧相拥，久久难以分离。

开荒造田的官兵们完成了土改及帮助群众开荒造田的任务，撤离国光村时，把800亩良田移交给当地，并将在国光村开荒种地时建的7间房留给7户种水稻的朝鲜族人家。此后，这里渐渐成为朝鲜族聚居村落，建屯后，称朝鲜族屯。

由人民军队直接开荒造田种水稻，斯力很乡国光村为首例。

当年，解放战争处在关键时刻，稳定土地改革运动、稳定解放区，使广大群众耕者有其田、食者有其米，决定了土地改革运动的胜利、解放区的稳定，也决定了解放战争的全面胜利。内蒙古骑兵第一师步兵二团某连胜利完成了保卫土地

袁隆平与兴安大米

改革运动、开荒造田的任务,是整个内蒙古土地改革运动中一个成功典范。

此时的国光村已成为有18户人家60余人口的村屯。国光村成立初级社,权忠洙为社长、金海哲为副社长,下设一个生产队,队长是金甲生、副队长是赵龙元。

为感谢中国共产党的民族政策,感恩人民子弟兵,全体村民为这个小村取名"国光村",寓意"沐浴国家之光"。

当年的兴安"红色水稻第一田"被印证后,位于乌兰浩特市卫东办事处的国光村,立即引起社会各界的广泛关注。

内蒙古《商务时报》记者和兴安盟"红色文化"专家到国光村实地考察。这段造田史的亲历者赵龙元带领专家们来到国光村的"红色水稻第一田",让专家们目睹了当年造出的800亩良田,见证了一批批边疆建设者的历史功绩。

赵龙元为我找到了当年的《商务时报》,他小心翼翼地珍存了十多年。

报纸上刊登着他的照片和这片"红色水稻第一田"。当时,他就站在稻田旁,为大家介绍与内蒙古骑兵第一师战士们共同奋战的情景。70多年过去了,这块稻田给了他生命和生存的希冀,伴随着他的青春岁月,他在这里留下了欢笑和泪水。

国光村人辛勤劳作、奋发图强,养育了一代又一代国光村人。当年的800亩良田,现已成为稻菽翻滚的万亩稻田。村里还建起楼房、别墅。

国光村处在归流河、洮儿河交汇处的西岸,东侧与葛根庙隔河相望。全村共有耕地3000亩,全部是稻田。土地肥沃,有"米粮川"之称。

为了增加村民收入,国光村两委班子带领大伙儿大面积种植优质水稻,于2021年完成了2300亩绿色有机水稻的种植。

国光村党支部书记崔金龙说:"以前引进的大多是黑龙江的水稻品种,2021年我们要种植兴安盟本地的自育品种兴粳、乌兰、兴育系列。这些品种更适合本地种植,老百姓也认可。"

现任职斯力很现代农业园区党工委书记。她带我到国光村万亩稻田参观，合作社的农民们正在稻田里整理田地，几台大型机械正在紧张地工作。她指着前方说："现在大部分土地流转了，有大的合作社来进行作业，农民在流转的土地上还能打工赚钱呢。"

现今，这绿色蓬勃的水稻田是国光村人感怀党的民族政策、缅怀人民子弟兵的恩德以及教育后人的"红色水稻第一田"。

内蒙古骑兵第一师英雄的后代青巴图来这里祭拜先辈。他说，兴安大地是先辈战斗过的地方，在这里可以看到先辈的革命遗迹，心里很激动。他表示，只要自己还能走得动，以后还要来，不但自己来，还要让子孙后代来，让他们永远铭记那段红色历史。

站在这里，他仿佛听到了革命先辈在战场上勇敢冲杀的声音，看到了他们奋战荒漠的情景。这里总会让人回想起曾经有一支骁勇善战的骑兵队伍驰骋在辽阔的北疆大地上，为新中国立下赫赫战功的事迹。

袁隆平与兴安大米

五、他乡暖阳

迁徙是为了寻找幸福，为了寻找更加辽阔的天空。

既是离家，也是回家……没有哪里能像这片土地让人安心。这是我听到的生活在这片土地上的很多外乡人的表达，他们的幸福洋溢在脸上。在他们的心底虽然对自己的国家、故土还存有一丝寻根之心，但是这里已成为他们的故乡，同样让他们眷恋、坚守。

兴安盟位于大兴安岭南麓，是草原与山地的交界地带，既呈现草原的辽阔平坦，又有山地的起伏错落，是典型的丘陵地貌。当青草蔓延整个草原时，山峁沟壑也葱郁苍翠起来，平整的畦田，九曲回转的河流，像洁白的哈达环绕着草原。这山、这水、这田，还有这片草原，在人们的视野里舒缓有序，广袤无际。

科尔沁草原资源丰富，"手抓黑土能生金"。当朝鲜移民踏上这片草原时，怀着对土地和家园的巨大渴望，依傍着河流，发掘了种植水稻的黄金地带。

他们随河流迁徙、居住，垦荒耕种，种下了心血和汗水，一寸寸畦田里溢满了乡愁。一留就是一辈子，几辈子！生生世世！

乌兰浩特市乌兰哈达镇三合村是一个以朝鲜族为主体的多民族聚居村，其中朝鲜族为304户，人口约占60%。这里民族风情浓郁，稻作文化厚重。这里有清

第二章 唤醒沉睡的土地

澈的河水，清新的空气，处处散发着花草的馨香。1937年春，柳树川的大地主朴在肃招募归流河、洮儿河两岸的100多户朝鲜族农民开辟了三合农场，这就是三合村的前身。三合村又称"三河屯"，根据归流河、洮儿河、阿木古郎河三河汇合处而命名，后来"三合村"被赋予新的含义，即汉族、蒙古族、朝鲜族民族团结。

三合村有这样一户朝鲜族人家，夫妇都是有文化的青年，但他们毅然决然地放弃了城市的工作，选择回到三合村当农民。1984年8月，儿子出生了。时光飞逝，一晃小家伙儿已经8岁了。一天，他问父亲："村里人都说你和母亲是有学问的人，你们为什么要回来种植水稻呢？每天都那么辛苦。"父亲回答："儿子，你爷爷是有名的水稻种植能手，教会了我如何种植水稻，我要把这项技术传承下去。"年仅8岁的孩子，还不懂得传承的含义。时间就这样一年年地过去了，当初不谙世事的孩子已经变成一个机灵的少年，每天和父亲一同下田劳作。强烈的好奇心使他总想看看外面的世界，于是离开三合村，去了外面的城市，认识了很多朋友，也学到了很多知识。当他再次回到家时，父亲已经鬓染秋霜。忽然，他想起父亲说过的话，于是，他下定决心，学习水稻种植技术。经过不断的努力和学习，他成功创建了草原三河米业公司。

故事中的孩子叫张海峰。

张海峰是三合村的朝鲜族居民，他说自己是闻着稻花香长大的。张海峰是河南移民的后代，爷爷张东振于20世纪40年代从河南逃荒而来，在这片土地学会了种植水稻。

逃难到中国的朝鲜人，嫁给了"闯关东"的中国河南人。

张海峰的父亲在三合村出生，勤劳肯干的小伙儿俘获了朝鲜族女孩儿李成淑的心，于是结为伉俪，成为村上汉朝美满姻缘的佳话。

张东振说："那个年代就是为了解决温饱，在饥荒、战乱年代，和闯关东逃

袁隆平与兴安大米

难来的人一样,我们都是为了挣口吃的。"

草原,保持着原始的善良和宁静。每个逃难的人,都被一种神奇的自然力量冲击着。

淳朴善良的牧民,给了张东振宽厚的爱,和一个更为广阔的人生。他的记忆中留着额吉温热的奶茶香,还有毡房的温暖、草原的清香。

每当张东振走进那片土地,就想敞开心扉尽情呼吸,有一种被草原拥入怀中的温暖与恣意。

在荒郊野外,张东振裹着羊皮袄躺在草地上,不一会儿就睡着了。草原上的牧草种类真齐全啊,青蒿、紫花苜蓿、蒲公英、薹草、鹅冠草、茉芽蓼……应有尽有。牧民教他用雪水熬煮砖茶,教他如何识别牧草,教他如何躲避狼的侵袭。

多年后,他一次次出走,又一次次回来。只要站在这里,他的心就会踏实下来。

有时,他觉得自己和这片草原是融为一体的。情感不可分割,生命更不可分割。

1946年,张东振随着移民队伍几经迁徙,最后落户在三合村。张东振举目无亲,身无分文。分土地时,他家分到了5亩土地。第一年,种了高粱。这是从老家带来的种子啊,但是当年却颗粒无收。第二年,种了玉米和大豆,却只收了一小口袋,全家几口人连肚子都填不饱。村上的朝鲜族邻居们都在种植水田,每当屋顶炊烟升起时,便能闻到飘来的米香,孩子们馋得就去扒邻居家的墙头。第三年春天,张东振一咬牙将家里的几亩旱田改成四方形的水田,耙地后,引水撒下种子。之后,他一天天期盼着稻子的秧苗长出来,那是全家人的希望啊!后来,他靠着种植水稻养活了一家子,度过了最艰难的岁月。

张海峰的母亲曾对他讲起家族的历史,说他的外婆还不到1岁时,太婆便用柳条包背着外婆,逃避战乱,来到中国,后来在兴安盟定居。张海峰的母亲在三

合村出生。他随母亲的民族"朝鲜族",还娶了朝鲜族妻子。他们家已经完全融入"东北"这个大家庭。这不但是张海峰的家族史,也是村里朝鲜族人的共同记忆。

张海峰说,这是爷爷和父亲工作、生活、战斗过的土地,也是自己的生长地。他对这里有着与生俱来的乡土情结,他要眷守这片热土。

改革开放后,党和国家领导人及内蒙古自治区领导多次到三合村视察。

乌兰浩特市乌兰哈达镇三合村先后被授予"全国民族团结进步先进集体""少数民族特色村寨""全区民族团结进步创建活动示范村""全国一村一品示范村""全国生态文化村"等荣誉称号。

从小受父母坚持种植水稻的影响,张海峰在外漂泊十多年后,张海峰回到家乡,希望干出一番事业。

几年时间,张海峰在家乡这片土地耕耘,成为远近闻名的种稻大户,并且成为致富带头人。他经营的公司,正在筹划水稻基地的水田插秧期的农活。稻田里种植的是高品质水稻品种——稻花香,这是张海峰5年前开始尝试种植的水稻新品种。

记忆中,三河大米的名气和香气走进了人们的心中。每个在乌兰浩特市生活过的人都熟悉三河大米。

走进三合村草原三河米业公司,只见成堆的山丘一样的稻谷,还有运输带在快速传运着。院子里堆着刚包装好的成袋的米,袋子上系着"新米上市"的红色绸带。张海峰站在成堆的稻谷旁忙碌地指挥着生产加工的作业人员。

走进公司,我被墙上一张醒目的大照片所吸引。照片中的袁隆平院士身披蓝色哈达正在品尝兴安盟大米,旁边是长相憨实、笑容灿烂的80后农民企业家张海峰。这是2018年袁隆平在兴安盟大米论坛现场观摩的场景。阳光、睿智、幽默的张海峰,正在为袁隆平院士介绍家乡的稻米产业发展情况。

袁隆平与兴安大米

张海峰在初中课本中,认识了这位伟大的科学家袁隆平,知道他的"禾下乘凉梦"。他崇拜这个"神农":袁隆平把水稻培育得长穗大粒,让1亩地的水稻产量有1000多公斤。

袁隆平一辈子只做一件事——用60年的时间研究、应用并推广杂交水稻技术,让中国十几亿人口能吃饱饭,为我国粮食安全、农业科学发展和世界粮食供给做出杰出贡献,被称为东方"稻神"。

袁隆平的"禾下乘凉梦"深深地触动了张海峰,也成为以后在他心中延续的梦想。他说:"我们现代年轻人生长在新时代,有太多优渥的条件,袁老九十多岁还在为梦想奋斗,我们一定要追梦前行。"

张海峰的公司里都是年轻的面孔,他介绍说:"这些都是在合作社种地的青年农民,都是80后、90后、00后。"我有些惊异,现在的年轻人大多去了城市打工,而他们却选择在家乡创业,在土里刨金。

在三合村里,种地的80后有30多位。张海峰说:"上一辈人种地的标准是以产量高为主,我们现在的农民就不一样了,因为现在市场经济都要求优质优价。"

过去粗放的传统耕种模式逐渐走远,新的发展模式正在形成,三合村水稻种植产业正迎来一场新的"绿色变革"。

张海峰在三合村种了十几年水稻,现在又有些不同。他带我参观万亩稻田基地,稻田上"种下责任,收获品质"几个大字醒目耀眼。他说:"袁隆平水稻院士专家工作站入驻后,提升了水稻种植技术,延伸了水稻产业链条。我们以绿色有机水稻为主,还加强了田间管理,采用生物有机肥,发展水稻景观、稻田养殖、认养农业等新业态,我们要打响自己的大米品牌。"

三合村有机水稻种植专业合作社从刚开始的6户,发展到现在的100多户,三合村大米也已经成为乌兰浩特市的地标品牌。

第二章 唤醒沉睡的土地

富裕起来的张海峰不忘带领村民一起致富。草原三河品牌签约农户803户。三合村有机水稻种植专业合作社就像一粒活力非凡、生机盎然的稻种,积蓄能量,破土而出。草原三河公司现有12000多亩稻田,全部采用现代化种植技术。年销售量成功突破5000吨,在乌兰浩特市的市场覆盖率达到70%。

张海峰一早就去稻田查看秧苗的生长情况,今天是稻苗移秧的日子,需要为家人和十几个工人准备食品。他的妻子一大早就忙碌起来,做打糕、月亮糕、米肠,这些米制食品都离不开自家种的稻米。

在所有农活中,插秧是最辛苦的,插秧结束之后,还要杀猪打糕摆酒来庆祝。张海峰的妻子说:"春耕结束,我们会特意做打糕来吃,犒劳犒劳自己,因为挺辛苦的。对种地的人来说,第一步开好头,才能有个好收成,也是一种美好的祈愿吧。"

三合村村民朱圣吉,世代在这里种田,年过七旬的他还没有放弃劳作,2021年,种了10亩田。他的妻子穿着节日的服装,他和妻子今天要带着孩子去小城的农贸市场。由于上一季稻米的收成不错,到现在还有一些余粮,朱圣吉想要把这些米卖掉。

朱圣吉的家窗明几净,窗台上的金达莱花格外耀眼。朱圣吉出生在三合村,他的父母是韩国人。以前村里主导产业发展缓慢,人均年收入仅1000多元,朱圣吉就去了韩国打工,生活了很多年。如今,朱圣吉回到家乡,看到三合村已被乌兰浩特市政府打造成集民俗观光、生态观光、农家乐等特色旅游为一体的朝鲜族特色民俗村寨,就不打算再外出打工了。

他说:"现在村子干净漂亮、空气好,吃得健康,住得舒坦,生活条件便利,比生活在国外滋润。今年像我这样从韩国返乡的就有四五户,品来品去还是家乡好,还是回乡当农民最幸福。"

这片陌生而又温情的草原,给了他们内心巨大的安抚。

袁隆平与兴安大米

　　三合村党支部书记许忠峰说："2021年全村稻米产量三四百万公斤，人均纯收入达1.2万元，村民收入大幅度增加。"

　　三合村的水稻耕种尊重当地朝鲜族村民的种植习惯，将老一辈农民多年来积累的种植经验融会贯通，更加安全、更加环保。

　　如今，步入三合村，一栋栋朝鲜族特色的白墙青瓦房，一条条新修的水泥路，一盏盏崭新的路灯，一排排仿古式的围墙，掩映在果树和鲜花丛中。一座木制的观景台蜿蜒曲折伸入绿油油的稻田供游人漫步观赏。慕名而来的游客们走进村里的朝鲜族文化演艺大厅和民俗博物馆参观，一边欣赏朝鲜族歌舞、品尝民族食品，一边领略淳朴自然的乡风民俗……

　　三合村的老人说："这几年我们这里变化可大了，交通顺畅了，国家补贴多了，养老金、农业补贴啥都有了。还建了老年人活动室，我们天天晚上都去跳舞健身，不仅生活水平提高了，身体也更好了。"

　　村委会为经常在外的人员建了"三合村老乡会"进行沟通联络，为经常在村人员建了"三合村通知群"，群内经常发信息、交流沟通。

　　正在采访许忠峰书记时，身在韩国的朴焕太老人发来视频。朴焕太老人神情异常激动，说："祝贺家乡获得'全国生态文明村'荣誉，这也是我们全体村民的荣誉，感谢许书记的带领！"

　　许忠峰在村里投资成立了兴安盟十一公里朝鲜民俗餐饮有限公司。2021年夏天，他家的生意特别好，来三合村旅游的游客们基本都会品尝朝鲜族风味的饭菜。

　　每到双休日，城里人还会带着孩子来到村里，尽情享受乡下田间清新的空气，迷人的风景和闲适的朝鲜族农家生活。他现在还规划"朝鲜民俗温泉旅居养老康养项目"，结合三合村生态环境，打造具有民族特色的大型生态旅居康养小镇，使旅居养老成为一种新时尚。

第二章 唤醒沉睡的土地

这是一片孕育神奇的土地，一片片荒地、沼泽地被开发成绿油油的稻田。

"我多想回家乡，那是梦想出发的地方；我多想回家乡，那是我心灵归宿的地方。闻到家乡的青草味道，我就想哭、想笑。站到辽阔的草原上，我就会忘记所有的烦恼……"

人们的心田像这歌声中流淌的河水一样平静舒缓，那不断喷涌溅起的浪花，似心中泛起的波澜，阵阵波荡着，幸福感渐渐涌上心头。

享受阳光、沐浴雨露，稻田在一节节拔高，张东振坐在稻田边，细数日子，心里怀着对大地由衷的感恩。这种感恩，是一种绵延不绝的温暖清流。

张海峰听爷爷讲，草原的牧民对他们很热情，送来羊奶，还有自己酿的马奶酒。牧民们用牛粪发酵做成的民间草药，治好了他们常年泡在稻田里的老病腿，各种较难治疗的皮肤病，在这里都被治愈了。这可是牧民们的大爱创造的奇迹啊！

草原的蒙古包是敞开的，有晾好的牛肉干、炒米，有滚烫的奶茶，还有阿爸、额吉慈祥的微笑。这里，他们体会到家的温暖，一颗硬冷的心渐渐柔软。

"所有的故乡都是离开后诞生的。"如今，当张东振再次站在这片土地上时，家园已不再是遥远的神话，而是自己的生长地，有无数的生命细节融于其中。

说起迁徙，张东振的胸中到现在都还有一股股暖流在激荡。

他走到草原深处，野果依旧绯红，萨日朗花开得红彤彤的。

张东振对子女们说："这里是我的故土，我生长的地方。"

多年以后，当张东振再次眺望这片草原的时候，眼神里仍然充满了憧憬和向往。

他的身影在暮色里，慢慢被融化。他的眼泪一下子流了出来。

兴安大地是能让漂泊的灵魂安心的地方。

袁隆平与兴安大米

他们目睹了兴安大地巨大的变化。他们卸下了身上的疲惫，也卸下了心中的戒备，逐渐接纳并爱上了这片草原。

洮儿河水流淌着。跌宕的风，飘向更深处……

第三章

改革开放的春天

> 拓荒人精神,薪火相传。
>
> ——袁隆平

第三章 改革开放的春天

一、霍林河畔种稻人

1978年,安徽省滁州市凤阳县小岗村的18位村民摁下了鲜红的手印,将原本属于村集体的土地"分田到户"。他们不安的眼神里充满了期待。

这一按,不但改变了小岗村村民的命运,拉开了中国农村改革的序幕,更影响了中国农村此后数十年的发展。

小岗村,成为中国农村改革第一村。

那一年,远在中国东北偏远小山村的一些村民自然不明了在小岗村发生的翻天覆地的变化,他们仍然每日忙忙碌碌地出工,完成生产队的分工任务。任生产队六队队长的爹早出晚归,履行着他最后一年的职责。

早在1978年,兴安盟原辖地的一些农村社队就开始探索"包干到户"以及建立生产责任制的问题。1980年兴安盟复建之前,已有一些生产大队建立了各种形式的生产责任制,这为后来全盟农村家庭联产承包责任制的建立与推行积累了经验。兴安盟复建后,在发展农业、解决农牧民生活困难的问题上,盟委、盟行署集中精力抓好生产责任制的建立与推行,经历了一个勇于探索、大胆实践、不断完善的过程。

这片荒滩毗邻霍林河岸,河水丰沛,但地势低洼,涝灾严重,近千亩的旱

| 袁隆平与兴安大米 |

田被毁弃，渐渐地变成荒弃的涝洼塘、沼泽地，是一处让农牧民望而生畏的"死滩"。1975年，科右中旗政府在霍林河两岸实施水田开发工程项目，规划开发河两岸的荒滩，建立水稻种植基地，以生产队为单元，二龙屯附近几个嘎查的农户全部搬迁到开发区。当时打出的宣传口号是靠山吃山，靠水吃水，旱田不行，改种水田。

这一夜，韩老帮在自家的土炕上辗转反侧，难以入睡。村里家家户户低矮破旧的房屋，收成惨淡的庄稼，嗷嗷待哺的娃娃们，在他的眼前一一浮现，他整夜都没有合眼。第二天早上，韩老帮一骨碌爬起身来，推醒身边的老伴儿，语气坚定地说："我想好了，咱就这么干，来个靠水吃水。"科右中旗双金嘎查贫困的命运就此改写。

这一切，是从霍林河畔的牧民韩老帮大胆迈出第一步开始的。

韩老帮是二龙屯额木庭高勒生产队四队队长，队里有50多户村民。

水田开发的计划在当年并没有实施成功，霍林河两岸村民听到外嘎查的牧民要进本村，便四下打官司、上访。二龙屯、白音茫哈嘎查、白音努拉嘎查的多户村民聚集起来计划搬家。但是第二年真要搬迁时，又有许多人打了退堂鼓。

"我们一直骑马，在草地上放牧牛羊，根本不会种地，更别说种水稻了。"

"那块地种啥啥死，不能去！"

动员工作困难重重，他们都不愿意来。最为难的是韩老帮，这个蒙古族汉子，当年也只是30岁的青年。当时，他带的生产队有十多户坚持留下来，不肯去种水稻。

1976年，韩老帮从二龙屯额木庭高勒搬迁，带着这40多户牧民，顺着霍林河下游寻找肥沃的黑土地，开发水田。但是沿岸都是一片片草滩，生长着一簇簇芦苇，还有成片的乌拉草，除此之外，再看不到别的植物。

韩老帮带领大家先在河岸旁挖了几处地窨子居住。起初，他们都不会种水

第三章 改革开放的春天

稻,种子撒下去就苦等着出苗,对于建渠、灌水、育苗等一无所知。当年,有的地块颗粒无收。第二年,有的牧民坚持不下去了,打道回府。可是有的牧民在搬迁时把老家的房子卖了,想回也回不去,只能留下来。前途未知,生死未卜,牧民们整天愁眉苦脸,唉声叹气。

最后,从白音茫哈、白音努拉两个嘎查来的牧民只剩下两户,这两户便归了韩老帮的大队。嘎查营子七八十户是坐地户,以牧业为主,有牧民养殖少量的牛羊,有开垦的农田、草场。霍林河岸的荒滩转变成有100多户农牧民的半农半牧区。后来,成立了双金大队,大家一致推选韩老帮为双金大队书记。

临危受命的韩老帮,当着父老乡亲的面签了"生死状":如果不能带领大家脱贫,那他就算是卖房卖地,也要给大家堵上欠下的债。

说干就干,牧民们的雄心被韩老帮书记点燃,热血开始在心头涌动。

韩老帮将蒙古袍下摆卷起,紧紧地系在腰间,弯腰光脚走入田中。他带头干活,和大家一起出工,在地垄前牵着牛,耙地垦荒。在这片杂草丛生的涝洼塘、沼泽地,一镐一镐地刨起来。

疯狂生长的乌拉草成了草害,生产队的一台老式链轨车,一天开不了多少地。随着滩泥翻卷上来的乌拉草缠满链轨车轮,导致车无法行进。韩老帮就带着大伙儿用手拔草,每个人都拔得一手血泡。用车碾碎不了乌拉草,就点火焚烧,再把燃后的草灰用作积肥,深翻到土壤里。整整干了1个多月,他们才在翻整后的土地上撒下水稻种子。

大家种了2年水田,觉得比在二龙屯种旱田强,最起码能看到地里产的粮食了,虽然产量少得可怜。种出来的大米,各家都舍不得吃,而是拿去换成小米、高粱,勉强糊口。

刚开始的2年,水稻收成很少,是盐碱地里的芦苇救了他们。韩老帮带领各家赶着马车去割芦苇,扎成捆,再拿到邻村去卖。当时盖房会用到芦苇。

| 袁隆平与兴安大米 |

"现在盖房没有用这个的了,但在那个年代,可是救了我们啊!"回忆当年的经历,韩老帮的神色依然沉重。那时,由他带领的男劳力两手空空地出来,却承担着一家老少的生存希望。40多户,100多口人要活命啊!当时,他遭到很多人的质疑。

"就不应该来,咱们不会种水田,来了还遭人冷眼。"

"就他逞能,村里这么多口人等着活命,看他咋收场!"

40多户人家的命仿佛都攥在他一个人的手里。出来时领的1万斤国家返销粮,很快就吃光了,日子过得举步维艰,让他喘不过气来。

"就不信整不了这块硬疙瘩地!"韩老帮带领牧民外出学习种田技术,还邀请鲜光嘎查的朝鲜族技术员做现场指导,传授撒播式水稻种植技术。慢慢地,大家都学会了。

韩老帮带着牧民自制了一批水田农具。耕种主要靠人力,大家起早贪黑,泡在水田里,口袋里揣着玉米饼子,饿了就嚼一口,在水田里一干就是一天。

整日泡在地里的韩老帮,嘴上起了泡、手上磨出了泡,后背上也晒出了大泡,但这些都压不垮这个蒙古族汉子,他从不叫苦,也不喊累。

看到韩老帮的执着与坚持,有的人被感动了,返回双金大队,跟着韩老帮书记一起开发这片草滩地。

1982年,双金大队种了400亩水稻,亩产150多公斤。韩老帮承包的15亩地,亩产200多公斤。3年后,大队的耕地全都种上了水稻,亩产也提高到225公斤。看着金灿灿的稻田,人们的脸上露出了笑容。

最开始种出来的大米并不好吃,质量差,蒸出的米饭是黑红色的,因为里面掺杂很多稗草的草籽,石磨碾完后,无法筛出来。但大家还是吃得很香,很开心,这是用大伙儿的心血和汗水凝结成的果实。他们终于能吃到自己种植的细粮了。他们怎么也不会想到自己有一天会放下牧鞭,种植水稻。

第三章 改革开放的春天

双金大队以种植水田为主,慢慢地,周边的村屯也开始学习种植。最开始一个生产队种一二百亩,都是农民的口粮田,每年亩产150公斤,秋收能收回五六袋稻子。"交够国家的,留足集体的,剩下的都是自己的。"他们交完税粮,怕口粮不够,就将大米拿去换成玉米、小米作为日常口粮,剩下的大米留着过年吃。

20世纪70年代,吃粮要粮票,买布要布票,火柴、洗衣粉、肥皂等基本生活用品都要凭票供应,买包火柴都要小心翼翼地包裹起来。物资匮乏的时代,"苞米面肚子,的确良裤子"是当时人们心中对幸福的一点渴望。

20世纪80年代是孕育着变化的年代,也是农村经济发展的拐点,生产制度改革,农村实行包产到户、包干到户后,农民一下子成了自主经营、自负盈亏的商品生产者和经营者,生产积极性空前高涨,兴安盟的农村牧区也发生了翻天覆地的变化。

1983年,双金大队实施包产到户后,生产队的队员们分了水田、马匹,各家开始自己耕种。他们学到了水稻种植经验,实行"分田单干"后,生产积极性更为高涨。韩老帮家是第一个买手扶拖拉机的人家,虽然是二手的,但耙地、整地都没有问题。

"后来路修好了,穿着拖鞋就能到水田对岸。"韩老帮说着,脸上浮现出轻松的笑容。

生产制度的改革,像一股股春风,将农民从过去"等、靠、要"的状态中唤醒。天蒙蒙亮,田地里就站满了人,再不用吹工号了。韩老帮再也不用想方设法调动大家的生产积极性了。

韩老帮带着大家盖起了石头房,家家垒起了小粮囤,农牧民的日子也逐渐好了起来。

当初生产队四队有十多户不愿意来的农户,后来也想跟着韩老帮一起干,回

袁隆平与兴安大米

去的人也后悔了。

"三靠村"的帽子终于摘掉了。

1984年,双金大队、嘎查营子、小茫哈3个自然屯合并为双金嘎查,韩老帮被村民推选为双金嘎查达。

穷怕了的韩老帮在最初的乡镇会议上都不敢露面,他说:"那时候不敢去开会,就怕提起你是双金来的,怕别人瞧不起这个落后村。"不到4年光景,双金嘎查就摘掉了"吃返销粮"的帽子,成了富裕村,韩老帮的腰板也挺直了,到哪里都可以亮堂堂地讲话了。

可韩老帮没有就此满足,通过外出考察,加上几年的亲身实践,让他明白,光靠散播很难提高水稻单产,虽然解决了温饱,却很难致富。

1986年,兴安盟开始推广水稻插秧技术。科右中旗农业技术推广站站长李长春首先到双金嘎查调研,他找到韩老帮,讲解水稻插秧的好处。

"很好,我看这个能成,就这样干了!"韩老帮当即同意。

虽然插秧技术很复杂,但是能够保证秧苗的成活率,增强抵抗病虫害等自然灾害的能力。"必须靠插秧致富。"双金嘎查是全镇第一个将水稻种植技术改为插秧技术的嘎查。

第二天,韩老帮兴冲冲地带领30多名村民参加农业科学技术知识培训,学习科学种田的方法。回来后,韩老帮便开始组织各家各户动手学习做拱棚。拱棚以2米长的竹竿为材料,在拱架上扣塑料棚膜,浇水时取下来,浇完再盖上。虽然简陋,但是又向前迈了一步。在他的带动下,10户农民搞了70多亩地的拱棚。由于缺乏经验,一些农户没按要求进行管理,结果只有3家的25亩地插秧成功,亩产350多公斤,其他7户产量和散播差不多。于是,有人动摇了。有2户没育好苗,产量不高,因此讲了不少怪话,还扬言要把插秧机退掉。

面对困难,韩老帮没有退缩。为了抢工期,他带着大家起早贪黑地泡在水

第三章 改革开放的春天

田里。插秧时,他们用扁担挑着一坨坨秧苗,一担只能挑四五盘,一亩地栽植四五十盘,种完一亩地需要10天左右。

农民赖满仓一方面担心插秧有风险,另一方面也知道年年散播的产量不高。韩老帮主动帮他耙地、育苗,并用自己的插秧机免费为他插秧。到秋天,10亩地总产超过5000公斤。第二年,韩老帮又帮他育苗、插秧,使赖满仓的插秧水稻连续获得丰收,赖满仓的脸上露出了笑容,韩老帮的脸上也露出了笑容。

双金嘎查成立水利和农业指挥部,盟、旗农业技术人员走到田地间为农牧民讲课,不仅带来机械、技术,还做培训指导。技术员金刚从育秧到插秧,在田中整整站了两个多月。20多岁的小伙子,和农民干一样的活,在稻田里被晒得黝黑。农牧民很感动地说:"干部和我们一样都成了农民!"

自从开始插秧,韩老帮更成了闲不住的人,到旗里为插秧户购买育秧用品,同技术员到各户讲授插秧知识,指导配制床土,查看苗情,帮助维修机器……整天忙个不停。孩子们说他:"就管别人,不管自己家。"他说道:"我是带头人,就要带领大家一起致富。"

韩老帮将承包的30亩地全都插了秧,平均亩产600多公斤。他终于掌握了插秧技术。3年时间,双金嘎查的插秧面积由不足百亩扩大到800亩,亩产由250公斤提高到500多公斤。这里凝结着韩老帮多少心血和汗水,乡亲们心里最清楚。

为了改旱田为水田,变散播为插秧,由手工插秧到机械插秧,韩老帮不知吃了多少苦,但他始终不畏艰难,不怕非议,全心帮助大家发展生产,安排生活。

人们的观念逐渐改变,韩老帮也在探索的路上不懈前行。

当时,双金嘎查种植水稻的品种为曙光6号、北海道,但是产量不高,村民自己留种,却不知道改良,通过技术人员的指导,才懂得育种能抗倒伏、抗病害,品种要更新换代。后来,村民逐渐都成了"田专家",双金嘎查也成为全旗农业的"风向标"。

| 袁隆平与兴安大米 |

由于前一年水稻歉收，贫困户何锁柱到春天时没钱买种子，韩老帮从家里拿出500公斤稻种，帮他种了地。贫困户包田喜插了10亩秧，但6月中旬时没钱追肥，便去找韩老帮商量，韩老帮搬出自己用的两袋尿素让他先用，包田喜高兴得用小车推着尿素直接去地里追肥。

"靠水稻脱贫，靠插秧致富。"双金嘎查水稻总产40多万公斤，人均纯收入800多元。全村通了电，有37户农民买了电视机，现有插秧机、拖拉机、磨米机等机械78台。双金嘎查已不再是过去贫穷落后的样子，反而成了远近闻名的水稻专业村。

村里通了电，种地的设施也多了，水稻种植面积又增加了很多。秋收后，韩老帮、戴双柱、刘成三家合伙儿开着手扶拖拉机去突泉县，每家花了400多元，买了12寸的黑白电视机。这是村里人第一次看电视。晚上，人们从地里收工后，家里就像开了电影院，挤了满满一院子的人。小小的天线竟然连接了世界！村民们做梦也没想到，在这个偏远的村落里，会有一天坐在自家炕头看到外面的世界。

"国庆节那天，在电视上看着国旗升起，心里特别激动。"韩老帮回忆当时的情形，非常兴奋。

1990年夏，由于霍林河上游河水猛涨，何锁柱等3户的稻田渠被冲毁，35亩插秧稻受到严重威胁。韩老帮听到消息后，连忙摸黑爬起，挨家挨户找了20多人，拿着麻袋，扛着檩木，赶去修河渠，连续奋战4个小时，终于将渠修好，水稻全部保住了。那年秋收，亩产超过500公斤。

1998年，兴安盟遭遇洪水灾害。被洪水洗劫后的科右中旗满目疮痍，村庄被夷为平地，良田被冲成河川，房屋成片倒塌，平地上积满厚厚的淤泥，山坡上、高地上，到处是临时安置灾民的塑料棚。全旗受灾村有178个，受灾人口21.3万人，有10万公顷耕地受灾。当时，双金嘎查有3000亩水田被冲毁，禾苗几乎全部

第三章 改革开放的春天

覆没，枢纽工程被冲毁，闸门被冲走，水渠被淹没……

"洪水一发，就是三年""今年不行，明年也不行，至少三年"，这是当地老百姓间流传的话。本来就人心惶惶，再听到这些传言，村民心里更没底了。邻村出去打工的人越来越多，眼看村里人都要走光了，嘎查营子孟和书记愁眉苦脸地来找韩老帮商量对策。

原来的几千亩稻田被1米多深的淤泥覆盖，水田和周边的荒地、水塘连成一片，集中连片的平整的黑土地，成为双金嘎查开始大面积种植水田的希望，也再次点燃韩老帮的信心。

"还是要种水田，要不没有收入，光靠放牧养活不了一家人。"韩老帮的语气很坚决。第二天，他便开始走家入户，动员大伙儿上山找木材、采石，重新垒筑石坝，并将水渠的闸口修好，继续开发水田。种完田又搞建设，村里几十户的土房被洪水冲毁，韩老帮又带领大家重新建房。

看着韩老帮忙碌的身影，一些村民选择留下来继续跟着他种水稻。开春，大家选好地块重新开发1000亩水田，结果真成功了，韩老帮终于松了一口气。

一场洪灾过后，双金嘎查重新燃起了希望。

"1998年的洪水虽然冲毁了水田，但也不是完全没有好处，沟壑和水塘里的芦苇、水草被掩埋后，却沤发成了肥料。"这为没有机械设备、全靠人工种植的村民带来福音。

洪灾过后大丰收！

双金嘎查的很多人家购置了插秧机、拖拉机，还建起砖瓦房，看上了电视。金桩一家9口年纯收入1.37万元，成了全村致富的典型。

春节时，外出打工的村民回来后看到水田二次开发成功，就不走了，跟着韩老帮干，上冻前就开始平整土地。

荒滩变成绿洲，在这片创造奇迹的土地上，韩老帮从生产队的一个扬鞭子套

105

| 袁隆平与兴安大米 |

马车的大把式到生产队队长,再到双金大队书记、双金嘎查达、嘎查书记。

这是一个拓荒者的坚实足迹,也是双金嘎查成长的印迹,更是改革开放后中国农村发展的一个缩影。

大包干的辉煌历史给了韩老帮和所有双金嘎查村民一个"试金棒"。全盟打破了农村改革的坚冰,小康村、文明户星罗棋布,点缀兴安大地,文化、教育、体育、卫生等各行各业蒸蒸日上,兴安大地再现生机。

1980年,兴安盟农牧民人均收入只有80元。在全盟890个生产大队中,人均收入50元以下的队占35%,还有20%的队为"吃粮靠返销,生产靠贷款,生活靠救济"的"三靠队"。不少生产队的劳动分值很低,一个劳动日只有几分钱,甚至有些生产队的社员辛勤劳动一年,扣除口粮钱后反而倒欠,搞"倒分红"。

改革开放40多年来,农村改革蕴含着一股不可逆转的力量,但也遇到了一些阻力。

兴安盟农业存在基础差、底子薄、历史包袱重的问题,于是建立和推行生产责任制,进行第二步和第三步的改革,由此拉开了兴安盟农村生产关系的调整和农业生产经营方式重大变革的序幕。

1981年底,4336个生产队实行了家庭联产承包责任制,全盟70%的生产队实行包干到户。干部和社员信心十足,提出"一年粮足,二年钱多,三年变富"的口号,彻底改变了农业生产"大帮哄""一平调""队为基础"的传统经营管理方式,把自主经营权真正交给了农民。一多半的家庭拴上了小胶车,老人和妇女也都参加了田间劳动,全盟农牧民的人均收入增至185元。

"万元户"是20世纪80年代农村典型致富户的代名词,是村里的冒尖户,也是靠勤劳致富的典型。

村民都说,头几年是愁吃愁穿,现在成了"小财主""万元户",腰板也挺得直直的了。他们的脸上洋溢着喜悦,说话声也明朗洪亮起来。

第三章 改革开放的春天

从涝洼塘里崛起万亩水田村，到处是金灿灿的丰收场景。农牧民从"举鞭扶犁"的时代，走向了"黄牛换铁牛，种地不用牛"的时代，呈现"农牧民买农机热、学习农机知识热""机具型号多、个体经营多、经营项目多"的局面。

上学有奖学金，看病有大病救助，住房有危房改造，养老有养老金……双金嘎查的今昔变迁是中国改革开放40多年的生动写照。

韩老帮是中国农村改革开放的参与者和见证者，40多年的发展让他感慨万千，他说："没有改革开放，就没有双金嘎查的今天。"

暮春时节，韩老帮还在庄稼地旁行走，感受着这片土地暗涌的生机。

由于多年的辛苦劳作，晚年的韩老帮患有多种疾病，心脏植入两个支架，不能做重体力活。虽然不再出去劳动，但他仍然关心农业农村的动向，关注中央一号文件精神，关心水稻产业发展的最新讯息，关心粮食销售问题。他还走到田里查看水稻的长势，看水稻什么时候抽穗，什么时候分蘖。

"现在气温转暖了，白露时不上冻，直到秋分才上冻。"他每天在家里翻日历，计算水稻收割的时间。无论相隔多远，他都能闻到稻米的香气和草原清新的气息。

韩老帮安静地坐在那里，沉默不语，但从他的身上，你会感觉到一股顽强的力量，那是苦难命运塑造的乐观、旷达的精神。

那一瞬间，我在他的身上捕捉到当年爹的影子，还有许许多多农民坚毅的品质。这种坚毅告诉我们，他们不会轻易屈服，哪怕是面对死亡。

笑容再次浮现在韩老帮老人的脸上，我从他平静如水的目光中看到光泽，那里积蓄着一种力量。

| 袁隆平与兴安大米 |

二、探寻生存之路

小岗村的梦也是广大农民的梦。

这是根植在贫瘠土地上的梦。

伴随中国工业化、城镇化深入推进,农村劳动力大量转移,"谁来种地""怎么种好地"成为中国乡村需要面对的新问题。

如果不是残存的田埂和层层叠叠的梯田造型,你很难想象,这里曾经是一片良田。数年前,这里曾清水盈盈,稻花飘香。而今,霍林河、归流河、绰尔河几十米宽的水面,水流却越来越窄,甚至断流、干涸,龟裂的泥土沟壑纵横,水草枯竭,仿佛能随时被风掀走。沙土中矗立着一截截枯树枝干,斜插着、倒栽着,再寻不到一丝绿意。盛夏的兴安大地,却是满目的萧索与苍凉。

大片的野草,以野蛮的方式生长,在曾经的阡陌与村落蔓延。

这还是我的家乡吗?那个我日夜思念的,鸟语花香、丛林茂密、泉水潺潺的故乡?重新踏上这片故土,竟有恍如隔世般的陌生与悲凉。

这是20世纪90年代末老家村庄的景象。

我毕业后被分配在察尔森镇政府工作。在政府东面的山坡上,醒目地写着"服务三农"几个大字。政府干部要经常入户调查,掌握全镇村民的信息。在下

第三章 改革开放的春天

乡途中,我看到道路两侧连片弃耕的荒地,视野里丝毫没有夏季的绿意。杂草丛生,遭受干旱和病虫害的树木早已成为枯黑的枝杈,上面布满毛毛虫,贪婪地啃噬着残余的叶片。走在烈日下,我们的脚底像烤了火,滚烫滚烫的。入户的几家都紧锁着大门,门锁上锈迹斑斑。村里十户有八九户都外出打工了,院落里荒草丛生。留在村里的老人和孩子,对我们调研的内容一脸茫然。下乡调研时,有一项是统计弃耕地。由于涉及收取农牧业税,村民大都将土地弃耕了。村民家仅有的口粮田种不起,又租不出去。这样弃耕的状态已经持续了四五年。

祖祖辈辈依赖土地生存的农民,又一次弃耕撂荒,走上"垦荒"之路,对渺茫的未来无所适从。村落里萧条了,地里荒草丛生,只留下年迈的老人和留守的儿童,还有时时面临辍学的孩子……这一切都带给人们深深的担忧。

我前往国光村进行田野调查。国光村在某种意义上已经成了一座"空心村",在这个封闭的村庄里,大部分住房都是闲置的,也有相当一部分卖给邻村村民。村内只剩下20多名村民长期居住,基本都是老人和孩子,偌大的村落显得清冷、空旷。

兴安盟境内,这种弃耕的现象愈演愈烈。

曾经以种植水稻为主的三合村、国光村,有千余亩像这样因弃耕而荒芜的田地,旱改水3000亩,占全村责任田的四成左右。很多人对于农民弃耕的问题表示担忧。

"弃耕现象大约十年前就开始了,近两三年愈加明显,青壮年劳动力纷纷出去打工,留下的老人、孩子无力耕种,大片耕地荒着。"

国光村老书记金光明深有感触,在村民选举之时,家家户户都空着,选票都是委托票。

"吃饭靠天,老天爷下雨,我们就有饭吃,不下雨我们就得挨饿。村里打不了井,有井没有电也白扯,咋搞都没办法。"

袁隆平与兴安大米

"虽说现在农业基础设施改善了,但还是靠天吃饭,老天帮忙是第一位的。如果这个问题不解决,说不准还是会发生种粮大户退地的情况。"村里的几位老人说。

留守在家的朝鲜族村民郑大伯告诉我,1998年,洪水冲毁了水田,村民便没再开垦耕种,土地被闲置了好几年。后来,村里进行土地流转,便把几亩田地转了出去。又过几年,儿女也都出去打工了。郑大伯家的水田就租给村里的农户。村里一些年轻的农民不会种水田,便将水田改成旱田,但是由于天旱无法蓄水,大部分田地绝产。村民丧失了信心,有的地块没人愿意续租,一直闲置着。

白茬茬的撂荒地,看着真揪心啊!祖辈都以种植水稻为生的郑大伯最看不了这样的场景,却又无法改变现状,心痛得连连摇头叹息。

在古城村,村民崔圣光家门口的一片地长满杂草。崔大伯说,全家共有8亩地,儿子和儿媳妇都在外地打工,只留下他们老两口种3亩口粮田,已经连续种了5年。

崔大伯坐在炕上,掰着手指给我细细算了一笔经济账:种1亩水稻要1公斤稻种,大约50元;柴油费用5元;稻种催芽、播种、施除草剂等6元;秧苗期施肥20元;防治病虫8元;生长期灌水、施用农药211元;田间管理和收割人工每天80元。风调雨顺的年头,按亩产500公斤计算,一亩田净收入为529元。如果遇到低温阴雨天气、病虫害等,就会颗粒无收,不但不赚钱,还会赔钱。

集约程度差、劳动力不足、种粮收益低等原因导致种粮小户的种粮积极性低,而种粮大户的情况同样让人堪忧,存在毁约弃耕现象。古城村种粮大户黄来福前几年开始流转土地,种植3年的水稻,没有多少收成,便全部弃种,那里又成了荒地。

黄来福无奈地说:"现在劳动力紧缺,人工费涨到每天150元,投入越来越大。种稻子基本不挣钱,甚至赔钱。现在这种情况,多数就是撂荒,要不就撒上

第三章 改革开放的春天

荞麦、绿豆,靠老天吃饭了。"

我怀着沉重的心情走出村落,目之所及是成片的野草和无人耕种的荒地,偶尔有村民踏着草牵着牛走过,弃耕地变成放牧场。

之后,颠簸了4个多小时到达前进嘎查,这里也是满眼的荒凉。田地被弃,几公里见不到庄稼。

午饭时间,村支书德全盛情挽留,但我们看到他家的窘迫,便执意要离开。他赶忙拦着我们,然后小跑着,满山坡地追赶自家的小鸡。据说这是留着下蛋的鸡。开饭的时候,德全书记端着一小碗鸡煲汤走进来,招呼我们上炕,香味瞬间溢满整个屋子。那顿饭是我记忆中最难下咽的一次。

随着工业化、城市化快速发展,农村种植结构发生巨大变化,以土地肥沃著称的兴安大地,农民弃耕却渐成风气。老家的村庄,水田数量减少一半,大部分水田被改成旱田。好好的地为什么没人耕种了呢?原本应该油菜花开、稻田泛绿的田野,却被片片"白地"取而代之。

几年前,我在乡镇采访时就发现普遍存在的"白地"现象。如今,弃耕地的范围正逐渐向北蔓延。

20世纪80年代初期,乡村一下子冒出很多砖厂、钢厂,这是改革开放的中国经济复苏的标志之一。那时,我还在上小学,每天上学途经砖场,人声鼎沸,村里许多青年人在那里干活。村里多年的水塘,汩汩流淌清水的泉眼,也被堵住了,成为滋生蝇虫的浅水塘。时间长了,便有堆积的垃圾,招来更多的苍蝇。

"山上的泉眼消失了,连夜晚瘆人的狼叫声消失了,感觉一夜间都消失了。"村上很多老人都这样讲。

随之而来的是生态被破坏,水源被污染,地下水开始浑浊,生产的稻米也不好吃了,地里的青菜浇上水后锈迹斑斑,村里的老人、孩子生病的也多了。

绿水青山变成千疮百孔的沙滩荒滩,风调雨顺的日子被旱灾、水灾、雹灾取

| 袁隆平与兴安大米 |

而代之。近几年,雪灾频现,这对牧民来说是最大的困扰。人断粮、畜断草,上千只牛羊被埋在风雪中冻死、饿死,牧民们痛哭流涕。

村里小钢厂的烟囱,每日都冒着浓浓的黑烟,附近的居民开不了窗户,晒不了衣被,后来搬到村边。土地遭受污染,庄稼也长不出来了。

人们开始反思和觉醒。

"建设美丽乡村,打造绿色先行"的道路是漫长的。

"10多年前,这里沙化严重,一个村50多户村民,有上万只羊,由于过度放牧,牛羊早已把草根啃光了。生态严重恶化,一刮风这里就会形成沙尘暴,什么庄稼都长不了。国家进行生态治理后,这几年沙尘暴减少了,要不往远处一瞅就是沙子。"从小生活在这片土地上的张忠伟,对家乡的变化深有感触,"小的时候,这个地区草木特别茂盛,山上有桔梗、柴胡、黄芪、麻黄、防风、板蓝根、苦参等各种各样的药材。我们会结伴去山上挖药材,当时能卖到几百元,换成学费,剩余的钱贴补家用。但后来后悔了,当时挖药材,要向地下挖两到三米的深坑,山上到处是被撅出的泥土和草根,这样就毁坏了自己的家园,破坏了原有的生态。"

20世纪90年代,随着城镇第三产业的兴起,农村青壮劳力大量涌入城镇打工、经商,将耕地留给村里的亲友粗放代耕,有的干脆弃耕撂荒,致使土地肥力下降、杂草丛生。随着改革开放以及现代化进程的加速,以水稻种植为主的农业收入早已无法满足当地人的生活需要,便形成了外出务工的风潮。原来的朝鲜族聚居村的常住人口逐渐减少,只有一些留守儿童和老人,水田大多被荒弃或转租出去了。

我在基层走访时发现:一方面,农村青壮年劳动力大量进城打工,"70后不愿种地,80后不会种地,90后不提种地",农村空心化、农村人口老龄化现象突出,农业生产后继无人;另一方面,玉米、水稻等农作物效益低,农资价格持续

第三章 改革开放的春天

上涨,种植成本不断增加,而极端天气频繁发生,弃耕抛荒现象不断出现。农村土地"谁来种""如何种"等问题亟须引起重视。

望着贫穷的村庄,义勒力特幸福嘎查书记王振海和副书记曲相春觉得肩上的担子越来越重,不能提高百姓的生活水平,还算什么村支书?

于是,他俩找村主任张国祥商量,三人最终决定继续开发水田。他们开始走家串户搞征地,把村民们的旱地改为水田,1亩旱地分出9分种植水稻。

水田开发大会上,三位"领头羊"严肃地对村民们说:"这次开发的水田是科学化栽种水田,绝不是以往的'撑水打池子''漫撒子栽种'"。

"你们说吧,让我们怎么干,我们就怎么干,我们心甘情愿!"一屋子黑压压的村民慷慨激昂,纷纷响应。

三位"领头羊"望着村民们激动得热泪盈眶,于是,又开始挨家挨户地登记旱地分片包干,进行全村总动员。

幸福嘎查借用村民当年挖通的水渠,开始水田二次开发。这是全盟进行的水田栽种项目,分4个区域——扎赉特旗、科右中旗、科右前旗和乌兰浩特市。其中,乌兰浩特市义勒力特镇的水田面积较大,且有前期村民打坝修渠的经验。

同时,稻种选育也最为关键。寒地水稻旱育稀植栽培技术是解决水稻因低温冷害而减产问题的重要措施。1985年,兴安盟科右前旗引入黑龙江方正县寒地水稻稀植技术并试验成功。1986年,在全盟进行大面积推广。这是对传统农业生产的一次挑战与变革,它的施行具有强大的吸引力和生命力。

经过众人商酌,曲相春副书记决定采用黑龙江方正县的寒地稀植稻种,农业局长王吉成,苏木书记包国柱、李春基3人在曲相春家住了35天。这35天里,他们起早贪黑、倒班观察稻种变化以及育秧棚建设情况。

为了这次寒地稀植稻种培育成功,专家、技术员们往往顾不上吃饭和休息,一有时间就到育秧棚里看秧苗、查温度、算时间,有时候整宿待在育秧棚里,就

| 袁隆平与兴安大米 |

是身体累病了,也不去医院,吃点药坚持坚持就过去了。

秋天,采用寒地稀植稻种的地块大获丰收,义勒力特镇幸福嘎查产出的稻谷,亩产由原来的200公斤增加到400公斤,翻了一番。稻田里一派丰收的景象,煞是喜人。

科研人员与嘎查委员们总结这次的经验,继续不断地探索。

水,是生命之源,是万物之本。农田水利设施则是发展农业生产的重要保障。

中华人民共和国成立初期,全盟农田有效灌溉面积仅6万余亩,主要集中在绰尔河、洮儿河、归流河沿岸,以水稻为主。工程设施简陋,多为堆石拦河坝,建有少量节制闸门,灌溉保证率低,遇有干旱或枯水期,几乎无法引水灌溉。到1980年兴安盟复建前夕,随着农田水利设施的发展进步,农田有效灌溉面积达41.67万亩,水土保持治理面积达30万亩。全盟出动15万名劳力、4000台拖拉机和抽水机,掀起以打井为中心的农田水利建设高潮。

兴安盟将日本插秧机与寒地稀植技术相结合,实施了"水稻寒地旱育稀植与机械插秧技术工程"。到1990年,全盟共开发水田20万亩,使水稻播种面积增到29.75万亩,总产量7500余万公斤。由于水稻寒地稀植栽培技术的成功应用,插秧水稻面积达14.40万亩,平均亩产达253公斤。

"八五"期间是兴安盟水稻生产发展的第一个时期。

全盟实施的农业综合开发一、二期工程,为水稻生产的发展创造了机遇。全盟各地打响"三个攻坚战":以水利为中心的农田基本建设攻坚战,以推广实用增产技术为内容的科学种田攻坚战,以扩种稻麦为主的宜农资源利用攻坚战,实现农业生产的新突破。

全国水稻机械化生产现场演示会在乌兰哈达镇东苏嘎查举行。会上展示了来自全国各地的各类水稻机械,并在现场演示插秧、收割等机械性能。附近村屯

的村民，有的步行，有的开着四轮拖拉机，纷纷赶到现场。演示会现场，人头攒动，新型大型机械让人们彻底开了眼界，也对未来的农业生产概念有了全新的认识。

1992年9月20日，全国11个省市区的70多名专家学者和技术人员在兴安盟交流水稻盘育机插秧技术，并参观乌兰浩特市乌兰哈达镇和科右前旗大坝沟乡的丰产现场。全盟工厂化育秧和机插技术均居全区先进行列。

乌兰哈达镇白音特布斯格嘎查开发前只有100亩水稻田，亩产为175公斤，经过开发，旱田改水田4500亩。由于采取请吉林农业大学教授和水稻技术人员来村里举办实用技术培训班和进行分户指导的办法，提高了农民的科学种田水平，开发的水田全部采取插抛秧技术、配方施肥技术、化学除草技术及苗期防病技术，最高亩产达721公斤，人均收入达1510元，人民生活发生了巨大的转变。

乌兰浩特市的数万亩水田美景被称为"塞北江南"，盛产的稻米优质，供不应求。但几年连续干旱，上游的水库难以放水，水稻种植面积越来越少，很多水田改成旱田。由于遭受百年不遇的洪涝灾害，部分稻田被冲毁，哈拉黑水利枢纽、科右中旗吐列毛都、乌兰哈达水利枢纽被冲毁，致使其失去调节水量的功能，全盟水稻种植面积减少20万亩。

兴安盟实施第四期国家农业综合开发大中低产田改造项目和多种经营项目，对各灌域的干渠、桥、闸门进行维修和养护，把原来的旱田改造成高标准的水田。全部采用插抛秧技术并按模式化标准进行科学管理，使水稻平均单产达450公斤，人均收入提高了700元，实现了当年开发、当年见效、当年受益。

蓄水2年多的察尔森水库开始提闸放水，最先受益的便是义勒力特工作部的1000多户农民。"我们全家就盼望着水库放水呢，今年一定能有个好收成。我家前2年一直用柴油机从地下抽水，费用特别高，每亩地就得花150元水费。今年一放水，每亩地我只花30元水费就行了。"义勒力特镇幸福嘎查的农户包玉荣高兴

乌兰浩特市乌兰哈达镇三合村稻田

| 袁隆平与兴安大米 |

不已。

大面积低洼易涝和盐碱荒地，通过开川排涝和打井修渠也种上了水稻。变水害为水利，变荒地为良田，实行以稻治涝，以稻致富。中低产田，实行旱改水，通过利用地上水发展自流灌溉水稻，提取地下水发展井灌水稻和沙地衬膜水稻，变低产为高产……

"八五"时期以来，兴安盟紧紧抓住国家农业一、二、三期综合开发的有利时机，组织群众大搞以水利为中心的农田基本建设，改造中低产田，发展水稻生产。到1997年末，全盟已建成近70万亩"田成方、林成网、渠成系、路相通"的标准水田，平均亩产达500公斤。水稻既抗旱又抗涝，被群众誉为"抗灾性强、旱涝保收"的铁杆庄稼。

又一个生动的场景，又一次凭借人的力量战胜自然灾害的真实范例，一幕幕都嵌入美好的记忆中。

在井架旁，我看到建设者克服一个个难以想象的困难，用百折不挠的意志和力量攻坚克难；我看到农民看到施工的灌渠汩汩流淌清水时的欢呼雀跃。这一切，都感动了我。

谁来守护村庄？谁来种地？

眼下正是种植稻谷的季节，朱文生家的农田却一片荒芜。53岁的朱文生是村里的种粮大户。老朱说，这些撂荒的土地原本是水田，但如今，却被改为旱田，有的地块种上一点大豆，绝大部分地都被撂荒了。

虽然老朱从农户手中流转种植了200亩地，但大多是分散流转，大的三五亩，小的三两分，被分割成七八十块，无法集中机械化作业。老朱的种植成本和普通农户比，相差不多。种子、化肥都涨价了，再加上土地流转费用，种地不合算，自己也没有太好的办法。他找村书记诉苦："这块地我就不想要了，我想退给农民。"种地这么多年，这是他第一次萌生了退意。成本降不下来不合算，种

植面积大了设施跟不上,这地难道真的种不了吗?

种粮成本下不来,农民收益上不去,基础设施跟不上,大灾来了扛不住……种种因素导致种地非但不赚钱,还有可能赔钱。这些问题不解决,一般农户没了积极性,连一些种粮大户也萌生了退意。

怎么办?只有改革,创新种粮模式,农民的收益上去了,土地才不会被撂荒。

"我们要进一步推进产业转型升级,为农村发展寻找新的亮点和增长点,要使改革成果惠及于民,提升群众获得感和幸福指数。"斯力很现代农业园区党工委书记赵秋菊说。

在一片撂荒的田地中,有一块地却是绿油油的,格外引人注目。土地的主人向阳村村民吴家业告诉我,他家的地没有撂荒,是因为有"能人"帮助。

吴家业说,这地还是自己的,并没有流转出去。自己直接给公司下订单,公司统一提供种子、化肥、农药,指导他进行田间管理。公司统一收割,再联系粮食加工企业,还负责买农业保险。对公司来说,服务的是成百上千家吴家业这样的农户,因此,化肥、农药等农资可以集中采购,大大降低了成本。耕种收割由专业人员统一机械化作业,减轻了劳动负担,缓解了劳动力的不足。这种方式,一亩地能多收益300元。这种做法叫作托管式服务,很受农民欢迎。

吴家业所说的"能人",实际是向阳村高树全机械化种植专业合作社经理高峰。

刚过而立之年的高峰是一名农业职业经理人。当初,他通过竞聘上岗,开始管理斯力很现代农业园区向阳村土地股份合作社1000多亩土地。6年来,他一个人就把合作社管理得井井有条。

中国农村正发生着翻天覆地的变革。从安徽省凤阳县小岗村的大包干,到农村土地经营权流转交易市场的建立,我国农村土地制度历经40年的不断探索和演

袁隆平与兴安大米

进,已使农村的土地经营方式和人们的生产生活方式发生了巨变。

对追逐梦想的年轻人来说,虽然繁华的城市有很强的吸引力,但乡村也逐渐展现出其魅力和机遇。

在外打工5年的高峰回到家乡,见过世面的他在水稻种植方面和村里的其他人有不太一样的想法。

种好托管示范田,并将托管地块与农民自种地块做对比,让农民看到实实在在的效益,使他们从内心接纳,从而吸引更多农民接受托管服务。近些年,农民开始探索一种村民以土地入股成立土地股份合作社,再聘请职业经理来管理土地的新型经营方式。

党的十九大报告提出,要健全农业社会化服务体系,实现小农户和现代农业发展有机衔接。合作社社会化服务提供"保姆式""半保姆式"服务,让老人种地成为可能,而种地收入也提高了老人的生活水平。"老人农业"解决了农村部分闲置劳动力,还防止因青壮年劳动力不足而造成的土地撂荒,保证了粮食生产和收入。

高峰一直在探索中前行。2012年,他成立高树全机械化种植专业合作社,购买各类农机具14台,年机械面积1.5万亩,流转土地3000亩种植水稻,每年可实现15万元净利润。同时服务小农户,解决"留守老妇幼"和土地闲置、分散问题,辐射周边葛根庙镇、科右前旗居心村,托管面积近6000亩。

土地托管使村民"离乡不丢地,不种有收益",让土地成为农民的"养老田"。

针对农户种植规模小、生产效率低、市场信息闭塞、抗风险能力低且对农业先进技术接受程度低以及农产品生产标准化和专业化程度低等现实问题,高树全机械化专业合作社加快三产融合,创新社会化服务模式,解决"留守老妇幼"和土地闲散化、闲置化造成的农业收益低的问题,提供"耕、种、防、收、售"全

程托管服务，逐步将普通农户引入现代农业发展轨道。2020年，合作社全程托管5648亩，合作社盈利118万元，农民收入达169万元。

"自从加入合作社，春季不用愁买种子、买化肥，秋季的收入却提高了很多。过去，普通水稻1斤只卖1.5元，可现在合作社回收的有机水稻1斤能卖4元。我家20亩地一年整整增收2万元。"合作社让向阳村农民找回了对这片土地的信心。

如今，高峰管理的土地，已全部实现机械化作业。农业智能检测仪、测量仪，实现了网上全程精准、高效、实时、便捷的一体化管理。为了增收，他接下种子公司的制种订单，收益是常规稻谷的10倍。实行田间综合套养，高峰手里的土地附加值不断攀升。

2020年刚入春，高峰就忙着整理田地。袁隆平水稻院士专家工作站给合作社带来优良新品种，水稻种子订单3000亩，全程进行机械化服务。"袁隆平水稻院士专家工作站为我们送来了'金种子'，这回信心更足了，今年还要大干一场。"高峰激动地说道。

高峰经常到袁隆平水稻院士专家工作站向专家请教学习，积极参加每年盟市组织的新型职业农民培训与实践活动。

高峰说，他将来还要回到家乡，回到稻田和父母一起劳作，和稻米一起繁衍生息。

懂技术，会经营，有知识，有激情。如今，管理上千亩耕地的大多是像高峰这样年富力强的高素质新型农民。这些年轻人有了更多参与农业生产的机会，他们的新思维、新理念再次让土地焕发出新的活力。

袁隆平与兴安大米

三、回归的稻香

爷爷埋怨自己年岁大了,听不到布谷鸟声,鼻子也不灵了,稻子熟了都不知道。

春耕秋收,播下希望,收获金黄。燕子、布谷鸟、白脸山雀、家雀,在一声声清脆的鸣啼下,四季接踵而至。

稻浪翻滚的香气沁润着农人的心脾,每家的壮劳力都开始出动,手握镰刀,头戴草帽,顶着烈日,幸福地出发。

天刚蒙蒙亮,爷爷就坐在昏暗的灯光下磨刀霍霍。田野还没有完全苏醒,路上的行人影影绰绰,只能看到模糊的轮廓。稻穗沉甸甸的,经过露水一整夜的浸润,似乎还在沉睡中。人们弯腰熟练地挥动着雪亮的镰刀,稻子纷纷倒地,齐刷刷地铺在身后。我和哥哥们打下手,不得要领地前后忙乎着。时间接近正午了,坚硬的稻芒扎得人浑身发痒,不一会儿,低垂的脸颊上、胳膊上、裸露的小腿上,布满了一道道划痕,红红的,像被细鞭刚刚抽打过。

去稻场的路上,响起稻收的欢声笑语,坐在车上的爷爷,脸上泛着像稻米一样的光泽。爹坐在车辕上,挥动着长鞭大声吆喝。四围用长橡木搭建的稻垛架,四角交叉,四围中的我们在车子的颠簸中打闹着扎进稻垛里。

第三章 改革开放的春天

看稻场时，我们嬉笑着躺在地上，嗅着身旁青草的清香，听着毛驴的叫声，看到鸟儿从空中掠过，扑拉拉扇动着翅膀……哥哥顺便在稻草里捉蚂蚱、蝈蝈，再小心地用茅草穿成长长的两串，玩耍够了就顺手喂给家里的大母鸡。虽然很多年过去了，但我的眼前依然清晰地浮现出在那乡间的稻场小路上缓缓行进的马车旁，哥哥和我撅起屁股用力推车的小小身影……

9亩田地，爷爷在这里翻动了一辈子。他抚摸过每一寸土地的纹路，了解每一寸土地的温热，熟悉这里每一缕迷人的气息。爷爷佝偻的脊背有着完美的弧形，背起了我和哥哥们的童年，行走在岁月的光辉里。

春播夏种，稻苗常年被粪肥滋养，再追施含碳酸氢铵、尿素、硝铵、氨水、氯化铵的肥料，稻苗被氮、磷、钾等营养元素全副武装，长势惊人。

如今村里家家户户门前没有了粪堆，临街的都挖了边沟，栽植了垂杨柳。以往冬闲时，大人带着孩子一筐筐地捡拾猪粪、牛粪、马粪，一点一点地攒积起来。每到清明前后，村里散发着粪肥和稻秸熟透的味道。爷爷嗅了一辈子，熟悉这种味道。

金黄的稻子随风起伏，远远望去，就像波浪一样。不再上粪肥的水稻，却在化肥的催生下加快了生长速度。

村里陆续来了很多客商，一辆辆货车运走了村里的稻子，村人数着钞票，脸上露出积攒了一年的欢喜。桌子上的米饭没了饭香味，爷爷第一个吃出来，将筷子轻轻地放下。他看旁人若无其事，自己心里却上下翻腾着。

消失的稻香，没有香味的米饭。

爷爷扛起镐把，平整了房前的一块空地，拌上发酵的粪，撒下了稻种。长长的旱烟袋伴随爷爷度过守稻的时光。

村里陆续建起有机稻米加工厂，农民都加入农村专业合作社，稻子、玉米、马铃薯种植协会纷纷涌现。相继打着五星村标识的有机米装袋包装，被运输出

123

袁隆平与兴安大米

去,价钱翻了几倍。"有机"竟然这么厉害,爷爷最后打听到,有机米就是在施粪的田地里长出来的,还分多少年的,年头越多价格越贵。爷爷还是没明白,祖辈们这样种了一辈子,怎么就没发明个有机米,多赚几个钱哩。

风雪肆虐着,高矮不一的稻茬在寒风中站立着,大片大片的雪花埋上去,上面冒出一截截枯冷的稻茬。爷爷的身姿伫立着,站立出一种守望。

爷爷,还有阿黄、家雀,端坐在稻地前,静静地守候,穿透空气的稻香,远远地飘来。

多少年来,这个场景始终萦绕在我的脑海。多年在外求学,不知道以水稻种植盛名的家乡小镇现在怎么样了。

这个假期,我带着植保专业论文实践课题返回家乡,打算写一篇关于农村水稻种植发展现状的论文。

我顺着家乡的小路走了很久,却没闻见稻香;我搜寻自家的稻田,却看不见整齐的畦田。地里分不清界线,原来做标记的小白杨树也不见了,呈现在眼前的是大片大片的旱田,还有长满杂草的荒地。

没找到稻田,我怅然归来。村里的老人告诉我,早在几年前他们就不种稻谷了,稻田租给别人改种旱田作物,签了6年合同,1亩田每年给300元承包费。

乡村的绿色生态是何时消失的呢?根源是什么?如何继续发展农村水稻产业?这些问题一直困扰着我,现在一股脑地倒了出来。

"呵,你提的这些问题,可是我们老百姓们面对的实际难题啊。"他们无奈地笑了。

"有些我们可以改变,可有些我们也没法子啊。"

"那时可难为了兴安盟农牧科学研究所人员,整日弯腰在稻田里,和咱们庄稼人一起研究防治的办法,真辛苦啊!"

我找到了在科右前旗农业科技推广战线工作了30多年的科技专家田向阳,他

第三章 改革开放的春天

给了我答案。

田向阳是科右前旗农业技术推广中心党支部书记、农业技术推广研究员。1982年1月，他从吉林农业大学植保专业毕业后，便回到家乡，在旗农业技术推广中心工作，一干就是36年。大家都亲切地称他"庄稼医生"。除了定期给农民讲课，他还以"12316"和"12396"三农服务热线专家的身份，随时用手机接听并解答农民的疑难问题。

"田老师，您在吗？田老师，您给我看一下这稻苗咋的了？我家稻苗一块一块地黄，每个盘里头都有，怎么办呢？"

"这是立枯病的前兆，抓紧时间进行处理，小面积处理起来还方便。今天下午如果有时间的话，我可以到你那儿去看一看。"

手机上蹦出的几条微信又让田向阳忙碌起来。自从建立水稻技术交流群，这位年近60岁的农业技术推广带头人更加忙碌了。

田向阳身材瘦削，满头白发，却神采奕奕。"远看像个逃荒的，近看像个卖炭的，仔细一瞧是推广站的""一身土，两脚泥"，这是他们工作时的真实写照，田向阳幽默地说。

近年来，田向阳每年为参加培训班的农民讲课60多次，直接培训农民8000多人，全旗14个苏木乡镇、229个嘎查村的农牧民，几乎都听过他讲的农业科技课。农牧民跟田老师"亲密接触"之后，种的水稻增产了，还懂了一些防病知识。村民王来福说："那效益是相当好啊，每坰地增收四五千呢，还是得相信科学。"除了帮农民排忧解难，田向阳先后推广先进的农业适用技术50多项，使当地的粮食单产提高了200公斤。2011年，国务院授予田向阳"全国粮食生产突出贡献农业科技人员"荣誉称号。

田向阳退休不退岗，现被聘为兴安盟农垦生产资料股份有限公司、科右前旗农牧业和科学技术局农业技术顾问。从2018年至今，总计办班培训75班次，培训

袁隆平与兴安大米

涉农人员5000多人次。他建了一个水稻技术交流群和旱田技术交流群，为农民详细讲解水稻新品种试种及推广、水稻病害、有机水稻栽培以及各种作物化学除草等种植管理技术。对涉农人员提出的疑难问题，他有问必答，年接听解答600多次，面对面接待农民咨询60多次。

"这些年我只做了两件事，一件事是农业技术培训及咨询，另一件事是农业技术试验、示范和推广。大部分时间我不是在乡下，就是在培训课堂上，田间地头就是我的阵地。"田向阳轻松地描述着，转头又走入田中忙碌起来。

我看到夕阳的余晖映在他的背脊上，花白的头发带着光泽。这个躬身的背影多么熟悉，那是父辈们的背影，是千万个科研人员躬身的背影。

二十世纪五六十年代，兴安盟多数村子都在播种"北海道"稻种，此品种极易感染稻瘟病，导致稻瘟病广泛流行。稻瘟病是流行多年的水稻病害。早期水稻多为直播，植株密度大，一旦染病，迅速蔓延，危害严重。那时，农民常用炕洞土拌种，人工捕捉防虫，拔除田间病株、杂草以及稻田水淹灭草的土办法，但防治效果差，水稻亩产不足100公斤。20世纪60年代中后期，大面积水稻开始施用氮素化肥，然而，病害发生面积有增无减。70年代，引进抗病能力较强的"合江系列"水稻品种，稻瘟病发病率虽然明显下降，但仍有部分稻田感染稻瘟病，有时还很严重。80年代，除推广抗病能力较强的水稻品种，还引进水稻旱育稀植技术和优良杀菌剂以及防治稻瘟病技术，在综合技术的作用下，稻瘟病的发病率大幅度下降。

20世纪90年代初，随着水稻种植面积不断扩大，人们多渠道引进不同品种的稻种，水稻稻瘟病又出现了。

那些年，兴安大地上的科技人员起早贪黑，针对水稻发展过程中遇到的各种技术问题，群策群力，克服了一个又一个困难，闯过了一道又一道难关，终于使水稻生产过程中出现的立枯病、恶苗病、稻瘟病这三大恶魔被科学打败。土地

重新焕发了希望，人们的脸上露出灿烂的笑容，这是科学的力量，更是团结的力量。

这是兴安大地的春天，是无数农民的希望。

在靠种地为生的年代里，随着人口增长，耕地面积逐年扩大。由于多年来广种薄收和掠夺性经营，使大部分农田肥力下降，土地生产力水平降低，而且频繁使用农药和除草剂，导致土壤板结、肥力贫瘠，农作物品质下降成为水田发展问题的症结。再也闻不到稻子的香味，稻民们坐在水田旁，怅然若失。

如何做到既高产高效又品质优良？如何让绿水青山重新回到身边，让十里稻花香在归流河畔四溢？

全盟实施农业"绿色行动"，筛选低毒、高效、低残留农药替代高毒农药，同时大力推广物理技术，减少化学农药使用量。防治组织形式由一家一户使用喷雾器施药到机械化施药，继而发展为植保专业合作社进行统防统治，推广绿色防控技术。科右前旗农业植保植检站站长田洪彦与副站长田向阳，带领科技人员，积极探索用国产农药取代进口农药，变过去的单一用药防除单一种类杂草为复合混配用药防除杂草群落。这是一个新的转变，不但是技术应用的转变，而且是人们思想认识的转变。

春播前，各苏木乡镇分批、分期举办农业技术培训班，每年受培训人员在4000人以上，由高级农艺师任课，有时开展田间授课，让农民能够直观地看到效果。农业技术培训班受到农民的欢迎。

田向阳说："由于化学除草解放了生产力，农民就愿意接受了。通过引进、试验、示范和推广手段促进技术进步，扩大应用面积，取得了良好效果。"

近些年，大力改土整地，控制使用化学肥料，提倡农户使用农家肥等有机肥料，农田的有机质含量和土壤肥力逐渐回升。杜绝使用高毒农药，农产品质量有了明显提高。

袁隆平与兴安大米

张忠伟给乡亲们带了个好头。

刚从稻田里回来的张忠伟,手里捏着一把稻穗。他面色黑红,身材敦实,声音洪亮。他回忆儿时的情景,说:"儿时,我喜欢随父母在稻田里捉泥鳅、捕蜻蜓,挎着筐拾稻穗。那时,稻草人是我的玩伴,稻草垛是我的天堂。"

张忠伟是科右前旗哈拉黑的农民。最初他开了家具店,生意做起来后,又开了一家农资建材商店。他精心经营了10年,生意由小做大。但张忠伟做出一件不可思议的事——卖掉这个生意红火、年赚20多万元的店铺,承包了几亩水田,尝试种植有机水稻。

种植有机水稻,托起了张忠伟的创业梦想,他也成了镇上第一个"吃螃蟹的人"。

当地种水稻的农户很多,但不用化肥、农药和除草剂的就只有张忠伟。他家的水稻长得比别人家的矮半截,杂草长得比水稻还要高。张忠伟每天花钱雇人锄草,锄了一遍又一遍,杂草还是会疯长,令他头疼不已。

就在这时,当地领导多次带领张忠伟到辽宁有机水稻成功种植区考察学习,这让他开阔了视野、增长了见识。张忠伟发现,这些地区采用德国的绿色、高效的种植模式,在种植水稻的同时,在稻田中养鱼、蟹、鸭子等。鱼蟹能够净化稻田中的水质,同时稻田中的杂草和害虫也为鱼蟹提供了食物,在稻田中形成了一个小小的生态循环系统,促进了水稻的生长。

张忠伟回来后动员大家一起搞这个项目,但没有人相信他,张忠伟就带头做示范。结果,他在稻田里养的鸭子虽然从未喂食,但个个长得肥肥壮壮。张忠伟将这些鸭子全部无偿分发给种植户,让大家一同品尝收获的硕果。他们惊奇地发现,这样养殖的鸭子,肉质特别鲜嫩。

接着,张忠伟在300亩田里放了5万多只蟹苗。这种螃蟹的"灭草"效果很好,能吃掉1/3的嫩草,什么都不用喂,螃蟹都长得大而漂亮。

第三章 改革开放的春天

收获的季节,别人家的水稻产量每亩700多公斤,而张忠伟的有机水稻产量每亩仅400公斤。几天后,他将有机水稻进行加工,包装后拿到上海找专家检验。不久,传来消息,上海的专家尝过他带去的米,说哈拉黑大米营养丰富、绿色无害、有益健康,是一种非常好的有机食品。

张忠伟种植并加工的大米上市了,标价每公斤13元,这个价格是当地普通大米的3倍多。原以为销售会成问题,没想到,在听闻他家的水稻没施用化肥后,大米被当地抢购一空,这更坚定了张忠伟的信心。此外,稻田里养的河蟹也卖出好价钱,一地双收,每亩稻田产值高达5000元。这可是普通农户想都不敢想的,但还是有些村民对他的做法产生怀疑。

一次,张忠伟从一位顾客口中得知,在上海有机大米每公斤能卖到140元。第二天,他就一个人跑去上海考察,整整20多天,逛遍了所有大超市,发现进口有机大米的价格都很高,便萌生了办稻米加工厂的想法。在返程的火车上,他已经对水稻产业发展有了思路,想对哈拉黑大米进行精包装,再创立商标、打造品牌,进而稳占市场,提高附加值。

他拿出全部积蓄,投资100多万将水稻种植面积扩大到1000亩。连续3年,他种的水稻没有施用化肥农药,还被拿去参加了兴安盟的农产品展销会。他家的大米最低标价为每斤20元,稻田河蟹也卖到每斤40元,卖给了全国各地来参展的采购商。他的销售额将近千万元。

有机水稻获得的高利润扭转了村民对张忠伟的看法。有一天一大早,村民胡志臣、赵凤军找上门来,想跟着他一起干。村上有这种想法的还有四五十户。

如何将他们集中在一起,将土地集中连片,扩大种植呢?考虑到企业今后的发展,张忠伟陷入沉思。

2009年,张忠伟成立水稻种植合作社。合作社从农户手里流转2000亩土地,承诺统一价格回收大米,并全部都要用羊粪施肥。

| 袁隆平与兴安大米 |

就在张忠伟想要占领市场的时候,又遇到了困难,2000亩水田需要用8万立方米的羊粪做肥料。到了收羊粪的季节,派人去牧区跑了几次,每次都空车回来,张忠伟决定自己去看个究竟。

原来牧民李纯刚听说他家的大米卖得好,就不想让羊粪白白被拉走。他还告诉周边的牧民,想拉羊粪就要收费。

张忠伟想出一个两全其美的办法,即用大米换羊粪,每家都送上几箱大米。最后,他不仅把羊粪拉走了,还给自家的大米免费做了广告。

张忠伟在全国开起了专卖店,养殖的河蟹鲫鱼也为他的大米贴上了标签,增加了卖点。

张忠伟的有机水稻带动了周边的农户。科右前旗白辛乡永远村农民张立聚,在包产到户时分到的南涝洼塘地里种起了水稻。"那块地还能长出稻子?老张家做梦呢吧!"村里人都眼巴巴地准备看笑话。

20世纪50年代,张立聚带着一家五口从河南来到这里,在白辛乡落户。依傍这里的河流、水草,凭借在老家种水稻的经验,他家成为村里第一个种水田的农户。第一年,张立聚家开发的20多亩水田,才收了两麻袋稻子。稻子没有长开,稻米硬硬的,煮不开花,咬着直硌牙。村民们说,他这地里缺肥料,没有农药除草剂还能种地吗?张立聚却坚持要种植绿色水稻。他并没有气馁,而是买来一堆书晚上研究,白天又跑去三合村学习如何种植水稻。

第二年,张立聚家的爷几个继续泡在水田里,开渠修埂。他们的手七皴八裂,都冒血水了,但没有人喊疼。

张立聚每天早晨4点就去稻田,测水温、观察稻苗长势,看籽粒成熟度。在烈日下,他戴着草帽,穿着白色汗褂子,手握着镰刀,守着他的稻田。

3年时间,张立聚在荒甸子上开垦出稻田。秋收时节,归流河畔,风吹稻浪,馨香沁人。乡里人都跑来观看,啧啧赞叹,他被评为盟级劳动模范、农牧民

第三章 改革开放的春天

种植优秀带头人。

张立聚的女儿张传华说:"每每在电视中看到躬身稻田的袁隆平,我就会流下泪来,就会想起父亲的身影,他在稻田辛苦劳作的情景,让我一生都难以忘记。"她把父亲种水稻的经历写成散文《父亲与他的稻田》,并且深刻表达了对袁隆平院士和所有科研育种人的崇敬之情。

同样的故事也发生在古城村。

村民金镇男兴致勃勃地讲述当年种植绿色水稻的情景。那年开春,古城村的金镇男找来李建庆等两家种稻户,商量重新开发3块水田,不施用任何农药、化肥,完全进行有机种植。首先对禾苗施以用黄豆泡的水与鸡鸭粪沤制的基肥,再用人工除草代替除草剂,虽然辛苦,但是产出的米粒饱满,香味四溢,稻花香重新回到洮儿河畔。种出来的米,一部分留着自家吃,一部分卖了高于普通大米两倍的价钱。这样连续种植了三四年,村里的不少种稻户也都开始有机肥种植,使古城村的大米远近闻名。

从零起步到攻克科研难关。无数躬身的背影在实验田里辛勤耕耘,在试验室里挑灯夜战,几代人历练出坚韧不拔和精益求精的精神,凭借智慧和力量,在这方沃土上默默耕耘。良种繁育体系建设日臻完善,优质水稻育种基地、优质大豆良繁基地、脱毒马铃薯原种繁育基地逐渐形成规模,推动水稻这一健康绿色产业在兴安盟快速崛起。

从一粒种到一颗稻的"有机锻造"。兴安盟构筑一条绿色、有机的生态稻米产业链,引入稻田鱼、稻田蟹、稻田鸭种养模式,实现"一田双收"。兴安盟科右前旗哈拉黑办事处,水草丰美、空气清新、土地肥沃,是重要的无公害水稻生产基地。哈拉黑生产的水稻主要借助归流河上游水质好、无污染的水,加上农民种植水稻时较少使用化肥、农药,就形成了天然有机水稻。

科右前旗大面积推广优良食味品种和绿色增效的管理技术,投资500万元在

| 袁隆平与兴安大米 |

巴日嘎斯台乡、归流河镇巴达仍贵嘎查各建立一座智能催芽室，集中催芽20万斤。借助无污染的水、空气和土壤等天然优势，种出绿色、有机水稻。

在哈拉黑稻田区，可以看到购置的鸭雏、鱼苗、蟹苗正被运往稻田。

金米粒水稻种植专业合作社基地负责人徐金昌，对从种子入箱、浸种到破胸再到催芽等每个工艺流程进行认真讲解，并不时把水稻智能化催芽与以往的浸种催芽方式进行对比。作为金米粒水稻种植专业合作社基地负责人，徐金昌试种有机水稻1万亩，他愿意带领稻农们一起走工厂化、规模化的水稻种植之路。

两个月深入实地采访，给我的调研课题积攒了不少素材。其中有对水稻产业的发展与现状的思考，也有农业科研人员的艰辛探索与求实创新，他们潜心科研，示范推广，将论文写在大地上，用心血和汗水浇灌着这片土地。

我的眼前浮现出一派丰收的景象……丰润的河水日夜浇灌着饥渴的大地，金黄色、沉甸甸的稻穗迎风起伏，农民的脸上绽放丰收的喜悦。

四、绿色先行

蒙格罕山，亘古屹立。霍林河静静地流淌着，流经辽阔的科尔沁草原，穿过山谷，流入图业什图平川，滋润着两岸的庄稼，哺育着两岸的牛羊，养育着两岸的人。霍林河亲吻着罕山山麓，缓缓地向东流去。长期以来，科右中旗的牧民逐水草而居，在这片"天赐游牧之宝地"从事自然放牧的生产活动。

草高吐，人们说这是个"有鹿的地方"。科右中旗布敦化苏木草高吐嘎查，人均耕地8亩，这个面积对于终年从土里刨食的农民来说，是个不小的资本，可是这块土地上的人们却与富裕无缘。在党的十一届三中全会之前，人均收入不足百元，差不多年年吃返销粮。村干部每年为分救济粮、跑救济款伤透脑筋。干部一茬一茬地换，农牧民成年累月地干，可是依然摘不掉贫穷的帽子。

党的十一届三中全会以后，改革的春风劲吹兴安大地。

在实行家庭联产承包责任制后，人们初步解决了温饱问题。"难道草高吐的路走到尽头了吗？"人们经过不断摸索，明白了绊住草高吐发展的是被严重破坏的生态环境和薄弱的农牧业基础。

人们的生活水平逐渐好转，各家有了钢轴车、胶轮车、四轮车，开始盖砖瓦房。人们还去山上及河流岸旁砍伐树木，采棒子、稠李子、山丁子、榆树皮，造

袁隆平与兴安大米

成原始森林、天然次生林被毁,导致河谷植被灌木化、沼泽地退化,连草都长得比以前稀薄矮小。

过去的山坡上尽是欧李,当地牧民称欧李为乌兰,勒勒车压过后车轮都是红的。20世纪90年代末,由于连续干旱或连续洪涝,人们开始发展畜牧业,家家养牛羊,欧李树被吃了很多。如今,只有依稀可见的几丛树,以遍地乌兰而被命名的巴彦乌兰苏木却再难见乌兰……

图们江流域的沼泽地被开发成耕地,山上树木减少,动物开始迁移。在20世纪80年代时,还可以觅得两三只狼的雪中行迹,如今早已成为传说。

牧民似乎对昨天的草原谈之色变,大片裸露的肌肤,骤起的风尘沙暴,牛羊满嘴的沙子反刍时吱吱作响……浓黑的龙卷风,万物都不再生长,所有的动植物仿佛一夜间没了踪迹……

"这里是不毛之地,连年闹饥荒,闺女都不敢嫁俺们村。"许多牧民还心有余悸地说道。

于是,村干部一班人马铆足了劲,筹划利用草高吐4.2万亩的优良草牧场资源,抓好以牧促农,生态发展的路子。嘎查书记达林台卖掉自家的牛羊,购买机械,办起了家庭农场;副书记连山上山栽树,日夜看守;嘎查达金巴特尔组织村民义务劳动,上山栽植,防风固沙。草高吐嘎查年年搞人工种草,引进英国红玉米,发展青贮,搞氨化饲料,进行豆科牧草青贮试验,逐渐使植被得到恢复,水土得到涵养,土壤肥力得到提升。村里开始办起了小农场、小林场和小果园。

草高吐嘎查,经历了从狂喜到阵痛再到觉醒的改革过程。

农民种地,一年到头见不到几个现钱。渐渐地,村里办工厂、开厂矿,开采石头获得了利润,农民开工资了,人均纯收入达2000元。草高吐重新披上"绿装",成为在改革中"奋起的金鹿"。

草高吐的涅槃重生为大家引来发展的"金凤凰",也带来深刻的思考。只

第三章 改革开放的春天

在粮食上"转圈拉磨"是没有奔头的，必须要在提高农业的综合生产能力上做文章。

绿水青山是保障这片草原经济发展的基本前提。

"美丽乡村"，打造绿色先行。

我在科右中旗"南三苏木"进行长达1个月的关于改革开放40周年的系列采访，每日都被感动着。

前来迎接我们的是好腰苏木镇花灯嘎查党支部书记银山，他感慨地说："40年前，花灯嘎查到旗里需要5个小时，现在1个小时就轻松到地儿了。"

说起生产生活的变化，村民银山回忆道，20世纪80年代初，别说住上砖房，谁家房檐上能镶几块红砖都是一件了不起的事。一个嘎查也就一两台电视机，还是风力发电，信号不好。一到晚上，三四十人挤在一个小屋子里看电视，把人家炉子踩倒是常有的事儿。那时，由于农业没实现机械化，全家人一年到头忙活几亩的口粮田，仅够解决温饱。现在，种地实现了机械化，村民不再停留在解决温饱的阶段，而是讲究以质取胜。

额木庭高勒苏木甲哈达嘎查党支部书记徐梅花热情地迎接我们，并抱来一摞厚厚的资料照片。看着老照片，多年前山洪造成的土地损毁历历在目，她说："过去，这山上寸草不生，下了雨直接往下淌，不到10分钟就能形成山洪，使得庄稼被冲、院墙被毁，耕地平均减产2/3，牲畜也无法饲养。"她的语气变得异常沉重。

严酷的生态环境导致当地极度贫困，贫困又带来生态环境加剧恶化。1998年，兴安盟遭受重大洪水灾害，科右中旗连降大雨、暴雨，霍林河及其他大、小河流泛滥成灾。洪水所到之处，村屯被淹、房屋倒塌、庄稼被毁、牲畜死亡，家什财产全被冲走。全旗因洪水灾害造成直接经济损失达10亿元。

面对惨重损失，科右中旗全面恢复河堤和灌区建设，加快构建防洪工程体

| 袁隆平与兴安大米 |

系、重建巴彦呼舒镇至高力板镇霍林河两岸防洪堤。镇区防洪堤建设标准为50年一遇洪水，巴彦呼舒镇至高力板镇段建设标准为30年一遇洪水。

水土流失导致土地越垦越瘠薄。如何让"穷山薄田"成为增收致富的"金山银山"？2016年，科右中旗全面实施小流域治理项目，在甲哈达嘎查实施坡耕地治理、栽植经济林、生态封育和沟道治理等项目措施。

向荒漠要绿色，禁牧、禁垦、禁伐，牧民们将牛羊赶进棚圈。科右中旗退耕还林、退牧还草、划区轮牧，仅仅2年，实现退耕还林还草近5万亩，机械种草3万亩。

"南三苏木"最大的致贫原因是生态脆弱，生态建设和增强生态涵养能力是"南三苏木"拔掉穷根的关键。科右中旗利用3年时间实施"115321"工程，彻底改变"南三苏木"脆弱的生态环境，建设生态宜居家园。

"1"，围封飞播造林治理一百万亩沙地。目前已经争取到自治区林业厅的飞播造林项目。通过科学论证，适地适树，发展生态经济价值较高的树种，如柠条、沙棘、杨柴等灌木。同步建设饲料、肥料、饮料加工厂，使防风固沙和生态产业共同发展。

"1"，围封修复一百万亩草场。通过争取自治区退化草原修复项目，落实项目，围封种草，恢复一块草场；通过全面禁牧、禁垦、禁伐，进行人工干预，修复一块草场；通过飞播、免耕等新技术干预，补播恢复一块草场。

"5"，退耕还草（林）50万亩。充分落实国家退耕还林还草项目，坚决退出坡耕地、沙化地、重度盐碱地，进行种草种树，既能收获补贴资金，还能通过种草发展畜牧业、种树发展林果业收获更高效益和收入。

"3"，高标准打造30万亩耕地。争取到37万亩盐碱地改造项目，该项目已经被纳入内蒙古自治区发改委"十三五"项目计划。袁隆平院士的专家团队调研后，于2018年在兴安盟设立袁隆平水稻院士专家工作站，通过种植海水稻改造

第三章 改革开放的春天

"南三苏木"盐碱地,引进并推广最新培育的耐盐碱杂交水稻先进技术。

"2",种植业结构调整,20万亩的农田要种植青贮,实现为养而种。

"1",争取到一个河湖连通工程项目,投资近4亿元。从根本上解决"南三苏木"生态受制于水的问题,达到能蓄能排,改变常年缺水、雨季触发洪灾的现状。计划通过双山引水枢纽,自霍林河引水,将呼和水库、双榆树水库、查干其其格水库、朝尔图水库4个小型水库与古拉布泡子、白音茫哈泡子等20多个大小水泡子相连通,年增加蓄水量2000万立方米。

通过"115321"工程,把昔日黄沙漫天、土地贫瘠的"南三苏木"建设成为生态宜居、产业兴旺的幸福家园,建设成为祖国北疆亮丽风景线上最具特色的绿色屏障。

科右中旗坚持把生态文明建设、水稻产业、文旅融合作为拉动经济促进高质量发展的新动能,让高标准农田铺就农民增收致富之路,在沙地里崛起绿色希望。

在盐碱地、沙性土壤中创造的绿色奇迹,让所有的目光为之聚焦。

高温炙烤,热浪扑面,在科右中旗巴彦茫哈苏木哈吐布其嘎查盐碱地治理区,风微起,绿草拂动,稻香沁鼻。经过"三禁"修复治理,昔日几乎寸草不生的裸露沙地、泛白刺目的盐碱地,如今绿意盎然,焕发勃勃生机。

"绿水青山就是金山银山",从茫茫沙地到片片绿洲,科右中旗以生态优先、绿色发展为导向,全力推进山水林田湖草沙系统治理和防沙治沙生态建设。

从"求生存"到"求生态",农牧民的思想观念也在不知不觉间转变。

徐梅花高兴地说:"现在连续下十几个小时的雨也不用担心洪水。老百姓种地、养畜都赚钱,收成越来越好。项目区遍地都是宝,有杏树、文冠果、紫花苜蓿,还有各种各样的野生药材。"

转变源于禁牧、禁垦、禁伐以及"三北"防护林、水土流失治理等系列工程

| 袁隆平与兴安大米 |

措施的大力实施。科右中旗政府大力引导农牧民减少放牧养羊，改为圈舍养牛，通过禁垦、禁伐加速自然生态修复，并确保禁牧工作"禁得严、禁得住、不反弹"，以生态"含绿量"提升发展"含金量"。

在高力板镇赛罕道卜嘎查"蚂蚁森林"互联网治沙项目区，裸露的沙地被绿色覆盖，成行的柠条就像沙地的"绿色使者"，如条条沙箭般矗立着。2018年，在中宣部推动下，"蚂蚁森林"防沙治沙项目落户科右中旗。如今，高质量完成4.85万亩"蚂蚁森林"互联网治沙项目和1500亩中宣部机关捐助造林。

"沙进人退"变为"绿进沙退"。植绿护绿的一系列动作，换来科右中旗的绿色扩张。科右中旗的森林覆盖率提高到18.05%，草原综合植被覆盖度提高到63%，土地沙化、天然草原退化势头得到有效遏制。

生态变好了，农牧民的生产方式也随之转变，生态"颜值"的节节拔高换来了经济价值的产出。

外出打工的小文回老家的时候，听说农村周边又能看见绝迹了几十年的野兔和黄鼠狼，决定不再外出。

如今，这片荒漠披上了深深浅浅的绿装，一片片贫瘠荒芜的坡耕地摇身变成"田成方、渠相通、路相连、林成网"的高标准梯田。行走在额木庭高勒苏木甲哈达嘎查的小流域治理项目区，新修建的河堤，整洁笔直的健身步道，两侧葱茏的绿植、各色鲜花，让人赏心悦目。绿树、梯田、鸟鸣还有清新的空气，令人流连忘返。徐梅花书记带领我们一路参观，脸上始终浮现着笑容。这是多年来的努力成果，也是又一个"草盖吐"的美丽蜕变。

7月的霍林河两岸生机勃勃，沿着霍林河水顺流而下，飘来阵阵稻香。

这个时节的科右中旗，风仍呼呼地刮着，竟然还感觉到凉意。

"这已经改善许多了，以前不敢张嘴讲话，一开口就是满嘴的沙子。"随行的农业局干部小王打趣道。

在一路说笑声中,我们来到杜尔基镇鲜光嘎查水稻种植示范基地。

科右中旗鲜光嘎查万亩稻田,稻苗齐刷刷、密匝匝的。裴南福书记要求严格,会拿着尺子去测量苗与苗之间的距离,不能有半点偏差。他说:"这是兴安盟科研专家要求的高光效栽培,对于插秧者的技术水平提出了更高的标准。虽然很多人会感到麻烦,但是等到秋收时,产量大幅提高,会让他们改变原有的种植观念。"

在裴南福的坚持下,一些村民最终按照他的严格要求,将稻秧插成高光效的疏密相间模式。裴书记站在稻田里认真比量着,从那严谨的态度中可以感受稻农们付出的艰辛和精耕细作的劳动精神。

这是一幅精工细作的大地刺绣,针线严谨,一丝不苟,有着动人心魄的美感。在这样的稻田里,有无数像裴南福一样的种稻人,为了水稻的丰收辛勤耕作,也有无数像农民一样的科学家,为了水稻的高产殚精竭虑。

兴安盟的农田水利基本建设是薄弱环节,一定要把以水利为重点的农田基本建设当成一场硬仗来打,下苦功夫治理"三水一涝"。盟委、盟行署号召各旗县大搞水田开发,使一些低洼易涝地变成米粮仓。在全盟范围内开发水田,使一些近河低洼易涝地得到治理和开发,耕地面积又有了较大幅度的增长。采取推广良种、合理密植、模式化栽培等实用科技技术,为发展农业倾尽全力。

兴安盟的低洼涝地较多,20世纪50年代后期,主要采取挖排水沟、降低地下水位和提高土壤温度等措施进行治理,收到一定效果。80年代以后,对低洼地和季节性积水地块,一般采用种植水稻进行治理;对地下水位较高或地表临时积水的地块,则采用种植大豆进行治理;对低洼地采用种小麦进行治理。这种利用作物治理低洼地、涝洼地的做法,使低洼地变成稳产高产田,均收到良好的治理效果。

兴安盟农业综合开发工作开始了。最初,在乌兰浩特市乌兰哈达镇乌兰嘎查

袁隆平与兴安大米

开展1000亩的老稻田改造。在乌兰哈达镇古城村进行有计划、有组织、有措施的以改造2000亩老稻田为主的水稻开发,实现地块连片、单排单灌。盟委、盟行署在总结古城村经验的基础上实施"两田"建设工程,由此拉开全盟农业开发的序幕。

全盟打机电井,建井房,修各类排灌渠道,修建水工建筑物,平整土地,打造项目区田成方、林成网、渠成系、路相通、能灌能排的高产稳产基本农田。1998年,虽然兴安盟遭受了历史上罕见的洪涝灾害,但项目区粮食增产1.17亿公斤,新增产值1.2亿元。第二年,兴安盟遇特大春旱,在连续70天无雨的情况下,充分利用新打的机电井和灌溉渠系,使抗旱播种面积达332万亩,是历史上抗旱播种面积最多的一年,全盟粮食总产仍达11.38亿公斤,是历史上第二个丰收年。

扎赉特旗新林镇有了米粮川!

盛夏的新林大地,山清水秀,风光旖旎。在验收团面前呈现的是绿油油的杨柳、汩汩流淌的泉水、阡陌纵横的道路、错落有致的桥涵和水灵灵的稻苗。这是扎赉特旗二期农业开发区的水田开发区中唯一被验收的水田项目区。

看到眼前这生机勃勃、处处锦绣的景象,谁能把它与几年前"旱时草枯黄,涝时水茫茫"的凄凉景象联系在一起呢?谁能忘记几年来新林人民改川造田的壮观场面呢?在新林镇内有4条大川,尽管地面平坦、土层深厚、土质肥沃、水源充足,却未能被开发利用,千百年来只好静静地沉睡。到了雨季,尤其是涝年,这里便是汪洋一片。

万事开头难。要让这大草甸子、大水后积水1米多深的汪洋变成米粮川,不用说群众,就是各村干部一时也转不过弯来。镇党委一方面带领各村干部到国家一期农业开发的乌兰浩特市乌兰哈达镇参观考察,另一方面向有关部门申请立项,请有关部门领导来调研论证。国家一期农业开发的成功经验和做法坚定了镇

第三章 改革开放的春天

村两级干部的信心。

从那时开始,新林镇调动了全镇一切可以调动的人力、物力、财力,大兵团作战,集中于乌尔其根河5000亩开发区,开创了新林这块热土上前无古人的业绩。

修田间路、平整土地、修干渠、建桥、修拦洪沟、打补水井、营造防护林、建苗圃,用3年时间,先后进行9次大规模的农业开发,全镇人民发扬愚公移山的精神,使这片沉睡千年的大草甸子和涝洼塘变成旱能灌、涝能排的优质、高效、高产稳产田。

每次施工时,人们从各个村屯赶到开发区,自带水、饭,中午就在工地用餐。夏季施工,站在水里挖掘泥土,春秋施工,有时踩浮冰,有时顶雨雪,起早贪黑,两头不见太阳,大早上坐两个多小时四轮车到工地时,人已冻得发抖,可猛干一会儿后,已是汗流浃背,收工回到家里时,常常是深夜了。护林村大沟堂的王才,虽然身体患病,但每次都坚持参加,有一次竟累得起不来炕。参加开发的人中,年龄最大的72岁,最小的9岁。赶上中秋节、国庆节,人们也照常出工。更为感人的是,正月初三,新林村的一些农民就到开发区打补水井。铺路时,附近的几个小山头,在两天之内就被人们"搬"到开发区的路面上。

在这里,人们真正体味到"排山倒海"的含义,真正看到人民群众的巨大力量。新林人民用辛勤的汗水书写了新林历史辉煌的一页。

"绿了荒山,富了百姓"是新林镇生态环境建设的真实写照,现今,野生榛子、木耳、蘑菇等林间土特产成了当地农民增收的"绿色银行"。

新林镇依托丰富的生态资源,培育与生态文明相适应的产业体系,打造拉动发展的"绿色引擎",经过十几年的努力,如今的新林森林面积41.7万亩,森林覆盖率33%,草地面积0.7424万亩。

在抓好生态建设的同时,新林镇充分利用天然资源,发挥地理优势,不断丰

袁隆平与兴安大米

富产业种类，赤芍、白鲜皮、北苍术等中药材种植面积2.5万亩，并围绕发展中草药特色产业，探索"中草药+旅游""中草药+康养"发展模式。新林镇党委书记李印峰说，仅两年的时间全镇中草药种植面积已达8000余亩，直接拉动群众增收1200余万元，辐射全镇17个村30余户自愿种植中药材1400余亩。

培育新型经营主体，加快一、二、三产业深度融合发展。全镇肉羊养殖突破15万只，肉牛存栏2.3万头。舍饲牛羊产业有利于秸秆实现"过腹还田"，对养殖过程中产生的粪便及饲料残渣进行回收利用，有效保护当地生态环境。

高效生态农业在新林镇开花结果，黑土地保护与利用、高标准农田建设、免耕托管、轮作休耕等项目不断落实，测土配方施肥、生物防虫、"浅埋滴灌、水肥一体化"等技术不断推广应用。

金秋时节，田野中呈现出一片片丰收景象，水稻开镰收割，这是一片绿色优质水稻。新林镇主动对标高标准，种植绿色优质水稻，全镇水稻种植面积1.6万亩，其中绿色水稻2000亩。春耕、夏耘、秋收、冬藏，农作物的生长需按照自然规律，新林人深谙此道，绿色优质水稻，使用的便是不用化学肥料、不施化学农药的绿色种植方式。

过去的新林，由于天气干旱和过度放牧，山上植被遭到破坏，涵养水能力差，以致沟壑纵横，水土流失严重，降雨量逐年减少，地下水位连年下降，水浇地面积逐步收缩，人们最基本的生产和生存条件越来越差，严重制约了地方的发展。

现在的新林，一幅"绿富美"的生态文明画卷正徐徐展开。

农民站在田地中，幸福地收割着。大自然赋予每个生灵生存与栖息的环境，所有的动植物又赋予大自然生命和活力，这才是真正的美好与和谐。

河流、土地，生存的命脉。

山青了，沙少了，水清澈了，生态农牧业在转型。依山傍水，发展特色种养

殖业，农牧民吃上了生态饭。如今，不少城里人来村里居住，欣赏田园风光。

初夏，我们驱车走过一个个村庄，视野里充满了新绿，就像铺设了巨大的绿色主题色板，在视野里无限延展。有人惊呼：醉了！醉在这浓浓的绿意中，这是多年都没有的感觉了。

| 袁隆平与兴安大米 |

五、盐碱滩挺起的脊梁

人们说，白音塔拉穷，是因为被人踩断了脊梁，牧民们被"穷"字吓怕了。

在包海龙的记忆中，这片草原是青黑色的，土地上凝固的盐粉，发黑的碱壳，枯干裸露的草根，还有漫天风沙，大风的呼号声终年不停。

他从小生长在盐碱地，和这里的每一株植物一样，平凡、沉默、隐忍。

草原上的树木、牛羊，甚至影子，都被盐碱腌过，而且后代也在被盐碱腌渍着。

从白音塔拉出来的人，在人堆里是能分辨出来的，脸色黑黄、腿部弯曲、牙齿长斑，这里的人，是被一半碱一半盐常年腌渍出来的。但是，他们没有想过离开这里。白音塔拉，这片被牧民赋予"富裕的草原"之名的地方，是祖辈热爱的生活之地，这里有他们养育的牛羊。

盐碱滩长不出庄稼，脚下是白花花的碱土，斑块似的，像身上长了疤。但这里有包海龙的童年回忆，有草原牧民讲的神秘传说。包海龙小时候经常和巴特尔在碱蓬草边玩耍，那里偶尔会跑过野鸡，还会有天鹅飞过。那年，他俩捡了盐碱滩窝里的蛋，3只鹅蛋都被捡了回来。他们把蛋放在额吉烧奶茶的锅里煮熟，吃掉了。额吉知道后，赶来训斥他："你这个残忍的东西，为什么要这样做，哪怕

是留下一只也好啊！"额吉的眼角流出泪来。

至今，包海龙还记得额吉眼里的疼痛。

牧民养的牛羊进了盐碱地，舔了盐碱后，好多牛羊都患了病，嘴里吐着白沫沫。上了岁数的老人绝望地说，一定是吃了那片盐碱滩的毒草，没救了。

巴特尔家的羊死了3只，从此便再也不和他去盐碱地玩耍了。

包海龙一直没离开那里，娶了盐碱滩的女孩。据说，当时外村也没人愿意嫁到这里来。

包海龙的3个儿子生龙活虎。一个雨夜，小儿子发烧说胡话，他拉过牛，套上勒勒车，往苏木卫生院走。在漆黑的深夜里，没有路，包海龙赶着牛深一脚浅一脚地行走，车陷在一片草甸子中，五尺高的蒙古族汉子蹲在地上痛哭。直到天亮，才有牧人帮他拉出来。小儿子救过来了，他也仿佛活了过来。

爱过、伤过，但是从来没怨过，这时，他仿佛懂得了父母对这片草原深深的情感。

水土滋养着在白音塔拉生长的人，盐碱悄然无声地浸入每个人生命和岁月的褶皱里。

入夏，碱蓬草探出胖脑袋，拱裂头上的土盖，一挺身半拃高，不经意地一铺展便有巴掌大。包海龙的儿子提着篮子，走到盐碱地，有时候能剜到野韭菜，连根带叶的，不到半日工夫，就能剜到满满一篮。妻子用野韭菜拌馅包饺子，或者做成韭菜花，带着草原清香。

碱蓬草结籽，秋日就到了。慵懒最先落到牛羊身上，走几步愣愣神，才啃上几口。这时的包海龙，卧倒在碱滩上，凝视着一簇簇碱蓬草，憧憬着不久以后，这里到处都是堆积起来的满满的粮仓。

听老一辈讲，这片全是盐碱地，周边村屯都是，以前种完玉米收不到棒子，不到秋天就割了喂牛。包海龙家种植几亩玉米，家里养殖30只羊，每年地里种点

袁隆平与兴安大米

青贮，产量也不高。有村民尝试种向日葵，但种出的向日葵患有分枝杆菌病，当年就死掉了。还有人种了绿豆，第一年不收，第二年还会重茬生菌，颗粒无收。他们也尝试过种大豆，都不成功。后来，村民就不想种了。

盐碱地不适合种庄稼，也没人敢种。有的人家种大豆，只是为了挣点补贴钱，只要地里出青苗，就会得到每亩278元豆类补贴。几年前的白音塔拉嘎查还维持这种状况。

这样的事，包海龙不会干。

有一天，他听说盐碱地能种出水稻。

这个消息传到村民耳朵里时，是没人相信的，包海龙却心动了。他求人到毗邻的鲜光嘎查找来种子，鲜光嘎查的朝鲜族老人主动找他，教他种植水稻。

有了稻种和技术，包海龙在后面的盐碱滩挖了5亩地，撒上种子，之后就天天盼着、守着，寸步不离地盯着那片盐碱地。10天，20天，25天……终于看到青苗了，但是苗少得可怜，能数出个数来。纤弱的禾苗，瞬间被风沙掩埋，他第二天一早用手扒开，扶正。有的被连根拔起，连草窝窝都见不到。但是只要活着，就有希望，他用带去的水，一根苗一根苗地救活。

草原的牛羊偶尔还去盐碱地吃盐，他怕伤了稻苗，早晚守在那里。妻子有时不理解，村民更不理解，说海龙这小子净做傻事。

没等到秋季，稻苗已经枯死，他没有看到长出的稻穗。第一年，失败了。但是，他还是带着妻子酿好的马奶酒，去找朝鲜族老人，陪老人一起喝酒，再取些经回来，他还想继续种。

他仔细研究过，鲜光嘎查的土地毗邻霍林河水，在岸边的沼泽地上，可以长出绿油油的稻子，那里也有成片的芦苇荡，他小时候还曾到里面去捉迷藏。这片寸草不生的土地，自己也尝试过，却长不出稻子。或许是土质的原因？但是，究竟该怎样改变，他也没能想出好办法，和别人更商量不通，妻子也沉着脸，埋怨

第三章 改革开放的春天

他不好好放羊,也不顾家。

孩子到了上学的年龄,家里却拿不出买书本的钱,妻子身上的蒙古袍还是新婚时穿的那件,洗得发白发旧,他的心揪着疼。

一天,他听到一个爆炸性消息,袁隆平水稻院士专家工作站要在这里建立水稻种植基地,专门研究如何在盐碱地里种植水稻。这简直像救命的稻草,他兴奋地在草地上打滚。

科研基地就在自家的后面,距离不到500米。专家到基地勘查时,他就跑到那里围着专家转,听他们认真研究怎样治理盐碱土地。基地建站后,他第一个报名。他撸起袖子说:"不管粗活累活,俺什么都能干。"

包海龙是村上第一个到基地打工的牧民,起早贪黑扎在基地。陆续地,村上又有人主动报名。但大多数人只是好奇,想看看专家究竟是否能在这片荒弃的盐碱地上种出庄稼。

包海龙天天跟在专家身边,慢慢地学习到很多先进农业技术,还学到从未听过的农业术语,如洗盐、育种、改良等。听专家说,这片盐碱地经过改良,种出的弱碱米既有营养,还能卖上高价。这些他从来没有听过的话,更加深了他对这片盐碱地的憧憬,他简直有些痴迷了。白天,他跟着专家学习,干起活来是满把子力气;晚上回到家中,便兴奋地给妻子、儿子讲当天学到的知识。

到基地听课的村民渐渐多了起来,他们边听边看专家的现场操作。专家首先进行土地勘验和治理,接下来还有一系列详细的步骤,他们也跟着专家一天天泡在基地里。在盐碱地,通过灌水清洗,可以降低盐碱的浓度,最大限度地保持以水压盐碱的作用。从插秧开始到水稻成熟期,保证不缺水的状态。要施足底肥,最好使用腐熟的有机肥。在盐碱地种植水稻,要注重磷肥的补充,坚持"少吃多餐"的原则,早施返青肥,分2次施用效果更好,同时要注重叶面肥的施用。

专家亲手示范,悉心指导,要求秧苗带肥下地,尽可能给秧苗补充养分。在

| 袁隆平与兴安大米 |

盐碱地里插秧，密度要大，秧苗的下苗量也要大，密植栽培保证秧苗株数是高产的前提。要在栽培播种时浇一次水，保证出苗率。

专家讲授的知识，他们都仔细地记录下来，不懂的便会当场请教。

看到专家试验成功后，包海龙又做出一个大胆的决定，将家里的旱田改为水田。年前，他就将流转完的50亩地平整完，做好了前期准备。他的地块紧挨着袁隆平水稻院士专家工作站的基地。

袁隆平水稻院士专家工作站建立后，包海龙就到这里务工。每天跟着下地干活，听专家讲座，使他对水田种植有了信心。我到基地采访时，碰到他正在向袁隆平水稻院士专家工作站的专家咨询育种品种。

听杨忠介绍，包海龙在这里学到了水稻种植技术，回去之后自己试验耕种。"工作站种啥，我家种啥。"他认为这样准没错。

包海龙在基地开大型机械，日工资是150元，每年赚3万元。他在基地可以边挣钱，边学习水稻种植技术。2021年，他家又添置了两台新型大型机械。包海龙的水田长势旺盛，专家杨忠常去他家地块现场指导。

有的牧民打趣他："海龙这小子行啊，一边蹭着技术，一边还赚着钱，一举多得啊！"

在袁隆平水稻院士专家工作站的带领下，农牧民重新燃起对这片土地的信心和希望。

在袁隆平水稻院士专家工作站成立的第二年，当地农牧民自发种植水田6000亩。白音塔拉嘎查牧民双喜在袁隆平水稻院士专家工作站的科研基地跟着专家种了2年地后，就回去将自家的旱田改为水田，种上了基地选用的水稻品种。

就这样，撂荒了几十年的盐碱地，竟然神奇地种上了海水稻。村民从一开始的不相信、怀疑，到一步步看见盐碱地变良田，他们压根儿没想到，有生之年，还能看到盐碱地焕发生机，贫瘠荒芜的盐碱地也能变成希望的田野。

第三章 改革开放的春天

更让他们高兴的是，有了海水稻，每家都能增加两笔收入：一是将原来荒废的盐碱地重新流转出去，多了一份土地租金；二是在家门口就能打工挣工资。村民白根柱说，他们家流转五六十亩盐碱地，一年多收入4万元左右。在这打工一个月，还有3000元收入。

自从在盐碱地里种出水稻，人们发现这里铺展了绿色，白茫茫的景象不见了，风沙也少了，也闻不到浓浓的盐碱味了。

对盐碱地变良田的探索，为兴安盟科右中旗铺展出一条高质量、绿色发展的转型之路。把荒原变成绿洲，这不是奇迹，是发生在身边的巨变。霍林河畔，雄风陡起……

千年草原，千年一梦，千年巨变！一切都是真实写照。乌力格尔荡漾在科尔沁草原上。

亿亩荒滩变粮川，盐碱地里飘来稻花香。

科右中旗巴彦淖尔苏木，昔日的盐碱滩，此刻正呈现出一派江南鱼米之乡的水田风光。

驱车行进3个小时来到翰嘎利生态自然保护区，这里有湿地公园，公园里有蒙古黄榆、五角枫、桑树……走进双金嘎查农业示范园区的万亩稻田，视野便开阔起来，路旁的垂榆被微风轻拂，远处碧野中的芦苇摇曳成片。这一刻，我看到了包海龙描绘的芦苇荡，层层叠叠的芦苇蔓延着，微风拂过，便如潮水般倾涌，几只野鸭、野雁惊鸣着，轻轻掠过。这个场景似乎是20多年未见了，那时，也刚好是我们的童年吧。远处传来稻田的香气，包海龙的脸上浮现出久违的笑容。

越来越多的人把盐碱地变为良田，视野里的新绿愈加增多。

村民匍下身子，怀着对土地的亲切和敬畏，深翻土地，在地里一块一块地打碎盐碱土块。

那些被开掘的田野，浸润了多少农民的汗水、泪水。被驯化的水稻，是他们

袁隆平与兴安大米

在田野孕育的美丽的诗行,是他们所仰望的诗行。

生命的循环。

苍茫的大地上,静卧着一抹亮色,以处子之姿,扎根大地。

太阳从丘陵升起,远处的雾霭散去,草原一片寂静、灿烂。

第四章

牵手，行走的第二故乡

> 人就像种子，要做一粒好种子。
>
> ——袁隆平

一、南繁北育记

2021年4月初,袁隆平水稻院士专家工作站的专家从南繁基地转战北方,来到兴安盟,开始了一年的春耕播种指导工作。

在西白音嘎查科研基地,袁隆平水稻院士专家工作站的专家们和兴安盟农牧科学研究所科研人员正在共同培育适合本地种植的水稻品种。2021年,这里计划播种1万多份水稻试验材料,比去年翻了一番。

袁隆平水稻院士专家工作站的专家裴又良在现场给农户进行示范指导。他耐心地讲解道:"每份材料是0.5公斤,0.5公斤我们播的是6盘。种植水稻就是注意好各个环节,要懂得精打细算。"

此次水稻春播的开启,标志着2021年内蒙古自治区农业重大协同推广项目——优质水稻、绿色节水高效技术示范推广,北方寒地水稻及区域耐盐碱水稻提质增效关键技术研究与集成示范项目的正式启动。接下来,还将陆续完成兴粳6号等不同科研材料的播种任务。

正在播撒的子种来自海南三亚,是兴安盟袁隆平水稻院士专家工作站在三亚南繁育种基地培育的第二代子种。2021年种下再育出来的就是第三代,一个成熟品系要培育6代才具备后续培育条件。

袁隆平与兴安大米

  兴安盟的冬季漫长而寒冷,一年最多培育一代。一个品种,从培育到评定需要近10年时间。兴安盟农牧科学研究所联合袁隆平水稻院士专家工作站,通过在海南三亚进行南繁加代的方式,将育种时间缩短了1/3。

  在三亚这片神奇的稻田里,一项造福全人类的试验正在开展!

  1968年冬季,正值壮年的袁隆平来到位于海南岛最南端的三亚,充分利用这里独特的气候资源,开展水稻南繁育种工作。在50多年的时间里,他几乎每年冬春两季都要到此进行科研工作。这里以杂交水稻科研、育种为主体,逐步成为中国杂交水稻研究的核心基地。

  一群年轻的科研人员带着全部身家来到这里,准备赤手空拳施展自己的抱负。

  在黎明的曙光到来之前,拥有信念的人们不会停下脚步,更不会停下思考……

  一位农民眼巴巴地看着袁隆平,恳切地说:"袁老师,您是搞育种的,如果能培育出亩产400公斤、500公斤的新品种,那该多好啊!"

  这是一位农民的心声,也是袁隆平的科研方向。

  1960年,30岁的袁隆平在农校实习农场的早稻田中,发现一株穗多粒大的稻穗。他研究后发现,这是一株天然杂交稻。袁隆平查阅国内外大量资料,发现许多农作物可以利用生物的杂交优势,大幅度提高产量,杂交技术在玉米、高粱等作物上已经取得成功。

  虽然在这之前已经有科学家提出水稻杂交的理论,但在技术上还没有成功的先例。

  袁隆平更加坚定自己的科研方向:"我的方向是对的,怕失败的人最好不要搞科学研究,哪有那么一帆风顺的,是吧?你害怕失败,灰心丧气就完了。你不搞,那就不可能成功,是吧?"

第四章 牵手,行走的第二故乡

明年要种什么?这不仅是袁隆平和所有农研人员心头牵挂的事,也是广大种稻户每年最关注的问题。品种的不断改良、育种技术的发展,预示着下一年的好收成。

袁隆平没有停止寻找。

正值早稻吐穗扬花的季节,中午时分的太阳火辣辣地直射在刚刚吐穗扬花的稻株上,袁隆平不顾天气炎热,每天准时走进安江农校的水稻试验田,去寻找天然雄性不育株。他认为,在强光下观察稻花的效果最好。

盛夏的中午,骄阳似火,烘烤着世间万物,早稻田就像一个大蒸笼。

烈日下,袁隆平沿着田垄逐一检查稻穗,汗水滴下来,身上的衣服全湿透了。夜幕降临,袁隆平沉浸在放大镜的微观世界里,捕捉每一个细节,认真观察和思考,周边的一切仿佛都不存在。

1970年,袁隆平带领科研组在云南省元江县进行反季节试验。元旦的夜晚,这里发生地震,上面组织紧急撤离,袁隆平摇摇头,说:"稻谷刚刚发芽,我们不能走!"

袁隆平带领的科研组没有撤离,他们在临时搭建的防震窝棚里,继续进行杂交水稻加代繁育试验。由于粮食紧缺,他们早餐吃香蕉和甘蔗,晚餐就吃大米饭,拌着酱油和辣椒。3个月下来,袁隆平瘦了15公斤,但是依然精神饱满。

他们从基地走来,浑身散发着阳光、泥土和稻子的味道。

每个人的脸上,都写满了坚定的信念……

为了加快杂交水稻研究,全国各地的农业科技人员来到海南三亚,在袁隆平的带领下,利用天然的野外稻种进行杂交水稻育种试验。这些默默无闻的年轻人在那里创造奇迹,他们改变了农民的命运,也改变了自己的命运。

由于海南岛是中国野生稻品种最多的地区,袁隆平与他的学生便开始在海南岛寻找天然的雄性野生稻。南红农场是袁隆平在海南建立的最早的育种基地。20

袁隆平与兴安大米

世纪70年代，南红农场到机场路之间还生长着一大片野生稻。

1970年10月，袁隆平的学生李必湖与三亚南湖农场的技术员冯克山在当地一个水沟旁发现了一株野生的雄性不育株。当时正在北京查阅资料的袁隆平为了这株野生稻，连夜赶回三亚。袁隆平兴奋地说："这是一株千真万确的雄花败育的天然野生稻啊！"三个人的手紧紧地握在一起。

他们当时以为仅仅是找到了一个优质资源品种，并没有对"野败"抱以过高的期望。然而，正是这株野生稻为杂交水稻研究打开了大门。

海南岛发现"野败"，使三亚南红农场声名远播。

"野败"是袁隆平为学生李必湖发现的野生不育稻种取的名字，它是一种混迹于水稻田中的禾本科杂草。"野败"的发现，为袁隆平解决了"三系配套"中的关键一环。1973年，科技人员培育出具有明显杂种优势的恢复系稻种，成功实现了袁隆平提出的"三系配套"目标，这时距离发现"野败"仅3年时间。又过了两年，杂交水稻试验田的亩产超过500公斤，比常规稻增产20%～30%。

袁隆平永不满足。

从"三系法"到"两系法"，从一般杂交稻到超级杂交稻一期、二期、三期，袁隆平将水稻产量从平均亩产300公斤左右先后提高到500公斤、700公斤、800公斤、1000公斤、1100公斤……

杂交水稻不但产量高，而且生理机能旺盛，省工省种，抗风抗倒，具有一般品种不具备的优良特性。经过将近15年的努力，经历无数次的失败和无数人的艰苦付出后，袁隆平提出的杂交水稻育种试验终于获得成功，这被称为水稻的"第二次绿色革命"。

中国的水稻经历了矮化育种、杂交育种两次绿色革命。中国杂交水稻技术的产生，不仅是一个巨大的成就，也是对中国粮食安全的重大贡献。

为加速杂交水稻的研究步伐，每当严寒的冬季来临时，袁隆平和许许多多的

2020年·兴安盟水稻旱作高效节水示范项目测产暨现场观摩会

袁隆平与兴安大米

科研工作者便来到海南,继续开展杂交水稻研究。到海南进行稻种繁育被人们称为"南繁北育"。

南繁可以加速世代繁殖。一般1个品种要8个世代,需要8年,而在南繁,3年就可以搞8个世代。

人们说,一粒种子改变一个世界。一项农业科研成果的取得,离不开科研人员付出的艰辛努力。

冬去春来,南繁北育。一粒良种,要从几千甚至上万个材料中进行筛选。

无数次往返奔波,有惊喜,也有失败。成功伴随着喜悦,辛酸掺杂着泪水。

这群人有一个共同的绰号——"水稻候鸟"。当北方进入冬季时,他们开始南迁;当新春佳节人们阖家团圆时,他们却在海南的烈日下挥洒汗水,辛勤劳作。

从青春韶华到两鬓斑白,为了农民丰产增收,育种专家们不遗余力地研发和选育一个个水稻良种。从测交找到恢复系,再到攻克"三系"配套难关,他们付出了毕生的心血!

作为中国知名的农业科学家,走在稻田里的袁隆平常常被人误认为是一个普通的农民。

我在屏幕上看到无数个袁隆平站在田间,手抚稻穗的画面。他对禾苗的呵护、挚爱与依恋,让我惊叹。

一双手轻轻拂过那片绿色,仿佛在注视新生的婴儿,目光里充满怜爱。小心翼翼地扶正、育苗、插秧,轻轻抚摸抽节的稻茎,嗅着香气。一株秧苗从种下到拔节、抽穗,要不断地弯腰、躬身,无数次地匍匐田间,最后双手捧起沉甸甸的稻穗时,脸上绽开了笑容。这是维系人类生存和命运的稻米啊!

一个懂科学的农民!一个将一辈子奉献给土地的农民!

见到袁隆平的人,都会仔细地打量一番,矮个子、平头、古铜色的脸上皱纹

第四章 牵手，行走的第二故乡

深如刀刻，俨然一位朴实的农民。

"人家都讲我像个农民，不像个科学家。我不是科学家，我只是个科技工作者。"袁隆平笑着说。

2021年，袁隆平已经91岁了，依然奔波在稻田中，始终怀抱更高的梦想。

从事水稻育种科研工作，要耐得住寂寞，头顶烈日，脚踩泥巴，还要像候鸟一样迁徙奔波。袁隆平春夏在湖南长沙基地，秋季去厦门，冬天到海南，常年如候鸟般的迁徙，只为加快科研育种的进程。全国各地的许许多多的科研人员，也正沿着袁隆平的足迹，继续选育水稻良种，造福一方百姓。

一碗白米饭送到嘴边时，你也许想不到，它的种源超过8成来自海南。

袁隆平说："杂交水稻的成功，一半的功劳应该归功于南繁。"

中华人民共和国成立后，在育成的28500多个农作物新品种中，有超过70%的品种经历过南繁的洗礼。

每种农作物都有自己的生长周期，农研人员只能满怀期望地等待它慢慢成长。

为了记录稻米的浸种、出芽、抽穗等各个阶段的生长过程，水稻专家连续不间断地观察、测试、记录，以保证水稻在各个生长期的情况得以完整呈现。

水稻是雌雄同体自花授粉的作物，稻花的花蕊周边是六株雄蕊，中间是一株雌蕊。杂交育种需要将稻花中的雄蕊破坏掉，只留下雌蕊（这个过程叫作人工去雄），再将其他品种的雄蕊与该株雌蕊进行人工授粉，这就完成了一次杂交。

一个稻穗上有多少朵稻花，就能结多少粒稻米，需要进行人工去雄。水稻一般在一天中最炎热的时候开花，因此人工去雄需要在酷烈的阳光下完成，水稻科学家的脸往往比常年在稻田劳作的老农还黑。

袁隆平一次次俯下身子，挨近稻穗，倾听花开的声音，感受稻子的呼吸。在他的眼里，每一株稻禾、每一朵稻花，都是有生命的。

袁隆平与兴安大米

在育种人的眼中,每一株禾苗都代表着希望,无比珍贵。

水稻的生命力和繁殖力都很旺盛。每种植一季水稻,从育种、播种、抽穗、扬花到南繁北育,一年可以繁育两代,甚至是三代。按常规的方式,搞一个品种需要8个世代,如今有了人工气候室,3年就可以育出一个新品种。

"南繁北育"是缩短育种时间的良策。每到秋季,袁隆平就会背着亲本种子,登上南下的火车。一年又一年,袁隆平迎来的却是一次又一次的失败,但是他始终没有放弃。

家庭和亲情在他心底的分量很重。袁隆平和夫人邓哲已携手走过57年的风雨人生。袁隆平说,他之所以能在杂交水稻上取得成功,离不开妻子的理解和支持。他总是称妻子为"我的贤内助"。

为了继续研究杂交水稻,袁隆平夫妻分居20多年;为了南繁育种,袁隆平在二儿子出生第四天就去了海南,一去就是100多天;为了坚持科研,父母病重,袁隆平无法在床前尽孝……每一次,邓哲都会默默为丈夫打上行囊。她用自己瘦弱的肩膀扛起了照顾家庭的责任,全力支持袁隆平搞科研。

"我不在家,就在试验田;不在试验田,就在去试验田的路上。"

烈日、强紫外线、毒蛇、蚊虫,还有日复一日、年复一年地与寂寞相伴,这就是水稻育种人的日常生活。

几乎每个南繁育种人员,都有在稻田里中暑昏倒的经历。他们常常被蚊子、蚂蟥叮咬,尤其在人工辅助授粉时,稻叶上的毛刺像锯齿一样,将胳膊划开无数道伤口,流着鲜血。但大家似乎忘记了疼痛,像呵护刚出生的婴儿一般,细心地将一包包种子浸湿催芽。

经过50多年的建设,位于海南岛最南端的三亚、陵水、乐东等市县已经基本形成集科研、种子鉴定、种子生产于一体的南繁育种基地。每年都有很多来自国内各级农业研究院所、大专院校、种子公司和技术推广部门的人员到此进行科

第四章 牵手，行走的第二故乡

研、育种工作，从而获得大量科技成果。

袁隆平在关注水稻产量的同时，也培育了很多科研种稻人。他认为，中国的杂交水稻需要继承和创新，重要的是要建立一个科研梯队，与他倾情守望这片充满希望的稻田。

早春，又到了南繁育种的最佳时期。在稻田里行走的水稻科学家，都是当年与袁隆平一起创造中国杂交水稻神话的英雄。

袁隆平说："一个农业科学家，不是活在二十四小时里，而是活在二十四节气里，追着农时走。"

搞水稻研究的科研人员，则是追着季节走。他们和稻农们一样，一年四季在田间辛苦劳动。

这是北方水稻科研人员的工作作息周期：

1月，整地；2月，耙地；3月，为稻田开渠引水、大棚育秧；4月，水稻育苗、炼苗、保苗、培育壮秧；5月是水稻插秧的黄金季节，也是保证水稻齐穗和成熟的关键时刻；6月是水稻分蘖期，田间管理非常重要；7月，除草、稻田灌溉、品种杂交；8月，黄熟期田间管理、收获；10月，要带着育种材料到三亚南繁基地，直至第二年3月返回北方。

这些水稻科学家常年南北奔波，与亲人相聚的时间很少，他们的生活节奏已经完全与稻米的生长周期一致。

"作为一个科研工作者，不仅要知识多，而且要人品好；不仅要出科技成果，而且要弘扬科学精神。""与大地贴得更近，看天空才会更远。"袁隆平说。

袁隆平走进稻田，贪婪地吮吸着田野的气息。他看着随风摇动的秧苗，内心感到一种安宁与美好。每一片稻叶、每一株水稻仿佛会说话，会唱歌，听得懂他内心的呼唤。那层层绿波和轻轻的风声将世间的喧嚣驱赶得远远的。

袁隆平与兴安大米

眼前这位淳朴憨厚的科研人，脸上深深的皱纹里写满沧桑，饱经风霜的眼睛里闪烁着坚毅，那坚定的眼神仿佛洞穿了岁月的流逝。

站在田野中，一种莫名的悸动油然而生。这些辛劳的水稻科研工作者就像我们的父辈，为我们撑起生命的蓝天。

"稻花香里说丰年，听取蛙声一片。"南宋词人辛弃疾的词句在美丽的稻田中盛放，生灵跃动；碧绿的田野、饱满的穗粒，憧憬着秋日的丰收。这也正是袁隆平与无数科研人员追逐的梦想！

当春风将无边无际的浩瀚和蓬勃再度撒向霍林河两岸的时候，袁隆平水稻院士专家工作站的人员又要离开这里，去往南方了。当饱满的颗粒收仓时，他们将带着标本离开。

农牧民的眼中溢满光彩，向远处眺望着，那片美丽的稻田深处，蓄满春天的希望。

在农牧民充满期望的目光中，一个坚定的背影消逝在草原的金色线处。

无数个稻田的守望者，躬耕在中国大地的各个角落。

二、坚守与仰望

田鹏,是袁隆平的一名学生,湖南农业大学硕士研究生,现在是兴安盟袁隆平水稻院士专家工作站的办公室主任。

田鹏的家乡是湖南省常德市,距离内蒙古自治区兴安盟乌兰浩特市2476公里,驾车需要30个小时。

4年来,他仅仅往返两次,还有两个春节是在三亚南繁基地度过的。

因为一粒稻子和一位老人的承诺,田鹏和许许多多科研人员踏上了南繁北育的征程。

田鹏是土家族人,出生在湖南常德的一个小县城。他从小就听大人们讲袁隆平在安江、长沙从事水稻科研的故事。

作为中华人民共和国成立以来的第一批大学毕业生,袁隆平从西南农学院毕业后,被分配到湖南安江农校从事教学及科研工作,一干就是37年。在这里,他完成了籼型水稻杂交"三系"配套,试种选育强优势组合"南优2号"。这里成为世界杂交水稻科研诞生的摇篮。

牌楼的正中间,是袁隆平院士的题词:愿天下人都有饱饭吃。

这是一句非常朴素的话,也是每一位农民劳作一辈子实实在在的愿望。不同

袁隆平与兴安大米

的是,农民的愿望是希望自己有饱饭吃,而作为一个农业遗传育种学专业的知识分子,袁隆平的理想是愿天下人都有饱饭吃。

在艰苦的年代里,袁隆平时常梦见自己一边吃扣肉一边流口水。饿得急了,他会把米饭蒸两次,再吃草皮和树根。他曾亲眼看到饥饿的人昏倒在田埂或路边。

袁隆平试图用孟德尔、摩尔根的遗传学搞育种,起初考虑的是研究小麦、红薯。他曾经尝试把西瓜嫁接到南瓜上,把番茄嫁接到马铃薯上。有一次,袁隆平种出一个将近9公斤的"红薯王",以为自己找到了粮食增产的好办法,无比兴奋。然而,"红薯王"并没有将变异遗传给后代,这让他对无性杂交的正确性产生了疑问。

安江农校老校门旁曾有30多亩水稻良种选育试验田。一天,袁隆平像往常一样到试验田选种,一株穗大粒多的稻株引起了他的注意。他站在烈日下兴奋地数着稻粒,足足有230余粒,远远超过普通稻株。袁隆平兴奋地给这株水稻做了记号,又将所有谷粒留作试验种子,于第二年播种。

此后两年,每到水稻开花的季节,袁隆平和科研人员便在稻田里进行杂交育种试验。雄性不育水稻具有"花药不开裂"的外部特征,袁隆平和团队拿着放大镜观察了14万株水稻,终于找到了6株雄性不育水稻。

袁隆平将研究成果写成论文《水稻的雄性不孕性》,发表在当时国内权威的学术杂志《科学通报》上。论文提出雄性不育株的重要性,设想将杂交水稻推广并应用到生产中的方法。

接下来的几年,袁隆平先后做了3000多个杂交组合的试验,尝试用野生稻与栽培稻杂交。1970年,袁隆平的助手在海南南红农场的一片野生稻中,发现一株雄性不育的野生稻,将其命名为"野败"。之后,他们种植了几万株与"野败"杂交得到的水稻,全部不育,这为杂交稻的研究打开了突破口。

第四章 牵手，行走的第二故乡

如今，刊登《水稻的雄性不孕性》的期刊《科学通报》和袁隆平的主要著作被珍藏在兴安盟袁隆平水稻院士专家工作站。院士工作站入驻后，田鹏筹建"隆华展馆"。这些年，他一直珍藏着袁隆平发表的每一篇学术论文。《人民日报》头版头条报道：我国于1973年在世界上首先育成强优势的籼型杂交水稻，5年间，增产粮食130多亿公斤，平均每亩比其他良种增产50公斤以上。1981年，全国籼型杂交水稻科研协作组的袁隆平等人，获得中华人民共和国成立以来颁发的第一个特等发明奖。

展柜里还珍藏着袁隆平的亲笔题字"袁梦 水稻中国梦""兴安盟水稻科研基地""东北上游 净产好米""红城粮安 草原香稻"，这些用碳素笔书写的字迹，刚劲有力，彰显着袁隆平对兴安盟水稻事业的美好祝愿。

田鹏在详细讲述袁隆平发表的每一篇论文和出处时说："这些论文成果凝结着院士全部的心血和汗水，他为每个农学科研人员指明了方向。"

湖南农业大学与国家杂交水稻工程技术研究中心相距2公里。袁隆平院士是湖南农业大学名誉校长、双聘院士，讲授专门的课程。原本学习地质学的田鹏也赶来听课。他看过袁隆平院士在田地里亲自示范杂交育种，讲"赶粉"。炎炎烈日下，袁隆平院士站在田间，在间隔种植的不育系和恢复系的扬花期，用一根竹竿或两头牵扯的绳，扫过父本（恢复系）的穗子，使父本雄蕊的花粉挣脱出来。这些花粉飘落在不育系张开的颖花柱头上，促进受精，产生更多的杂交一代稻种。

田鹏在家乡见过，在一望无际的杂交水稻制种田里，水稻扬花吐穗，清香沁鼻，微风拂过，花蕊和嫩叶相互依偎。成百的村民头顶烈日，手持棍棒，绷紧尼龙绳，在田埂上来回奔跑着赶花。身后一片片雪白的花粉轻轻地飘落在母本花蕊上。一年里赶花赶得好，到了秋季结实率才高，产量才可观。太壮观了！田鹏迷恋的不只是"赶粉"的场景，还迷恋上了农学。

袁隆平与兴安大米

这是科研人在大地上创造的奇迹！1974年，袁隆平培育出"南优2号"，并且分别在湖南、广西试种，获得平均亩产超过500公斤的好收成，比普通水稻增产20%以上。此后，各地推广种植杂交水稻，中国成为世界上第一个在生产上成功利用水稻杂种优势的国家。

袁隆平创建了湖南杂交水稻研究中心，并以其为依托成立了国家杂交水稻工程技术研究中心。袁隆平带领杂交水稻创新团队，以"高产更高产"为永恒追求，在实现超级稻第一期亩产800公斤的目标后又完成第四期1000公斤的目标。此后，他又提出第五期目标，每公顷产粮16吨。

在杂交水稻初创时期，科研人员从育种到制种要经过一系列烦琐而细致的劳作。从浸种、催芽、插秧、育秧、移苗插秧，到之后的田间管理，再到施肥、中耕、除草、喷药、杂交授粉，最后收获种子。长年累月，周而复始，袁隆平几乎整天泡在稻田里，脚趾都泡烂了。

白天，袁隆平要仔细观察稻子的长势和性状的变化以及病虫害情况，记录田间档案；深夜，要进行镜检、试验，还要打着手电筒进行蹲守观测，攻克一个一个难题。在他的案头，手写的试验材料堆积成山。袁隆平就这样昼夜蹲守在稻田中，度过了一个又一个季节，收获了科研的巨大成功。

他从来没有歇过一天，从没有停止科研的脚步。

在地里劳作的农民看到从同一块水田里收回成倍的黄灿灿的稻谷时，内心充满了喜悦，他们称袁隆平为"稻神"。

所有的科研人怀着梦想，沿着袁隆平的足迹前行。

有人问袁隆平："你成功的秘诀是什么？"

袁隆平说，他没有什么秘诀，他曾寄语同学们8个字：知识、汗水、灵感、机遇。知识是基础，比如做遗传学研究，专业知识要比较深厚；第二是汗水，应用科学研究只有实干苦干才能出真知；灵感是思想火花，思想火花来了要把它记

第四章 牵手，行走的第二故乡

好；机遇宠爱有心人，好的机遇也不能放过。他鼓励同学们，在广阔的田野上实践成才，做一名有心人。

这些话对于当时还在学校读书的田鹏产生了深深的影响。他确定了自己的人生方向，于是读硕士研究生时，选择了农学专业。他拼命苦读，苦心钻研农业课题，在稻田中实践摸索。流下汗水和泪水的那一刻，他深深地体会到这8个字的重量。

如今，田鹏选择到基层继续从事科研事业，来到了中国东北部一个偏僻的小山村。

田鹏怀揣着梦想出发，在兴安盟袁隆平水稻院士专家工作站入驻之初，他和4位专家助手在这里先行开启盐碱地勘测工作。

面对荒弃的盐碱滩，田鹏的内心无比震惊。当晚，他记录道："几乎寸草不生的盐碱荒地，在狂风和烈日的作用下，盐碱尘暴铺天盖地，白茫茫的看不见远方，仿佛妖怪要来抓师父一样。恶化的区域气候与环境，甚至能导致人类文明的消失，比如古楼兰……"现在回忆起来，田鹏仍感觉触目惊心。

袁隆平的三大水稻实验基地之一——内蒙古兴安盟耐盐碱水稻试验示范基地，一直是田鹏的心病。"兴安盟水稻今年长势如何？籽粒饱满吗？要把产量搞上去！"田鹏记得袁老的每一句叮嘱。

工作站入驻兴安盟之前，田鹏就开始扎根基层做测量调研。他往返于科研基地和工作站，没有双休日和假日，每日行程最多时有千余公里。他吃住在工作站，休息时间也在加班工作，这是他的常态。

田鹏的心中一直有个信念："每当我想起袁隆平院士时就会想到那幅画面，他双手捧着成熟的稻穗，用虔诚的目光注视着稻子。这是所有农研人的信仰和梦想。"这也一直激励着田鹏在农研的道路上坚定地走下去。

他边实践边分析总结，将每一次的试验成果总结成理论文章，并撰写论文

袁隆平与兴安大米

《构建中国耐盐碱产业现代化结构体系路线》，通过分析我国农地资源面临的严峻形势，指出盐碱地带来的危害，讲述耐盐碱产业先行试验示范区，为世界贡献耐盐碱产业样板。《"兴安盟大米"品牌突围策略》一文，通过SWOT分析，挖掘"兴安盟大米"这个区域品牌在市场环境下的比较优势，并基于差异化战略提出若干对策，探寻"兴安盟大米"品牌的突围之路。这些理论成果为区域试验种植和攻克盐碱地难关起到了指引作用。

在田鹏生日那天，袁隆平院士为他亲笔题字赠言：田间天地广，鹏举正当时。他把这张写有赠言的图片作为微信头像，时时刻刻鞭策自己。他把袁老的寄语当作自己的座右铭，说："无论成功与失败，我都要一直坚持下去。"

田鹏还说："袁老说要把兴安盟优质的科研成果推广到同纬度的其他地区时，满脸的骄傲和自豪。我也要有勇攀科技高峰的精神，为兴安盟水稻科研事业、为乡村振兴不断奋斗。"

在海南三亚，深圳高科新农技术有限公司开创了用无人直升机进行辅助授粉的先河，这是国内第一次运用无人直升机进行杂交水稻制种辅助授粉。在接受中央电视台采访时，袁隆平院士表示："过去我们都是人工赶粉，用竹竿打、绳子拉，今天我们使用无人直升机辅助授粉，效果很不错。"

这一天被载入中国农用无人机航空史册。

赶粉不再用竹竿打、绳子拉，而是让无人直升机飞翔在田垄上。这是中国农用航空史上的里程碑。传统的种植方式被彻底颠覆，农机与农艺的完美结合，实现了杂交水稻制种全程机械化。

智慧农业走到田间地头。

在田间地头立一个杆，杆上有现代化的小型气象站、通信模块和高清摄像头。同时，地下、地表部署了各种各样的传感器。传感器感知光、温、碱度和生长态势等信息，通过窄带物联网技术即时传送至大数据中心。人工智能和专家诊

第四章 牵手，行走的第二故乡

断系统，可以实现精准施肥与用药，还可以进行土壤质量监测、病虫害防治以及自动测产。

在田鹏的手机App上，可以实时监测4个科研基地的苗情长势、土壤、温度、湿度，以及孢子、虫情，并自动生成数据。这个数据，工作站的专家在手机上就可以监测。

看着我惊愕的表情，田鹏继续讲："5G带来的实时性监测让水稻种植变得更加精准化。利用我们的传感器收集数据，实现全天无人值守，既可以远程实时在线监测虫情、病害、环境信息，也可通过手机App实时查看田间管理。"

田鹏指着手机上的视频说："中间这片区域就是院士工作站在科右中旗的盐碱地稻作改良基地，与周围极度退化的盐碱地相比，不仅大大提高了植被覆盖率，有效增加了生物多样性，形成了良性循环的区域小生态，而且把生态环境保护、粮食安全和消费需求转型升级结合起来。这也是我们下一步的目标！"

农民种地从"靠天吃饭"变成真正意义上的"农田管理"。

智慧农业时代真的来临了！

袁隆平水稻院士专家工作站又传来新讯息！国家耐盐碱水稻技术创新中心兴安盟试验基地、国家杂交水稻工程技术研究中心兴安盟分中心于2021年6月在兴安盟正式挂牌，加速现代化科研基地建设，针对优质粳稻、玉米和大豆等兴安盟典型农作物育种需求，精心打造高质量育种平台。

科右中旗的海水稻科研基地，处处是景，步步入画，现代科技、农业、人文元素融为一体，广袤农田尽显无限生机。

5月，正是繁忙的插秧季节，兴安盟农牧科学研究所空荡荡的，科研人员都在田地里。

田鹏救活一盆米兰，办公室里飘散着淡淡的馨香，给紧张的工作增添了些许安静、温暖。最初建站时，他见到这盆被丢弃到角落里的米兰，枝干、叶片已

袁隆平与兴安大米

经枯死大半,只有根部还没有腐烂,稀疏的叶片还泛着一点绿色。通风、培土、施肥,田鹏小心翼翼地像呵护一个新生的小生命,救活了这盆米兰。从濒死到回生,这盆米兰陪伴着他在这里奋斗。

"如果有爱,生命就会绽放。"这是多少科研人的心语啊!

我仿佛看到一个个躬身的背影,在田野里,在实验室里,在深夜的孤灯下,一直在默默奋战。

或许明年,田鹏还会一个人默默地在这里度过。我从他的身上看到了所有农研人漂泊的身影,他们转战全国各地,四处漂泊,但背影坚定,内心充满了希望。

科尔沁草原的绿色与金黄色的稻田融为一体,仿佛大自然的一种补给。

干涸的土壤是上天的一种赠予,兴安人读懂了她,注视着她,心中豁然开朗,他们的生命正像这蔓延的绿色,遒劲有力,而又无限伸张。

正午时分,在烈日的炙烤下,稻田里的太阳,蒸腾出一股股炙人的热浪,一个被阳光照亮的身影矗立在田间,越来越清晰高大。那是稻田守望者的身影,是所有农研人仰望的身影。

三、沙地中也能开出花来

兴安盟农研战线有这样一群默默奉献、辛勤耕耘的女科研人,她们始终坚守在一线,进行试验研究、技术培训和成果推广;她们一步一个脚印,用自己的勤奋和智慧攻克了一道道难关。30多年的水稻科研历程,伴着泥土的芬芳,她们将青春和汗水播撒在兴安大地的稻田里。

兴安盟农业科学研究所于1985年成立水稻研究室,是内蒙古自治区水稻研究机构成立最早的科研单位。工作人员克服人员少、设备简陋等艰苦条件,默默地开展科研工作。

王崴是兴安盟农业科学研究所水稻研究室的第一位女主任。

科研工作是一项漫长、艰辛又考验个人意志的工作,王崴带头示范,全身心地投入科研工作中。水稻科研基地位于科右前旗科尔沁镇远峰村,路途远,交通不便,她和同事们骑自行车往返十几公里穿梭于基地和稻田之间,顶着烈日或暴雨,在泥泞的稻田中,深一脚浅一脚地开展工作。王崴每天奔走在田间地头,做试验设计、田间调查,工作认真严谨。无论多么艰辛,她都坚持做到精准定位每个节点,再把秧苗种下去,这样的动作每天需要重复无数次。

日复一日,年复一年。王崴一个村一个村地走,一块田一块田地耕耘。这里

袁隆平与兴安大米

留下了她坚实的足迹……

"搞农业科研是比较辛苦,不过也没什么,野外空气新鲜。"现任兴安盟农牧科学研究所副所长的王崴笑着说。在田间工作,就是她的日常工作状态。

带着一种责任感、使命感,王崴每天早出晚归,以基地为家,虽然无暇照顾孩子和家人,但她从无怨言。凭着这种敬业精神,她率领科室人员完善了科研基地建设,逐步明确了研究方向。同时,她带领科研人员在水稻育种、良种繁育体系建设等方面进行深入研究和探索。其间,王崴主持实施十多项科学研究试验、示范和推广项目,取得5项成果奖励,被评为内蒙古自治区优秀科技工作者。此外,她还育成水稻新品种两个,这两个品种以产量高、品质优、抗性强、适口性好而深受广大农民欢迎。

田淑华,1999年开始从事水稻研究工作,2005年任兴安盟农牧科学研究所水稻研究室主任。

20世纪90年代,田淑华一直骑摩托车下乡,一次次摔倒,又一次次爬起,继续赶往基地。路上还是洪水肆虐后的景象,稻田里还有些泥泞,车走一步陷一步,田淑华和科研人员挽起裤腿光着脚从田里走过去。在烈日下,田淑华向农民宣传科学种田理念,耐心介绍改良品种,并且手把手地做示范。

到了插秧期,她就在基地临时收拾的一间十几平方米的仓房居住。下乡时因交通不便,她和郑红霞坐火车到宁家站后,再背着沉重的包袱,步行40分钟到基地。

她们一心扑在水稻品种选育和栽培工作上。那时,她们反复研究袁隆平的"三系杂交",并根据区域实际,研究试验"剪颖去雄法""温汤杀雄法"的可行性,在封闭的自制大棚中进行授粉。在配制杂交组合的时节,她们每天早上7点前进入简易大棚杂交室,小心翼翼地剪掉母本含苞待放的雄花,等到下午1点至3点,水稻花开了,再将父本的雄花花粉抖到母本的雌花上。田淑华和郑红霞

第四章 牵手,行走的第二故乡

瞪大眼睛,全神贯注地观察授粉经过,不敢有一丝马虎。由于长时间待在40℃左右、湿度超过70%的温室里,她们经常会出现头晕、中暑的症状,但是她们都克服了。

同事丛国强、杨忠担心她们在高温下作业有危险,隔一会儿就会在外面喊:"你俩还活着吗?"两个人对视笑着,豆大的汗珠从脸颊上流淌下来。苦中作乐,彰显着科研人的奉献精神。

田淑华任兴安盟农牧科学研究所副所长期间,牵头承担自治区"草原英才"工程"水稻综合开发及高效栽培技术集成研究与推广"创新人才团队项目,主持带领科研团队重点开展育苗基质育秧技术、水稻抗旱节水栽培技术、水稻病虫害绿色防控技术等,为全盟水稻发展和种植业结构调整发挥了技术引领和服务平台的作用。2018年,田淑华加入兴安盟袁隆平水稻院士专家工作站的专家团队;2019年入选"兴安英才"工程创新创业人才团队;2020年,她被评为"草原英才"。

1996年,郑红霞到兴安盟农牧科学研究所水稻科研室工作。2010年,她任水稻研究室主任。这些年她一直默默奋战在第一线,坚守着水稻科研事业。几次预约采访,她都在基地忙碌。

周六,我约好郑红霞主任于上午8点在单位进行采访。没想到,她早早就等在那里。她梳着短发,一身简朴的运动装,肩上挎着一个布包。见面后她迎上来,招呼我坐下,但肩上的布包始终挎着。看到我有些惊诧的目光,她笑着说:"啊,一会儿采访完我还要去基地。"

她随手摆了摆办公桌上的物品,说:"每天都在基地,真坐到办公室里,我倒不习惯了。"

"一年365天,她有300天在温室或田里。"采访前就听郑红霞的同事其木格这样说过。

| 袁隆平与兴安大米 |

  郑红霞手里攥着的包,鼓鼓的。她说,现在基地里有三四十人在插秧,包里装的是她要带去的试验材料。

  接受采访时,郑红霞接了几个从基地打来的电话。羊场子基地试验田接完灌水管道,当天下午要试水,还有一系列工作等着她安排。

  每年的五一、国庆节,郑红霞和同事都是在紧张的稻田工作中度过。五一忙插秧,十一忙选种。郑红霞常年在基地,无论严寒酷暑,她和同事们在田间一站就是一整天。作为一名女同志,郑红霞需要克服更多的困难。

  在稻苗的幼穗分化、拔节、抽穗开花等关键时期,郑红霞每天早晨都要先翻看日历,预知抽穗早晚。因常年在田间劳作,她的右手腕关节劳损,加之常年泡在水田里,导致关节疼痛剧烈。2021年开春,天气寒冷,她在田间干活时受了风,右侧脸部肿胀严重。住院治疗一周,稍稍好转,她就拔掉针管又回到基地继续工作。后来她就在基地打吊针,再去田间作业。同事们看了心疼得直掉眼泪,都劝她:"郑老师,您回去休息几天吧,可要保重身体啊。"

  她却笑着说:"只要一天不在基地,我就浑身不自在。在家待着才会得病呢!"

  郑红霞无暇照看两岁的小孙女,每天很晚从基地拖着疲惫的身子回到家中,连抱孩子的力气都没有了。她每天在家必须要做的事就是看日历,计算水稻生长的时间。当别人问起时,小孙女就会奶声奶气地说:"奶奶是看日历的。奶奶又去基地了。"

  当天际微微露出曙光时,郑红霞已经奔赴在去乡村的路上;当晨雾尚未散去时,她已经在园区或田垄上工作了。不管刮风下雨还是烈日炎炎,郑红霞与农民一起播种、插秧、打药、收割,常常是一身泥来一身水。

  袁隆平院士科研基地建立后,郑红霞和团队更加忙碌了,终日在基地调研、试验。科研团队十几名年轻的硕士生、博士生被她的精神所感染,都跟着她在田

第四章 牵手，行走的第二故乡

地工作。

郑红霞与科研团队一起深入调查研究，选用良种，防治病虫害。他们每年都会进行新品种试验、示范，并推广优良新品种2～3个，推广先进实用技术3～4项。他们推广的水稻智能浸种催芽技术、毯状秧盘育秧技术、水稻机插侧深施肥技术、测土配方施肥技术、水稻节水灌溉技术、水稻田间生育诊断技术等先进适用技术，为兴安盟地区水稻产业的健康快速发展起到了积极的推动作用。

有耕耘就有收获，有奉献就有硕果。她们与兴安盟的科研团队，分别制定出旱育稀植水稻亩产400公斤和水稻抛秧亩产500公斤栽培模式图，使现代先进栽培技术得以推广和应用。抛秧技术也开始在兴安盟示范推广。这些有效的课题研究至今仍在农业生产上起着重要作用。

多年来，兴安盟农业科研团队育成水稻品种兴粳3号、兴粳4号、兴粳5号，认定品种龙粳13号、龙粳14号、松粳6号、垦稻10号，参加内蒙古自治区区域试验品种7个，为推动兴安盟水稻产业发展做出了积极的贡献。水稻新品种及高产配套栽培技术、无纺布育苗技术、有机水稻地膜覆盖栽培技术、水稻抗旱节水栽培技术等在全区处于领先地位。兴粳3号、兴粳4号两个新品种以优质、高产、活秆成熟等特点受到广大农民的欢迎，成为兴安盟的主推品种，该品种的育成填补了全区水稻自育品种的空白。

初春的田野，冰雪消融，稻田里春意萌动。黑土地在年前就已经翻整好，泛着湿气。她们继续深入田间地头，开展技术培训和指导工作。

零下40℃的天气下，大片的庄稼地被冰雪覆盖着，大地一片白茫茫。她们已经开始作业，脸上挂满了白霜。

所有的成功都来自不倦的努力和奔跑，所有的幸福都来自不懈的奋斗和坚持。

扎赉特旗保安沼农场建于1954年，只有保安沼屯、孙保屯、学校屯、田保窝

| 袁隆平与兴安大米 |

棚等几个小村，每村十几户人家。这几个村利用原始遗留的水渠，开垦了10亩水田，其余都是沼泽荒原，未被开垦过。那里经常有野兽、野禽出没，被人们称为"北大荒"。

杨艳玲，1978年从扎兰屯农牧学校农学专业毕业后，被分配到保安沼农场从事农业科研工作。1981年，保安沼地区农研所成立。杨艳玲就在农研所工作，后任农研所副所长，见证了保安沼农研所的发展历程。农研所设育种室、旱田室、栽培室，最开始是进行玉米、大豆、小麦的品种试验，后来开始大面积推广水稻种植技术。

20多岁的女孩子每天在田中试验，穿不上好看的衣服，对于花季少女来说是很可惜的，杨艳玲也曾灰心过。但进修时，她在沈阳农业大学跟着教授下地试验，一边实践一边结合理论学习，思想上有了质的飞跃。每日站在田中，面对一天天生长的稻苗，看到农民在育成品种实现丰产时绽开的笑颜，她感到一种难以言说的幸福与快乐。她渐渐爱上了这片土地，爱上了这些稻苗，每日感受它们的呼吸和它们的成长。

她说："自己搞农业科研后才深刻理解袁隆平对水稻的痴爱，才能感知他的水稻梦。每个走到田中的科研人，都会产生这个'禾下乘凉梦'，这就是他们毕生的追求啊！"

那时，远在偏僻小山村的她们通过报纸了解到袁隆平在湖南已经研究出籼型杂交水稻的"三系配套"，在自花授粉的水稻没有杂种优势的情况下，育成强优势杂交水稻。于是，保安沼农研所的科研人根据地域情况，也开始研究粳稻的"三系配套"。

由于地域种性差异，他们只找到不育系、保持系，没有找到适合本地育种的"恢复系"，导致育成的稻穗都是瘪粒。但他们没有气馁，最终在"恢复系"中发现了很好的父本，并通过育种研究出了适合本地育种的兴粳2号。这项成果荣

第四章 牵手，行走的第二故乡

获司法部科技进步二等奖和兴安盟科技进步一等奖。

杨艳玲有时穿着制服下地，农民都称她"庄稼地里的女警察"。她根据多年的摸索，通过利用"温汤去雄"的方法，提高了组合配制成功率，极大地推进了水稻科研进程。"那时候，每天站在地里，一待就是半天，见到水稻就激动，别人看了都说我有些魔怔。"她忘我地耕耘在稻田中。

为了推广自育品种，杨艳玲常常背着将近20公斤的种子坐火车到黑龙江、内蒙古阿荣旗等地进行推广。有一次下车后，遇到大雨，她身上都被淋湿了，袋子也因为雨水更加沉重。但是为了赶行程，她一刻也没有歇息。跟随她的一个年轻人实在忍不住了，心疼地说："姐，你实在是太遭罪了。"

又是一年春来到，兴安盟的女科研人继续坚守在一线，同广大农民一样忙碌在田间地头。她们要帮助农民育苗、整地，开展技术指导，为一年的收成打好基础，为全盟粮食稳产打好第一场硬仗。

她们把知识和汗水写在黑土地上，把增收致富的希望送到农民的心坎上。

她们在这片沃土上奋力前行，为筑造中国"未来粮仓"奉献着、坚持着……

这些在兴安盟农研战线奋斗的女科研人，就像沙地里绽放的花朵，充满灵气，充满希望。

| 袁隆平与兴安大米 |

四、农民水稻专家

人们说,他是为水稻而生,从金黄的稻田中走来,他成为世界瞩目的"稻神"。

生活的艰辛、困厄在袁隆平挺拔的躯干上刻下一道又一道痕迹。然而,你从他的神情中,却看不到岁月风霜的侵袭。

野风吹着,日头晒着,田里泡着,他的身上诠释着大地的颜色,黧黑的皮肤透着紫红。

阳光充盈的季节,空气中弥漫着清新的气息。

从内蒙古兴安盟的小村落里,走出了像袁隆平一样的科研人员,他们是尹万铉、柳玉山、庞建宏、丁海彬。

这里,曾经历了3年严重的自然灾害,农业连续减产甚至绝收,农民只能吃返销粮。乌兰浩特市三合大队成为全市有名的"三靠队"。

这里,成立了兴安盟第一个村级农业科学实验站。1971年,乌兰浩特市三合大队农业科学实验站应运而生,农科站站长尹万铉是三合大队的一名朝鲜族农民大学生,毕业于吉林农业大学育种系。他是三合大队最早走出去的农民大学生。

科研人员走进公社、生产队,白天在田间进行实际操作、现场示范,晚上给

农民传授技术知识。

场地上传来三合大队各族社员收打稻谷时的欢笑声。朝鲜族农民朴正义在指导农民学习收割水稻技术。三合大队农业生产的发展，在很大程度上也应归功于以尹万铉为代表的农业科研人员。

在站长尹万铉的带领下，农科站以水稻栽培为实验对象，通过7年来对温度、无霜期、日照时间等的气象记录，掌握了水稻栽培所需的重要科学数据。我看过三合村博物馆的老照片，20世纪70年代，朝鲜族女育种员春子正在全神贯注地对水田土壤进行分析。春子衣着简朴，梳着"荷叶发"，随身带的检测设备简易破旧，她的目光中透出一股坚毅，令人敬佩。

经过多年的实践，三合农业科学实验站从引进的150多种子种中选出适合于三合大队种植的品种"合江15号"，一改过去"北海道"倒伏、易染稻瘟病的弊端，解决了困扰稻农们多年的水田化学除草系列难题，水稻产量大幅度提高。据1981年统计，水稻亩产提高到300公斤，粮食总产为160多万公斤，创历史最高水平。三合大队向国家交售粮食60多万公斤，超额10倍完成交售任务。

之后，三合大队相继成立林果队、牧业队、养殖场、林果园、拖拉机站和奶牛场，成为引领全市集体经济的模范大队，被树为区、盟、市（旗）农业集体化的先进典型。同时，三合大队涌现出一批农业技术革新能手和科技模范。

许永植，毕业于吉林农大林果系，是与尹万铉同时期走出来的农民大学生。学业结束后，他回到村里致力于农业技术革新，带动了农民生产致富。

20世纪80年代，三合村的农业机械化程度远近闻名。全村农机具共有400台（部），汽车、链轨拖拉机、小四轮拖拉机、手扶拖拉机、插秧机、粮食加工机、水稻收割机、脱谷机等应有尽有。三合村靠机械化力量，平整土地6000亩，占耕地总面积的70%；同时将高岗平成水田，水田中间的大小水泡子也基本被填平，扩大了水田面积。

| 袁隆平与兴安大米 |

从1990年开始，三合村积极推广水稻插秧技术，引导农民改变世代沿用的水稻直播方法。全村更换了新稻种——东农8508和东农8613，粮食实现增产。农民从采用水稻插秧技术中尝到甜头，种粮的积极性空前高涨，纷纷改直播为插秧，全村插秧面积在90%以上。

三合村实现大面积水稻插秧后，基本解决了水稻倒伏、易染稻瘟病、子种不纯等问题，并且能够进一步合理密植，配方施肥，还能准确把握农时。5月末之前，全村插稻秧工作基本结束。由于水稻插秧比直播每亩增产二三百公斤，三合村被评为兴安盟"水稻高产村"。

当时，一些其他村的稻农奔着尹万铉，举家搬到三合大队，尹晋模就是其中一位。他说："我那时在市医院做医生，改制后回到古城村做了村医。人们都说三合大队种水稻的农民实现了致富，我家就搬到了这里。"

又一位默默耕耘的农民出身的"优秀乡土人才"，深深扎根在土地里。他们身上具有同袁隆平及广大科研人员一样的为民躬耕的情怀。

柳玉山，扎赉特旗音德尔镇图门套海屯农民，痴迷水稻，潜心钻研水稻优质育种30多年，是兴安盟有名的水稻育种本土专家。

第一次采访柳玉山是2019年5月，正值水稻插秧的时节。稻田里到处是忙碌的身影，有人指着前面一个人说，那位就是柳玉山。只见他戴着草帽，裤腿高高挽起，正在田里给插秧的农工扛秧苗。他穿着白色的汗衫，上面洇着黄渍，身材瘦削，脸和胳膊都是古铜色的，帽子下露出的鬓发短而花白。随后，他抽空过来招呼我们。

我问他："这么重的活为什么不雇人呢？"

柳玉山说："每天要插的秧苗有100多种，如果拿错了，试验就白做了。"

这时，我才注意到田边有几十个装秧苗的编织袋，每个袋子上都有编号、数字代码和文字名称。这些都是做试验材料的稻苗，每种稻苗都有自己的"身份信

水稻收割中

| 袁隆平与兴安大米 |

息"。每种稻苗具体的插秧位置、顺序,他都详细地记在本子上,并画出位置示意图。这样既能保证稻苗在田里被快速找到,出穗后也容易分辨。

柳玉山是地地道道的本土农民,他当初为什么选择水稻优质育种研发项目来呢?"我搞水稻优质育种的目的,就是想让父老乡亲都能吃上自己种的优质大米,住上自己建的楼房。"柳玉山说,"也有人说,你一个高中生,都没上过大学,还来做科学育种,能行吗?"柳玉山说自己曾在部队待过,部队的熔铸和党性教育,锻造了他的思想,磨炼了他的意志,也让他的人生目标有了升华。

不懂就要从头学起,柳玉山一边种植水稻,一边买书自学。他两次参加国家成人高考,在国家农业广播电视学校学习农学专业,在齐齐哈尔师范学院学习经济管理专业,均以优异成绩毕业。同时,在齐齐哈尔和平良种场参加招工考试,做了3年的育种农技工,为之后的育种实践操作技能打下了良好的基础。

那时候,柳玉山给自己定了"六个千"的宏大目标:走千山万水,说千言万语,想千方百计,吃千辛万苦,育成千里挑一的好稻种,造福家乡千百户。柳玉山毅然走上水稻优质育种的科技研发道路,开启了自己围绕农业研发的梦想。

1997年,学有所成的柳玉山回到家乡开始创业。试验基地在扎赉特旗绰勒苏木的水田区,他一边种水稻试验田,一边收集水稻育种种质资源材料。为了水稻育种,他历经千辛万苦,走遍黑龙江省的国营及民营水稻科研单位,收集整理水稻种质资源材料3000余份。因为没钱,他只好吃泡面,住小旅馆,坐火车硬座,有时还是站票。很多人被他的精神所感动。佳木斯连江口的农民育种家张宪令送给他几十份种质资源材料,说:"年轻人,这活儿太辛苦,也很难成功,你可千万不能半途而废啊。"

柳玉山语气坚定地说:"老师您放心,您能干一辈子,我以您为榜样,也一定干一辈子!"

2000年,柳玉山注册经营扎赉特旗绰勒农业科技研究所,组成3人育种科研

第四章 牵手，行走的第二故乡

小组，开始两系杂交法优质育种。有了实践，有了基础，也渐渐有了成绩。后来，他以承包的方式经营保安沼地区乌兰农业科技研究所，负责保安沼地区监狱农场的水稻种子供应，打造并提升"保安沼"大米的品质，以水稻新优品种辐射好力保等周边村镇。

为了进一步提升自己，柳玉山自费到东北农业大学参加水稻科技培训班，一周有5天不去食堂而只吃方便面，用省下的钱买了3种水稻新品种的种子回家试种。他在生活上省吃俭用，但是在科研方面却舍得投入。有一次，他到黑龙江省农科院谷物检测中心做品种的品质分析检测。他带去11个品种样品，但交费时钱不够了，当时检测中心的主任廖辉个人拿出1000元钱借给他交了检测费。回家后，他及时把钱还给廖辉主任。然而，经过比对，他发现这些稻谷并不适用，但他丝毫不觉得后悔。

柳玉山对水稻的热爱达到了痴迷的程度。一次，他在乌兰农科所搞水稻品种对比试验，选用83个品种，两次重复试验设计，每个品种8行，插完秧后却不慎将记录本掉入十几米深的大口井中，无法捞出。等水稻试验品种出齐穗后，他准确地辨认出75个品种，重新插上牌，标注名字。众人看后都惊呆了。

柳玉山组织好力保镇水田村、先锋村、好力保村的31户农民，注册成立了扎赉特旗绰尔蒙珠三安稻米专业合作社。同时，吸收优秀农民加入科研小组，组成科研团队，开始承担国家农业部、自治区、兴安盟、扎赉特旗水稻科技试验项目，每年都能按照试验方案，出色完成试验任务。

此时，柳玉山又做出一个重大决定，建立自己的水稻科研基地。2011年，他退出乌兰农科所，到好力保镇建立了水稻优质育种科研基地。同时，将育成的水稻新优品种向内蒙古自治区农作物品种审定委员会申报审定并推广。

柳玉山的水稻优质育种科研基地每年都会举办"兴安粳稻"新优品种、创新技术展示观摩鉴评交流培训，为期一个月，有千余名农民代表参加。他带领技

| 袁隆平与兴安大米 |

研发团队,给农民讲解每个品种的特性、栽培要点、品种的成熟生长期、产量表现,以及对应区域生态条件如何防治病虫害……柳玉山常常站在田地里讲课,声音洪亮,充满激情,一讲就是一整天。

兴安盟稻区的农民都这样说:"选稻种不用愁,好力保找老柳。"三四百里外的农民也会组团来找柳玉山,这是稻农们春天选购稻种时的常态。

30多年来,柳玉山带领团队潜心研发,育成内蒙古审定水稻新优品种13个,育成报内蒙古审定参试水稻新优品种9个;整理并筛选种质资源材料6000多份,选拔提纯复壮优秀种质资源材料3000多份,偶遇雷击选育变异材料100多份,核磁诱变选育优秀种质资源材料900份。

柳玉山的团队在海南三亚建立了加代育种基地,每年可南北循环3季,加快品种育成进度3~5年。近3年,每年育成的新优品种在内蒙古稻区推广应用种植43万亩,在内蒙古、吉林、黑龙江三省稻区推广种植面积130多万亩。因品种品质好、品相优、产量高、抗性强,平均产量可达到每亩600公斤,农民每亩增收42元。

"我要带领我的团队育优质型品种,为打造兴安盟大米品牌多做一份贡献。"柳玉山这样说的,也是这样做的。

柳玉山与当地优秀农民组建三安科研团队,带领团队入选内蒙古自治区第五批"草原英才"工程创新创业人才团队,并入选第一批"兴安英才"创新创业人才团队。此外,他还注册成立了兴安盟兴安粳稻优质品种科技研究所、内蒙古四安粳稻农业科技开发有限公司。柳玉山本人先后被评为内蒙古自治区老科协先进工作者、内蒙古自治区优秀科技志愿者、兴安盟第三届道德模范等。

柳玉山坚持带领团队走育繁推一体化模式的发展道路。他组建应用推广技术服务人才队伍,建立万亩应用推广示范平台基地。他想进一步推广自己的科研成果,让更多的农民受益。

第四章 牵手，行走的第二故乡

他说："我热爱这片土地，我愿意在田地里干一辈子。"

田间地头有他忙碌的身影，课堂培训有他精湛的讲解。柳玉山把课堂移到田间，每年入村举办新品种、新技术培训班30班次。在内蒙古、吉林、黑龙江三地稻区设立新优品种示范户93个，免费供种2500公斤，并全程提供技术服务。同时，编写新优品种创新技术服务手册3万册，免费发放到稻区农户手中。他说："育种是一项长期工作，既烦琐又枯燥。但是看到农民用上我培育的种子，多产粮，多收入，走上致富路，就是我最高兴的事。"

庞建宏，吉林农业大学农民大专选修班毕业生。他在乌兰浩特市义勒力特苏木分管农业的副苏木达李武的建议和支持下成立了义勒力特水稻研究协会，试验示范水稻良种引进推广和无公害水稻栽培技术研究、水稻优质米加工项目。该协会与黑龙江省农业研究所联合进行品种试验，在400亩试验示范基地上对比试验17个品种。

经历了无数次的失败、摸索和示范，庞建宏终于找到可以试验推广的品种，最后选定9个品种在义勒力特苏木进行推广。当年获得平均亩产700公斤的好产量，其中最高单产达850公斤，最低单产达600公斤。

此后，义勒力特的水稻优良品种被先后推广到全市水田区和科右前旗哈拉黑、巴达仍贵等地。协会生产出的"金百灵"牌优质稻米远销北京、广州、湖南、上海、天津、河北、山西等地。协会会员已经发展到781人，举办水稻科技培训班369期次。

我找到了这位农业大学的高才生。他讲述了当年从事农业的初衷，说："我大学毕业后，正赶上老家洪水暴发，许多梯田被冲毁，村民当年都没有收入。父亲和村民们整天愁眉苦脸，触发了我搞水稻育种的初心。我开始探索水稻育种研究，希望能给家乡做点儿实事。"

从扎赉特旗保安沼农研所还走出一位年轻的农业科研人丁海彬。他出生在扎

| 袁隆平与兴安大米 |

赉特旗好力保镇新胜村，村上只有他家种植水稻。他从小看着父亲用传统的耕种方式种水稻，既辛苦又收成甚微。他初中毕业后就在家务农。他认为，随着现代农业科学技术的飞速发展，农民种地也要讲科学。于是，他订阅了《黑龙江科技报》《农村报》《北方水稻》等报刊，获取现代农业最新讯息。

丁海彬是村里最早了解到黑龙江优质大米、五常大米的农民。他引进品种在自家田地试种，实现了增产。在水稻被评鉴为优质品种后，他开始向村民推广。"其实当时只有一个想法，就是想让乡亲们一起种上好水稻，多打粮食。"丁海彬说。

这个朴素的想法，支撑着他走上了水稻科研的道路。

没有专业知识，没有专业设备，缺少资金，丁海彬进行科研工作遇到了常人无法想象的难题。在人们的质疑声中，他一直默默地坚持着，去种植大户那儿学习技术，从书本中学习知识，请专业技术人员来指导……

丁海彬每年都要从吉林、黑龙江等地引进几十个水稻新品种，种在自己家仅有的5亩粮田上。但因为品种的适应性、抗性不同，无法适应当地气候、土壤等自然条件，有熟期晚的品种到秋天还没有结实，有的熟期太早却让麻雀啄光了，甚至有的好品种被别人割去了。

有人说他，一个农民搞什么科研，早晚得赔进去。

但丁海彬凭借着坚韧不拔的毅力，年复一年，在自己家的地里种植、观察、记录，最终引进东北农业大学的东农425水稻品种并取得成功。通过两年的推广示范，东农425成为当地主栽的水稻品种。因为米质口感好而深受五常粮商的青睐，市场价格也高了，逐步提高了当地水稻的知名度和竞争能力，每年间接增加经济效益1500万元。村民对这位年轻的科研人由质疑转为信服。

丁海彬成立了水稻专业合作社，当年加入合作社的有78人。合作社多次举办科技培训班，推广大棚育秧旱育稀植技术、新型植保技术，促使大家改变传统的

种植模式,带动周边农民每亩水稻增产近200公斤。合作社种植的水稻与米业进行对接收购,回收价格高,解决了农民卖粮难、收入低的问题。

2012年,丁海彬被聘为保安沼农研所技术员。他深知要对水稻进行更深入的研究,就要不断学习,提升自己。2016年,他取得了东北农业大学农学系的毕业证书。

经过几年的努力,丁海彬先后选育审定8个水稻新品种,改变了兴安盟地区自主研发品种少的局面,其中"乌兰105""保农8号"米质达到国家二级米标准,成为兴安盟及黑龙江地区的主栽品种。他与吉林松辽水稻研究所共同选育的新品种"松辽122"获得吉林省科技进步奖。目前,丁海彬承担内蒙古水稻新品种区域试验,每年接待参观农户5000余人,并有10个品种参加内蒙古水稻新品种区域试验,后代繁殖材料2000份,新品种层出不穷。

丁海彬每年都会到田间地头为农户解决疑难问题。为了适应新的市场需求,丁海彬主攻水稻功能,选育大米营养丰富的品种,为实现袁老的"禾下乘凉梦"而不断努力着。

只要站在金黄的稻田里,脚踩大地,丁海彬就会感到莫名的满足。这片土地是他一生的挚爱。他在这片土地上的足迹越来越坚实。

这是兴安盟几位普普通通的农民科研人追梦的故事。他们用自己的知识和汗水浇灌着脚下的土地,他们怀着对家乡和人民的赤诚与热爱,执着地奋斗着、追寻着……

十年饮冰,难凉热血。

为了大地的丰收,科研人员奉献着青春,奉献着毕生的精力和智慧,燃尽最后一分光和热。袁隆平长存于他们心中,他是值得一生仰望的科研人。他的精神感染了无数后人,也激励着所有在农业战线奋斗的科研人员。

袁隆平说:"只要自己还清醒,便会一直留在试验田里。原本我只想搞到80

袁隆平与兴安大米

岁就告老还乡,但现在我要奋斗终生。"

兴安盟袁隆平水稻院士专家工作站的专家付佰科说:"这种拓荒精神将在我们这些'新农人'手中薪火相传。"

五、草原上的"巴克西"

听说袁隆平水稻院士专家工作站的专家来到基地,几个水稻种植大户纷纷赶到现场。

4年多的时间里,工作站站长王世刚和专家们走遍兴安盟160余个苏木乡镇、嘎查村,把汗水和智慧献给了这片土地。盐碱滩变绿洲,草原上出现了奇迹。

"他们是我们草原牧民的'巴克西'(蒙古语,意为老师)!"

专家们又多了一个称呼,这是牧民们发自内心的最亲切的话语。

王世刚积极奔走协调,找有关部门给农牧民投资,推广耐盐碱水稻种植新技术,根据实际情况规划兴安盟水稻产业发展新方向,破解水稻种植难题,成为牧民们最欢迎的"巴克西"。

听说王世刚站长到科右中旗白音塔拉艾里指导种植,农牧民都早早地赶了过来。可是由于蒙古族农牧民听不太懂普通话,王世刚的培训课很难讲下去,杨忠便当起了王世刚的翻译。于是,课堂上出现了两个"巴克西"。当杨忠用流利的蒙古语将盐碱地、硫酸钾、返青期、贪青等专业术语深入浅出地讲解出来时,白音塔拉艾里的农牧民们深深地喜欢上了这两位老师。王世刚也从农牧民们期待的目光中感受到了他们对科学种植水稻知识的渴求。

袁隆平与兴安大米

"北方草原在每年5月下旬都有一个低温冷害期,我们要根据气温变化,及时做躲避处理,以免秧苗受损。"专家们认真讲述,细心叮嘱,这些是科研人员在多年的实践中总结出的种植经验。

在专家们精心的技术指导下,农牧民们更深刻地了解了自己脚下的土地,渐渐地对科学化种植水稻适用技术产生了浓厚的兴趣,也由此与袁隆平水稻院士专家工作站的专家们结下了不解之缘。

遇到难题,大家就会去工作站找专家们咨询,专家们也会到田地里进行现场指导,手把手地示范。工作站的专家们成了牧民家门口的"巴克西",村民们感动得直流眼泪。

春播前,工作站的专家朴勇基来到扎赉特旗音德尔镇茂力格尔嘎查,为嘎查的60多名水稻种植户上了一堂实用的技能培训课。

"朴勇基老师的课讲得非常及时,给我们讲解了水稻品种选择、播种时间、播种方式、秧田管理、病虫害防治等栽培管理技术要点,解答了很多技术难题。"朴勇基通过课件演示、案例分析、现场解答等形式,为水稻种植户精心授课。遇到技术难题时,朴勇基就会走到田地中、育秧棚中进行现场指导。

冒着零下二十几摄氏度的严寒,朴勇基又一次赶往100多公里外的育苗基质土生产基地,他心中惦记的是半个月前用新配方培育的稻苗。在育苗大棚内,十几种配方的育苗基质土培育着同一种水稻秧苗,通过观察秧苗情况,可以筛选出最佳配方。

朴勇基决定到基质土车间看看,从基质土的发酵时长、温度等基础问题入手,从源头梳理,重新排查可能出现的问题。

2006年,退休后的朴勇基携家赴韩国首尔打工,收入丰厚。3年后,心中仍难以舍弃这片土地、舍弃农业的朴勇基毅然回国,投入兴安盟老科学技术工作者协会的工作中。"跟水稻打了大半辈子交道,离开了还真不行!"他自嘲道,

第四章 牵手,行走的第二故乡

"我这几十年只干这几件事:冬季搞技术培训,春季下田指导,夏季实地调研,秋季考种测产。"

简单的描述,却是一名农业科研人员艰苦奋斗的真实写照。

为了更好地服务农民,朴勇基自费购买相关科技类书籍,上网查资料,看专题科技片,并自费到先进地区考察学习,每年还要花费大量时间在田间和试验基地搞研究,或者走村到户进行技术指导和测产验收。从20世纪70年代开始,朴勇基就在农业科研战线从事技术推广工作。40多年来,他跑遍全盟5个旗县市的18个苏木乡镇的66个嘎查村,与稻作区的1500多户农民建立了密切联系。朴勇基在水稻旱育稀植以及各种作物的配方施肥、化学除草、病虫害防治技术方面,通过大面积推广试验与应用,加快科技成果向生产力转化,推动高产攻关田内各项适用增产技术项目的落实和顺利实施。

朴勇基深入农户,了解他们的实际困难和需求,与种稻户结成朋友,记下十几本厚厚的走访日记。他满怀激情地从事农业技术推广工作,在兴安盟这片大地上留下了追逐梦想的足迹,受到农牧民的热烈欢迎。后来,朴勇基被评为全国离退休干部先进个人。

2015年,朴勇基从吉林、黑龙江两地引进水稻育秧基质,在全盟布点示范,以其盘根好、秧苗壮的良好效果,较好地解决了大棚育秧难的问题。其中示范面积2万余亩,为兴安盟提高水稻产量、增加农民收益、扩大种植面积开辟了一条新道路。

朴勇基还引进了无人机农田植保作业法。由于无人机作业效率高、成本低、不误农时,而且人不受药害,当年作业面积达6000多亩。在他的积极筹划下,全盟已成立3家无人机植保作业公司。

"很多人干得比我好,出了很多成果,我只是做了我喜欢的事而已。"8年时间,朴勇基每年下基层办科技培训班30次,培训1500人次,他还自编科普手

| 袁隆平与兴安大米 |

册、资料,累计发放6万份。在生产季节,咨询电话应接不暇。他受邀到黑龙江省龙江县、镇赉县传授技术,还在内蒙古"12316"农业专家热线授课。

自袁隆平水稻院士专家工作站建立以来,朴勇基更加忙碌了。他驻守在基地,在水稻育种攻关提质增效、耐盐碱水稻研究以及水稻新品种选育推广方面做了大量工作。受基层邀请,朴勇基到十几个种植水稻的嘎查村举办科技培训班,培训400余人。由于连续多日的奔波忙碌,他感冒发烧了,老伴看他难受的样子,心疼地劝他在家休息。他说:"现在是水稻种植的关键时期,如果农户因为不懂种植技术和缺乏经验而造成损失,那一年就白干了。"最后,他强忍着病痛,坚持下乡授课。在培训的同时,他还接待或电话接访2000多人次,给予种植户耐心细致的解答,直到农户满意。

在扎赉特旗水稻科研基地的育秧大棚内,刚从科右中旗基地连续赶路300多公里的朴勇基,没有休息,而是直接走到基地,手把手地指导农民进行水稻播种作业。"播种前要保证把水稻苗床浇透,控制好播量,再连续跟进压实作业,确保每个秧盘都能做到均匀播种、精量点播、覆土严密、无漏播……"工作完成后,朴勇基拖着疲惫的身子返回家中时已是深夜,才想起自己忙得忘吃晚饭了。

每一次授课,他都倾心讲授;每一次田间指导,他都亲力亲为。他与稻农打了一辈子交道,已经与他们建立了无法割舍的感情。

从青春岁月到两鬓斑白,从默默奉献到无言丰碑,朴勇基将心血和汗水全部奉献给了这片土地。站在这里,他对这片土地的感情更加深厚了。

袁隆平院士指出,水稻优质高产要做到良种、良法、良田"三良配套"。袁隆平水稻院士专家工作站通过引进袁隆平院士第三代杂交水稻技术和现代分子育种等现代生物技术,实现了"精确育种",从而大幅度提高了育种效率,缩短了育种年限,快速、定向、高效地培育出系统改良的水稻新品种。仅3年时间,已有两个水稻新品种获得内蒙古自治区主要农作物品种审定证书。作为发明人之

第四章 牵手，行走的第二故乡

一、王世刚向国家知识产权局申报耐盐碱水稻及与盐碱地改良有关的专利十几项。

为了加强科研成果转化，袁隆平水稻院士专家工作站组织编写了培训教材《内蒙古东部区绿色水稻生产操作技术规程》《水稻绿色高产栽培技术》《水稻研究与产业化》《兴安盟水稻育种技术规程》，已向国家知识产权局申报有关专利15项。专家组走遍兴安盟5个旗县18个乡镇32个嘎查村进行现场授课，推广水稻新品种新技术，对30多个优良品种进行示范，手把手地教农民种植技术。

兴安盟袁隆平水稻院士专家工作站致力于服务三农，培养有文化、懂技术、善经营、会管理的新型职业农民，并且通过技术和农资配套，为水稻种植户提供满满的"安全感"。

科右中旗哈日道卜金农专业种植合作社社员林波刚参加完培训，感觉很有收获。他说："依托袁隆平水稻院士专家工作站专家们的技术指导，我们对水稻种植育出好秧、育出壮秧更有信心了。"

4年来，专家们在各旗县、苏木开展了多轮不同层次的水稻种植技术培训，以课堂讲课与现场观摩相结合的方式，加强培养兴安盟本土农业人才。仅2020年，举办培训班32期，技术指导5000多人次，免费发放《水稻绿色栽培技术手册》5000余册、《水稻全程指导技术方案》等水稻种植应用材料10000余份、《水稻绿色高产栽培技术规程图》6000余份。通过推广兴安盟水稻增产配套技术体系，让先进的水稻栽培管理技术走完"最后一公里"，进入千万家种植户的稻田。

对于科研人来说，在全国各地辗转，要适应各地的生活环境、气候特点。天气炎热时，连续作业的专家们常常因体力不支而晕倒在田间，但他们在树荫下喝几口水休息一下，又继续劳动。他们在实践中不断探索科研课题，在试验中寻找科学规律，坚持以科学实践为第一依据，培育、引种、驯化，努力取得试验成

果。

我在采访中听到科研人讲得最多的一句话是:"我们科研人都是前赴后继,不断地去搞科研,虽然艰难,但没有人停下。"

一代代科研人前赴后继,历尽艰辛,费劲心血,用几十年的实践去推广科研成果,给国家带来了巨大的社会效益和生态效益。

薪火相传,科研的道路没有终点,科研人将循着火光继续前行。这束光,是这片土地承载的梦想;这束光,是袁隆平院士的科研精神。

第五章

走一条大农业发展的路子

依靠科学技术进步就能养活中国。

——袁隆平

第五章　走一条大农业发展的路子

一、科技崛起

爹常说，昂头的是稗子，低头的是稻穗。田间稗子的生存力更顽强。

稗子是水稻"宿命的敌人"。为了战胜稗子，多少年来，无数稻农与其做斗争。他们用刀割、用手拔除、用水淹灌，还用各种除草剂，既战胜过稗子，也曾经被稗子击败过。被疯狂生长的稗子击败的稻民们只能背井离乡，迁徙耕种。

每日，爹起早去地里查看墒情，娘翻着日历查看节气，嘱咐爹到地里该做什么。

我告诉他们："以后你们都不用这么辛苦了，我哥买来无人机了。"

无人机的功能太强大了。哥哥操作着无人机，坐在家里炕头上，就能查看苗情、墒情，一旁的爹和娘都惊呆了。

有智能机器人、无人机，人们在家动动鼠标就能浇地；大数据、云计算、人工智能，新一代信息技术的发展，让水稻种植、施肥、收获等环节变得愈发精确。在村里耕种多年的老一辈人从来没见过这些，他们和爹娘一样感到难以置信。

这几年，现代农业跑出"加速度"，科技发展让农活省时省力，无人驾驶播种机能识别地块自动掉头，还能实现厘米级精准播种，让农民告别"面朝黄土背

袁隆平与兴安大米

朝天"的传统播种方式。

袁隆平在接受《环球日报》记者采访时讲过这样一段话："科学技术是第一生产力。这是颠扑不灭的真理。我们只有发展高精尖技术，才能进一步加快我国经济的发展，加快我国现代化的步伐。对'知识就是力量'这句名言，我现在体会得越来越深刻，社会的发展，科技的创新和人类文明的进步，依靠的就是这种力量。它是创造精神财富和物质财富之本。"

兴安盟袁隆平水稻院士专家工作站在试验种植的基础上，从品种选育方面进行优化，在保证高产的基础上力争提升品质。兴安盟农牧科学研究所所长徐兴健说："2020年，我们为农田注入信息化元素，实现水稻全生育期定位监测，为优质水稻高产栽培技术进一步发展提供数据支撑。"

借助袁隆平水稻院士专家工作站团队的技术力量和科研优势，兴安盟全力推进稻米种植、生产、加工、销售全产业链发展，促进大米产业从产量导向到质量导向的转变。

数字化智慧农业已经走到农民身边。

在科右中旗，定点帮扶部门、阿里巴巴集团控股有限公司和当地农户正在进行一场有益的探索，要在草原上开辟出现代化的数字农场。

这粒现代农业的种子，慢慢生根、发芽、生长、绽放于这片草原。

这里位于北纬45°，是世界寒地水稻种植的黄金带。水源丰沛的霍林河潺潺流过。这里昼夜温差达20多摄氏度，有利于直链淀粉的累积。土壤中有机质含量在4.5%以上，利于粮食作物生长。

在草原上把水稻产业做大做强，行得通吗？

集中连片的水稻田是兴安盟发展数字农业的优势。

2018年9月，阿里巴巴大农业发展部与内蒙古兴安盟科右中旗人民政府签订合作协议，共同建设兴安盟大米数字农业基地。公司与中国联通合作，通过

袁梦计划二期发布会

| 袁隆平与兴安大米 |

"5G+农业物联网""AI+大数据"构建"袁梦"智慧农业系统,实现农情数据的实时采集和精确管理,让每一粒种子发挥最大潜力,形成"来源可追溯、去向可查证、责任可追究"的可信智慧农业追溯体系。

阿里巴巴大农业发展部整合农业科技和数字技术,引入农业传感器、智能灌溉、植保飞防等新技术、新设施,并联合龙头企业,统一种子和农资投入,推动规模化种植和标准化田间管理,落地全程区块链追溯,建设高标准的示范农田,助力兴安盟大米品质升级、产业沉淀,实现农民增收。2019年,出现了天猫商城7天的"双11"促销活动中销售320吨、7个小时销售20万吨兴安盟大米的奇迹。

阿里巴巴大农业发展部帮助政府和农户整合数字农业相关技术、设备等软硬件资源,政府承担整套数字农场建设中第三方机构的设备和技术投入,农户负责将前期投入、中期田管、后期包装的各个环节按照标准落到实处。

5月,正是稻田插秧的季节。科右中旗杜尔基镇双金嘎查的万亩水稻田里,农民穿着雨鞋,指挥着插秧车向前行驶,秧苗在他们身后排列成畦。水田旁边,树立着高矮不一的电子设备,这些设备,会将农田里的风、光、水分信息及时上传终端,以便进行数据分析。

自动驾驶联合收割机、无人插秧机、免耕精量播种机、植保无人机等智能农机,从田间试验步入夏收夏种一线,开启无人作业新模式。

从曾经"面朝黄土背朝天"的传统耕种模式,到"互联网+农机作业"数字化智慧农业模式,农机装备应用正在向智能化转型升级。农业装备不断升级改造,农民摇身一变成为"码农",科技发展正在不断革新现代农业的生产方式。

数字农场是未来的发展方向,也符合农业供给侧结构性改革的要求。2019年中央的文件中提到,要推进重要农产品全产业链大数据建设,加强国家数字农业农村系统建设。

现代农业的启航,让这片田野充满希望。

第五章 走一条大农业发展的路子

如今,依靠数字农场技术,兴安盟科右中旗10万亩水稻田从靠天吃饭的小农模式飞速跨越到先进的智慧模式。田间摄像头、温度湿度控制、土壤监控、无人机航拍等先进技术设备被广泛应用,以实时数据为核心帮助生产决策精准实施。数字农场技术为兴安盟农业插上科技的"翅膀"。

希望的田野与直接的挑战。未来需要什么样的农业,既能增收又能服务全民?

我怀着好奇心,踏上这片神奇的土地一探究竟。

登上杜尔基镇水稻田中新建的高台,能看到集中连片的稻田向远方蔓延,与天际相连,到处都是一派繁忙的春耕景象。我走近稻田,与几位插秧机旁的农民攀谈起来。

"以前人工插秧一天插不到1亩,现在用插秧机一天可以插1垧,而且比人工插得还齐整,油费不到70块钱。"

"我家里有3垧地,一个人就可以收拾好,其他人还能出去打工。"

在水田里的不同位置,有高低不等的桩柱,顶端安装了电子设备。空中还有无人机在嗡嗡地飞着。

这就是数字农场?里面的"玄机"到底在哪里?

外行看热闹,内行看门道。阿里巴巴大农业发展部高级运营专家章新光详细讲解道:"我们的数字农场要推动'全链路数字化升级',即从生产到销售实现数字化全覆盖,有8个环节:耕、种、管、收、仓、工、贸、运。耕,运用卫星、无人机、遥感技术收集风力、水温、微光环境等信息,给农户、企业和政府提供参考。基地农户从手机上就能查看这些信息。种,分析消费人群偏好什么类型的米,再结合当地气候,告诉农户选择什么品种种植。目前,基地从种国家储备粮(每公斤4元)升级为种高端精品粮(每公斤9.8元)。管,记录工作人员日常作业,无人机飞行轨迹,可以自动化灌溉,合理施肥。无人机检测病虫害

袁隆平与兴安大米

详情、打农药，1亩地仅需5~10分钟，可以精确到厘米，成本为每亩8~10元。收，绑定产区等信息，收购时定级定标。原粮收购溢价5%~10%，直接惠农，让"谷贱伤农、中间商压价"的情形不再重演。仓，即存储，大数据监管加工流程，一品一码，每一包米都进数据库。"

阿里巴巴淘乡甜数字农场技术全面颠覆过去小农种植的模式，全面实现农业种植的数据化。目前，这个项目已经覆盖兴安盟4万亩水稻田。

喜闻科右中旗二龙屯米业生产的兴安盟大米入驻天猫优品且销售火爆的消息后，我对科右中旗二龙屯米业进行了实地采访。

走进干净整洁的生产车间，听到机器的轰鸣声，我看见工人们正在紧张有序地生产印有"天猫优品"标志的兴安盟大米。饱满的稻谷在传送带上轻微跳动，经过碾米机、色选机、抛光机等，最后倒入包装，封口。

二龙屯有机农业有限责任公司董事长薛金利介绍，阿里巴巴大农业发展部不仅为我们提供商业模式上的指导，还给予技术上的支持。公司采用全自动化生产线，每包米下生产线的时间精准到秒，精准到操作人员，精准到入哪个仓库，消费者扫描包装上的二维码就能一清二楚。公司已经和内蒙古草原淘宝电子商务有限公司签订了320吨大米的采购合同，并依托阿里巴巴旗下自有品牌"淘乡甜"，在天猫平台采取预售模式进行销售。此销售模式推出后，立即引起订购热潮，日订购量最高有8万余单。

稻农们高兴地说，他们种植的水稻收购价格比市场收购价每公斤多0.2~0.4元。他们种的水稻不愁卖了，收入也增加了，种粮的积极性更高了！

把握耕种时机，升级品种品质，精细化的管理和收购，精确溯源的存储和加工，健全的销售体系，这"一条龙服务"颠覆传统的"靠天吃饭""跟着感觉走"的种植模式。

薛金利说："人们吃上安全米，口碑就打出来了，销路好，农户增收明

第五章 走一条大农业发展的路子

显。"

稻米插秧的季节来了,在科右中旗的阿里巴巴淘乡甜兴安盟大米标准示范基地稻田中,出现了一款新设备:智能墒情仪。

科右中旗杜尔基镇双金嘎查达韩玉亭说:"之前,插秧育秧都是靠自身经验,有很大的局限性。有了这个设备,就可以利用精准数据,更有效地施肥浇水,还能时刻把握土壤信息,我们农户的风险也降低了。"这款智能农业设备不仅可以实时监测稻田中土壤体积水分含量和土壤温度,还能自动识别土壤饱和含水量、持水量以及作物活动的根系深度。

在农作物管理阶段,当地还陆续启用可以监测病虫害并打农药的无人机。这种农用无人机只需在指定农田上空飞行一圈,就能判断是否有病虫害以及病虫害的密度和严重程度,甚至可以以此预估产量。

每次走进农村,都能领略到不同的情景。

不走入田间,就无法完全了解农业大数据的神奇。

如今,农业领域在尝试共享模式,如土地共享连接城乡消费,农机共享减轻农民负担等。人们对高品质、个性化的农产品和体验田园生活的需求增加,现代农业新业态对农业资源提出新要求。

"共享农业"模式应运而生。

兴安盟二龙屯有机农业与米稻家生态科技有限公司联合推出"共享鲜米"计划,研发生产"二龙屯米稻家共享鲜米机",从稻谷脱壳到出新鲜米仅需几分钟。这是一台无人售货机,24小时自动销售。消费者通过触摸屏操作,选米、下单、手机支付,完成后自动出米。

"这个机器真不错,吃多少买多少,米又香又新鲜,不会存在积压长虫的现象。科技发展让人们改变了买米的方式。"

鲜米机为居民提供从田间到餐桌的自助碾米服务站,吃多少碾多少,消费者

| 袁隆平与兴安大米 |

不用一次购买一大包大米，更不用囤米。

薛金利说："目前，我们的鲜米机已经覆盖全国14个一二线城市。在呼和浩特市已经覆盖18个社区。"截至2020年，公司在全国各地投放1万台鲜米机，鲜米机已经成为众多城市居民家庭楼下的"健康粮仓"。

二龙屯米稻家共享鲜米机的尝试开启了兴安盟"共享农业"模式。鲜米机可以带着新鲜胚芽米走进千家万户，为全国各地的人们送去健康好米。

"锄禾日当午，汗滴禾下土。"这样的画面渐渐成为历史，如今的中国正向着农业强国快步迈进，农业生产机械化进入新时期。

这是中国农业的一次深刻变革。

这是一片行走的大地。

1996年，谢华安在原有科学研究的基础上，提出把稻种送上太空进行育种实验的思路。经过努力，他主持的航空水稻研究走在世界前列。2002年，太空稻"Ⅱ优航1号"亩产创下中国航天育种水稻问世以来的最高纪录，同时还创下世界再生稻最高纪录。

航空育种，一个崭新的农业梦！

这次回家时，我要告诉爹娘，现在水稻已经到太空育种了，他们该有多惊讶呢。

第五章 走一条大农业发展的路子

二、袁隆平与兴安盟大米的脱贫样本

"催发农牧民的内生动力,智志双扶。"这是在驻村工作中,代钦塔拉嘎查第一书记佟葳所坚持的理念。

"能在盐碱地种出水稻,能够激发农牧民最大的内生动力。"巴彦淖尔苏木双榆树嘎查书记白金贵神情激昂地说。

"这几年,村里带领我们奔小康,我们嘎查的农牧民也会种水稻了,有这个内生动力,咱不会再过穷日子了。"牧民布和说出了自己的心里话。

这是我在科右中旗《枫叶红了》影视基地召开的研讨会上听到的。

其实,"内生动力"一词对农牧民来说并不陌生。脱贫攻坚的深入与真实的致富案例,每天都在他们身边上演,自力更生、勤劳致富的观念深入人心,激发了农牧民的主观能动性。

习近平总书记多次强调,精准脱贫在于激发贫困群众的内生动力。在精准脱贫工作中,扶贫政策、经济物质是"外因",贫困人群的内生动力才是"内因"。

激活乡村振兴的内生动力,农民是实践主体,也是动力来源。

回顾中国改革开放以来的农村改革历程,从大包干到乡镇企业崛起,从土地

| 袁隆平与兴安大米 |

流转尝试到乡村振兴的赋能战略实施,正是发端于最基层农村农民的改革实践,让广袤乡村迸发出强大的内生活力。

"当您在北京看到这封信时,我想您已打开来自祖国北方的米囊……京蒙帮扶搭建友谊之桥,一封书信,数行文字,无法表达我们的感激……兴盛村人民真挚欢迎敬爱的北京朋友来天高地阔的草原做客,感受我们的热情,共叙我们的友谊……"

这是一封来自兴安盟扎赉特旗巴彦高勒镇兴盛村的感谢信。这封短短的感谢信,流露出的质朴情感让人感动。

致右安门村民的一封信

亲爱的右安门村民:

你们好!当您在北京看到这封信时,我想您已打开来自祖国北方的米囊,正准备与家人挚友共同分享绿色优质产品。在千里之外,我们欣赏您的眼光,选择农家院大米;我们感谢您的支持,予以产品展现特质的机会。

农家院大米生长于内蒙古兴安盟扎赉特旗巴彦高勒镇兴盛村,这里工业发展滞后,但给我们留下绿水青山;这里只产一季稻米,却积攒了一冬地力。燕雁北还日插秧,青清山水中成长,灿灿落叶间收获。

洁净的空气、纯净的水源和无污染的土地,经过半载阳光的哺育,加之一年高标准的经营,孕育出无污染、纯绿色优质稻米。颗颗米粒带来的不仅仅是美味,还有您和家人的食品安全。

在科尔沁草原北部,兴安岭南麓,松南平原东沿,兴盛村坐落

第五章 走一条大农业发展的路子

在祖国黄金产粮带。除优质的稻米,我们利用资源优势种植同样无污染、纯绿色的杂粮杂豆,有喷香玉米、金黄小米、饱满大豆……2019年秋季,我们时刻准备为您提供更多优质选择。

京蒙帮扶搭建友谊之桥,一封书信,数行文字,无法表达我们的感激。希望您在草长莺飞之时,带上家人来到美丽的兴安,呼吸新鲜空气,品尝绿色食品,喝甘甜之水,看稻米生产的地方,为自己选定一个绿色菜园。兴盛村人民真挚欢迎敬爱的北京朋友来天高地阔的草原做客,感受我们的热情,共叙我们的友谊!

最后,祝您和您的家人用餐愉快!节日快乐!

兴盛村全体村民

为什么质朴的农民以全体村民的名义写这封感谢信?偏僻小山村的"农家院大米"真的上了首都人民的餐桌?

随着袁隆平水稻院士专家工作站的入驻,兴安盟的农副产品纷纷"搭乘"京蒙扶贫协作"快车"亮相北京,兴安盟大米品牌越叫越响,成为带动全盟农牧业高质量发展的新引擎。

扎赉特旗巴彦高勒镇兴盛村、兴隆村引导村民发展庭院经济,种植无农药、无化肥的"农家院大米",利用人工除草、施肥。一次偶然的机会,一位来兴盛村、兴隆村调研京蒙扶贫协作项目的北京市丰台区南苑乡右安门村的客人品尝到"农家院大米"的香甜,于是就把这里的大米推荐到北京市丰台区南苑乡右安门村。

在京蒙扶贫协作的支持下,右安门村与兴盛村、兴隆村达成合作意向,订购7吨无农药、无化肥的"农家院大米"。2019年春节前夕,兴盛村、兴隆村村民将自家生产的"农家院大米"打包运往右安门村。为了表达感谢之情,村民们还在每袋米中装入《致右安门村民的一封信》。

| 袁隆平与兴安大米 |

  鲁永泽，兴安盟扎赉特旗好力保镇党委副书记。他说："这一切要感谢袁隆平院士。袁隆平院士在兴安盟建工作站这个消息，网上点击量突破6亿，从而使兴安盟大米的品牌、知名度和价格都有很大提升。村民们搞一天直播，能销售250多公斤大米，这在以前是想都不敢想的。如今，老百姓们开上了小轿车，住进了新砖房。"

  春耕在即，扎赉特旗魏佳米业公司3万公斤优质稻种全部到位，准备发往北京客户的8000箱礼盒大米正在加紧生产包装。魏佳米业公司通过带动贫困户就业、流转贫困户土地、高价收购贫困户稻谷、年底分红以及免费发放稻苗鸭苗等途径，形成利益联结机制，带动贫困户162户386人脱贫。

  魏佳米业公司大力发展绿色有机水稻，依托公司成立扎赉特旗蒙业水稻专业合作社。目前，合作社吸引农户53家，通过土地流转，建立500亩绿色水稻和500亩有机水稻基地，从源头上把好产品质量关。有机水稻基地采用稻鱼、稻蟹、稻鸭立体种养模式，实现了一田多赢和多收。北京的企业和村民还会来此观光，认养有机稻田。

  魏佳米业公司总经理魏建明说："消费者下单后，3天左右可以收到货，有的一天就到货。销售量增大，我们农民也增收了。"

  企业电商的兴起，也让大学生就业有了新途径。魏佳米业为村里的大学生徐露提供了很好的就业机会，充分发挥她的业务特长。

  村民孙文保因残疾而没有劳动能力，魏建明每年帮助他种地、收地，春季将化肥和种子送到他家，并帮助他进行田间管理。

  孙文保感动地落了泪，说："我是看着建明长大的，像自家孩子一样亲，建明对我也像自家人一样照顾。"

  魏建明说："我希望把水稻种好，带领村民们一起致富。"

  借助京蒙扶贫协作的机会，扎赉特旗魏佳米业公司将兴安盟大米推向北京市

第五章 走一条大农业发展的路子

场,扩大企业的销售渠道,增加营业利润,并通过企业与农户合作的模式让农民直接受益,从而进行精准扶贫。

五家子村曾是当地有名的贫困村,村里连一条水泥路都没有,人均年收入不足8000元,地里种的只有玉米,集体经济较弱,欠下不少外债……

五家子村通过推动土地集约化、调整农业产业结构、开办扶贫车间等方法,以"党支部+合作社+贫困户"的产业脱贫模式,带领村民们走上脱贫致富路。

谈起这几年翻天覆地的变化,村民们咋都说不够。

"自从咱们村改种水稻,家里一年多收入好几万元呢。"

"合作社统一经营水稻种植,有经验、有技术、品种又好,今年种的水稻肯定能卖个好价钱。"

"扶贫车间活儿不多也不累,农闲时就来这儿干活儿,能挣不少钱补贴家用。"

………………

在五家子村的扎赉特旗安保农牧专业合作社,工人们分外忙碌,将收获的稻米装箱入袋,搬上货车,准备发往全国各地。

为带动村里更多人致富增收,在村党支部的牵头引领下,将简单运营的安保农牧专业合作社扩大规模,流转土地,实行集约化种植,统一经营管理。

刘长臣刚参与经营时也心存疑虑。他回忆说:"第一年我们决定试种旱稻,旱稻比水稻更节水,成本更低,但对土壤要求较高,也不知道这集约化种植后产量如何。"

当年秋收,旱稻产量、价格都十分可观。第一年的分红加管理费用他就收入六七万元。

看到老刘成功,参与的村民也越来越多了。如今,合作社已有42户村民入股,流转5000亩土地,全部采用机械化种植。

袁隆平与兴安大米

刘长臣说:"年底,合作社将在扶贫车间对农产品进行深加工,并且制作精品木耳、杂豆、蘑菇等农产品礼盒。同时,开拓线上销售渠道,助力贫困户增收。"

龙鼎农业的兴安盟大米——"极北香稻"是第十四届冬季运动会指定用米。龙鼎农业公司被评为自治区级扶贫龙头企业,所产的大米被当地群众称为"扶贫大米"。

"扶贫大米"已经成了兴安盟优质大米的另一个称谓,在内蒙古自治区首府呼和浩特,在京津冀各大市场,广大消费者都认为买"扶贫大米"也是为国家扶贫大业做贡献。深秋时节,许多大型社团都参与购买"扶贫大米",仅中国工商银行内蒙古分行一家就团购了价值300多万元的"扶贫大米"。

龙鼎农业公司董事长龙凤说:"我们将联合更多的合作社、家庭农场及产业链的上下游企业,整合资源,带领联合体的各成员将兴安盟大米推向更广阔的平台,以此引领农村一、二、三产业的融合发展和现代农业建设,使农民增收致富。"

"杂交水稻之父"袁隆平与著名蒙古族青年歌唱家乌兰图雅,在丰收时节携手为兴安盟大米代言。

借助袁隆平水稻院士专家工作站团队的技术力量和科研优势,乌兰浩特市将打造以天极、岭南香等龙头企业为核心的水稻科技示范区,提升兴安盟大米品牌的核心竞争力。

袁隆平说:"推广耐盐碱水稻品种,也是一项脱贫举措。因为盐碱地原来都是不毛之地,我们把不毛之地变为高产良田,这个很有希望。所以说海水稻前途光明。"

兴安盟每亩盐碱地的改良成本约1万元,且10年内无须再进行土壤改良投入,已具备大规模推广的条件。

第五章 走一条大农业发展的路子

来到科右中旗杜尔基镇双金嘎查小茫哈艾里的王梅花家中，我们看到整洁的房间，明亮的窗户，崭新的墙砖壁纸，女主人王梅花的脸上满是自信的笑容。看到这样的场景，你绝对想不到，这是一个刚脱贫不久的家庭。

2011年8月，杜尔基镇暴发山洪。洪水卷着大量的泥沙袭来，农田被泥沙淹没，导致粮食绝收。牧民的羊也被洪水卷走了。洪水过后，房子里堆积了1米多高的沙子，已经不能居住。王梅花的家庭也因灾致贫。

王梅花一家4口人，她与丈夫种植水稻，两个孩子正在上学。灾害发生后，她们并没有被击垮，而是在政府的帮助下重建家园。2018年，王梅花的新房建成。她装修了新房，还种了50亩水稻田，已实现脱贫。

阿里巴巴淘乡甜数字农场落地科右中旗，推动"全链路数字化升级"，打造全国首个数字农场。2019年4月，国家级贫困县、中宣部对口帮扶对象的科右中旗，在先进技术和模式的助力下，实现脱贫摘帽。

自从加入数字农场项目，村里人走上致富之路。土地流转将近200亩，农牧民的收入实现翻番。

王梅花说："政府和阿里巴巴集团合作以后，我们最直观的感受就是大米好卖了，价格也高了一些。按照现在的单产和收入计算，每亩大约能收600公斤大米，每公斤大米能比原来多卖0.4元。我们家有100亩地，仅种水稻一项，我们家就会增收2.4万元。"

双金嘎查大约有水稻田1万亩，以亩产600公斤计算，若每公斤大米多卖0.4元，仅大米销售一项，就可为全嘎查的老百姓增收240万元。

在脱贫攻坚战中，科右中旗，这个戴了30多年"国贫帽"的贫困旗，终于摘帽，焕发出新的生命力。

内蒙古兴安盟6个旗县市中有5个"国贫"、1个"区贫"。2015年，全盟尚有贫困人口10.5万人，贫困发生率为9.5%，高于全区3个百分点，是国家和自治

| 袁隆平与兴安大米 |

区脱贫攻坚的主战场。

经过8年精准扶贫和5年脱贫攻坚战，兴安盟6个旗县市全部实现脱贫摘帽，602个贫困嘎查村全部出列，现行标准下全盟10.5万贫困人口全部脱贫，建档立卡贫困户人均纯收入由2015年底的2855元增加到2020年的12517元。

一组组数据，折射出兴安盟脱贫攻坚的坚实步伐。

"两米""两牛"产业在兴安盟落地生根。

兴安盟发展战略中的"两袋米"，一袋指的是大米，另一袋指的是玉米。

一粒米撬动一个产业，一粒米富裕一方百姓。

良田沃土成就了兴安盟大米的高品质，好吃闻得见的兴安盟大米也得到越来越多消费者的认可。兴安盟大米先后入选中国农业品牌目录2019农产品区域公用品牌，荣获"2019世界高端米品鉴大赛铜奖"，品牌估值超过180亿元，跻身全国百强农产品区域品牌，名列第12位。兴安盟也获得了"内蒙古优质稻米之乡"和"中国草原生态稻米之都"的称号。

兴安盟大米、小米、牛肉、羊肉全部通过了国家农产品地理标志认证。兴安盟大米风靡祖国大江南北，成为"2018中国十大大米区域公用品牌"，成功入选2020年全国第十四届冬运会指定用米。

如今，兴安盟大米逐步走进国内各大中城市，兴安盟大米的金字招牌已经在全国打响。农民种植水稻的效益明显提升，全盟水稻种植面积达140万亩，水稻总产量有90多万吨。兴安盟现已发展成为内蒙古自治区最重要的水稻主产区，水稻产量占全区的60%。"三品一标"认证企业有29家，认证品种58个。全盟52家大米加工企业带动产业化经营和产品升级，打开农业增效、农民增收的一条新通道。

兴安盟扎赉特旗内蒙古谷语现代农业有限公司生产的160吨大米，通过满洲里口岸出口到俄罗斯，成为近年来兴安盟首批出口大米，实现了大米出口零的突

第五章　走一条大农业发展的路子

破。

兴安盟大米也受到来自日本、韩国、印度、泰国、菲律宾等国家的知名水稻专家的认可。

政府、企业、农民合力打造兴安盟大米品牌，运用互联网新零售模式，与全国20多家百强零售企业合作，运用电商直播，依靠新媒体流量获取订单，并开展兴安盟大米展览展示活动，使线上线下齐发力推广销售成为做大做强兴安盟大米产业的强力引擎，形成了种植订单化、产品优质化、营销品牌化的产业模式。

"十三五"期间，全盟优质水稻种植基地达140万亩，其中绿色、有机认证面积突破100万亩，品牌估值超过180亿元。同时，借助袁隆平水稻院士专家工作站的技术优势，培育具有自主知识产权的水稻新品种。

到祖祖辈辈耕种的地里去掘金。

在抓好基地建设的同时，兴安盟全力发展稻米精深加工，不断延伸产业链，开发胚芽米、免淘米、婴儿米粉等新产品，提升知名度、竞争力和附加值，推动大米产业快速发展。由国家地理标志品牌认定的"米产业""牛产业"，构建起多级支撑、多元发展的现代农业体系。

秋季的沃野铺满金黄，清风微拂，送来缕缕稻香。

远离城市的喧嚣，科右中旗额木庭高勒苏木巴彦敖包嘎查，有七彩滑道、高空滑草、骑马、射箭、漂流、采摘、垂钓等娱乐项目，吸引着越来越多的游客来此享受闲适恬淡的田园生活。"北斗七星敖包"见证着民族的演变与融合发展，积淀着丰厚的文化遗产；民俗风情馆保留着历史记忆、地域特色，留住了"乡愁"。

站在科右中旗万亩水稻基地的观景台上，阿里巴巴大农业发展部的数字采集溯源桩星星点点，定格在广袤的田野上，像极了路标，指引着一条现代农业上行的脱贫之路。

袁隆平与兴安大米

内蒙古农业大学博士生导师盖志毅认为,在袁隆平水稻院士专家工作站的推动下,兴安盟已经找到脱贫攻坚的"金钥匙",而这一切必须要感谢袁隆平本人的助力。在某种意义上,这也是国家科技扶贫在内蒙古的成功实践。

三、保护18亿亩耕地红线

2021年,中央一号文件对坚决守住18亿亩耕地红线提出了具体举措。至此,中央一号文件已连续18年聚焦"三农"。

很久以前,中国就划定了18亿亩耕地红线,这是红线,也是底线。

袁隆平说:"18亿亩耕地红线是一个国策,必须要保。"

在现实生活中,在我们身边,也有这样一个捍卫土地的生动故事。

改革开放后,中国农村发生翻天覆地的变化。农村乡镇结构调整,许多人纷纷下海经商,外出务工,而祖辈种植水稻的朴成奎却将目光瞄准在家乡肥沃的土地上。

在这里,他找到了事业的航标。

现在的朴成奎并不认为自己是绰勒银珠米业有限公司的董事长,而是一个梦想成真的农民。

在他心里,世界上最完美的事就是将绰尔河畔的黑土地种上优质水稻。

"我在外地时,别人问我:'内蒙古草原应该只能出牛羊,怎么还会产大米啊?'我会自豪地说:'我们内蒙古草原上有绿绿的草地、清清的河水,是盛产水稻的地方啊!'"

袁隆平与兴安大米

这里的土地、河流似乎是身上的胎记，无论奔向何处，发达的根系都在传递着强大的信息。

从小就生长在这片土地的朴成奎，流淌在身体里的不只是血液，还有奔涌的绰尔河水。

"我十多岁的时候，父母带着我搬迁到内蒙古兴安盟。这里很美，土地肥沃。父母在稻田里干活，放学后我们就摘野杏、抓小鱼，在田野上、草地里玩耍。"

二十世纪五六十年代，绰尔河岸边的朝鲜族村屯是扎赉特旗的主要水稻种植区，那时的"绰勒大米"就享誉盟内外。在扎赉特旗绰尔河畔长大的朴成奎，祖辈几代人一直种植水稻，对水稻种植有着特殊的情愫。

为了这个情愫，朴家人从爷爷那辈开始，已经期盼、守候并为之奋斗。对于一个依靠土地生活的农民来说，土地于他有着深深的情感。

朴成奎说："我没有见过爷爷，只是通过父亲的讲述，知道一些爷爷的事情。我父亲常说他的禀赋、心性和才干都继承于爷爷。"

朴成奎的父亲朴正根从11岁开始给财主扛活，放过牛，榜过地，出过海，上山伐过木，饱尝辛酸。1941年冬，朴正根携妻带子远离故乡朝鲜庆尚南道来到中国，落脚于内蒙古赤峰市巴林左旗一个叫杨家营子的偏远的小山村，在那里生活了五六年。之后，又流离到翁牛特旗白音他拉镇花都什农场鲜兴屯。在那里，全家人靠着种植水稻为生，生活了30多年。

后来几经辗转，最终落户于兴安盟扎赉特旗鲜光朝鲜屯。

从此，朴正根再也没有回过故乡。1954年，兴安盟扎赉特旗鲜光朝鲜屯成立互助组，朴正根担任互助组组长，后来担任合作社社长，家里的两挂胶轮马车也入了合作社。同年，他被选为旗人大代表，当时人们习惯称呼他为"朴代表"，凡是大事小情、邻里纠纷、婆媳矛盾都会去找他解决。

第五章 走一条大农业发展的路子

1957年,朴正根加入中国共产党。人民公社成立后,他担任生产大队大队长,工作了30多年。

朴正根几十年如一日地早出晚归,把全部的心血投入到集体的事业。

"父亲是种地的行家,各种农活样样精通,人们都很佩服他。什么季节种什么,什么地种什么品种,他了如指掌。"朴成奎说,"父亲朴实无华、勤劳善良的行为影响了我的一生。我一直记得父亲常说的一句话,成熟的稻子低着头,只有不成熟的稻子才高高地扬着头。"

朴正根虽然文化程度不高,但是很注重科学种田。20世纪60年代,在西拉木伦河畔,他聘请技术员给社员讲课,并带领社员进行科学种田,搞干整直播水稻和点播的实验,把稻种、黏土加草木灰团成药丸大小在稻田画线点播,保证了出苗率。

每一位耕作者都在全心全意耕种每一块土地,呵护每一棵幼苗,浇水、松土、施肥、除草,欣喜地看着庄稼苗壮生长。

朴正根经常告诫儿女:"每一寸土地都是神圣的,大地就是我们的母亲,河流像血液流经我们的血管,你们要献出全部的情感和力量来保护大地、爱护大地。"

这些都深深影响着朴成奎,他传承水稻种植,守护着这片土地,即使在逆境中也从不放弃。

当年,朝鲜屯所在的绰勒苏木是兴安盟扎赉特旗的"北八乡",是国家级深度贫困区。农民在贫瘠的土地上耕种,靠天吃饭,每年打下的粮食仅够糊口。

朴成奎从爷爷和父亲的手里接过养家糊口的重担。

他是一位地地道道的稻农。他将家里的十几亩田地都种上了水稻,尽管尽心尽力,但是每年的收成并不多,交完公粮后自家都吃不到大米,全家老小还得靠吃返销粮维持生活。

袁隆平与兴安大米

慢慢地,他瞄准了农资经营。起初,朴成奎经营农资生意时没有多少资金,只靠一辆小货车到城里帮着农民代买农资,从中挣点儿"对缝钱"。几年时间,朴成奎家的日子逐渐好起来,也有了一些积蓄。他用这些积蓄开了一家农资商店。

从苦日子中走过来的朴成奎深知生活的艰辛,他总是对困难的老乡伸出援助之手。每年春耕时节,为了帮助贫困户及时种地,朴成奎就把自家经营的种子、化肥赊给他们。每年他赊给农民的农资价值都达100余万元,而这些资金也占据了他的大半本钱。有人问他图个啥,他笑着说:"就是希望尽自己的微薄之力帮助大家富起来。"

几年下来,他发现农民靠春耕秋收的传统耕种模式,常常是丰年有收入,歉年难保本。而赊给农民种子、化肥的做法只是暂时解决了他们的困难,但治标不治本。他醒悟过来,光有热心并不能帮助农民彻底脱贫致富。

2005年,国家实施科技入户工程,先进的农业技术让朴成奎开了眼界。他争当科技示范户,积极参加培训,第一个带头使用大豆新品种东农46号,应用大豆垄三新技术,并且按专家意见实行测土配方施肥。当年,他试验耕种的10亩大豆平均亩产超过200公斤。看到试验结果,朴成奎非常兴奋。他尝到科技兴农带来的甜头,感受到广大农民想要掌握科技知识的迫切心情,更加坚定了他走科技示范道路的信心和决心。

朴成奎用心当好这个农业科技示范户。他自购大豆精播机,在全村推广大豆垄三新技术,采用新型技术种植大豆面积达1100亩。他带头在自家的农田里承担了区、盟、旗级玉米、大豆、水稻等试验任务。通过试验示范,初步解决了绰勒地区玉米、大豆、水稻品种"多、乱、杂"以及种植技术粗放、低效的问题。

朴成奎主动向周边村屯的村民推广先进技术,带领他们共同致富。朴成奎指导农民张友,教他如何使用大豆垄三技术,使张友家种植的大豆亩产达228公

第五章 走一条大农业发展的路子

斤,荣获扎赉特旗大豆高产竞赛二等奖。

小小的成就并没有让朴成奎感到满足,反倒让他认识到自己知识的匮乏,他背起行囊,到东北农业大学职业技术学院进修了3个月。回来后,他又自费率领农户前往哈尔滨、齐齐哈尔、长春等地参加新品种成果鉴定会,观摩黑龙江农垦学院水稻标准化生产基地。

一个有坚定理想信念的人,往往会有无穷的动力,他随时准备接受生活的历练和考验。

"我从小生活在朝鲜族聚集的朝鲜屯,村民都种水稻,小时候经常到水稻田里摸鱼。那个年代的大米饭真是亮晶晶、油汪汪、香喷喷的。"朴成奎深情地回忆说,"长大后,自己种出的水稻没有了过去的口感,稻田里的鱼也没有了。随着水稻种植技术的发展和种植经验的积累,找回小时候吃的大米饭的想法越来越强烈。"

朴成奎站出来了,怀揣多年的种植经验和胆魄,做了一个大胆的决定,实施有机水稻种植。如果试验成功,他就带领乡亲们一起种植,一起致富。

为了解决绰勒地区水稻品种"多、乱、杂"的问题,他在自家的水稻田里进行品种对比试验,从优中选优,为进一步扩大示范打下基础。

他是自学成才的专家,通过钻研,成功探索出"千斤稻谷百斤鱼"的稻田种养模式,先后选育出优良品种金稻1号、金稻2号、银珠1号、银珠2号。

经过两年的运作与经验积累,朴成奎的想法多了,步伐迈得更大了,他觉得应该打造一个属于自己的品牌。

他将思想付诸行动。

他用农资经营积累的资金,开办了"神农米业"加工厂,率先在自家稻田里严格按照绿色有机水稻生产标准,种植"金稻"和"银珠"两个品种。

在种植稻谷的过程中,他采用自然农耕法,不使用化学肥料、农药和生长调

袁隆平与兴安大米

节剂等,而是使用有机肥,并配置防虫罩与杀虫灯。他往水稻田里洒农家肥,不喷洒农药,还组织全家人去水稻田里拔草。虽然全家人起早贪黑,但还是拔不净丛生的杂草,杂草明显比别人家上农药的水稻田里的多。他和家人一连两个月蹲在田地里除草,付出了很多辛苦。但是,到七八月时,稻田、水渠里的小鱼就多了起来,每天晚上干完农活,他就用小筛网捕点儿小鱼回家炸鱼酱,味道非常鲜美,有时候还给邻居送点儿。干活累的时候,他就坐在水渠上看小鱼游来游去,心里美滋滋的。可到收割水稻时他傻眼了,他家1亩地比别人家少打一二百公斤米。

朴成奎说:"自己当时心里也犯嘀咕了,明年可不这么干了。但是,当尝到用这两个品种的有机米做出的米饭后,哎呀,那个香,那真是30多年来没有尝到的味道。我把大米送给别人品尝,他们一致叫好。后来,一个外地客商知道了,把我们家的米以高于别人家大米两倍的价格全都收购了。年底一结算,我家200亩绿色水稻增收4万多元,30亩有机水稻增收2万元。"

这个结果让朴成奎兴奋不已,更加坚定了种植有机绿色水稻的信心和决心。他说:"第一年,我种植有机水稻尝到了甜头,村民们也活了心,都来找我问种植经验。"

春节刚过,朴成奎便主动找到9位志同道合的水稻种植户,商量共同种植有机水稻150亩,扩大水田种植面积,并在有机稻田中进行鱼稻共育试验。到年底,几家种稻户一算账,比洒农药、上化肥的水稻收入高出很多,不仅亩产超过了上一年,而且稻米更加优质。

这一年,他们种的大米销路大增。

自朴成奎试种成功以来,越来越多的村民开始种植有机水稻,连毗邻村镇的村民也开始尝试种植有机水稻,走种植有机水稻的致富新路。

经过几年的努力,朴成奎研发的自有水稻品种"金稻""银珠"两个系列逐

步稳定成型。他信心满满地申请注册了"绰勒银珠"商标,牵头成立了扎赉特旗绰勒银珠水稻专业合作社,并将68户种稻户拉进合作社,与218名村民形成利益共同体,一起耕耘、一起收获、一起致富。社员把土地流转给合作社统一经营,实现稻田生产从水稻品种"多、乱、杂"到统一选种的转变。他的2万亩绿色水稻和1400亩鱼稻共育有机田成为银珠水稻专业合作社社员的"聚宝盆",社员人均纯收入由建社初期的6000元提高到现在的2万元。

在朴成奎的影响和带领下,越来越多的农户走上种植绿色有机水稻的道路,真真切切地捧起了"金饭碗"。

紧接着,朴成奎创建了扎赉特旗绰勒银珠米业有限公司,逐步发展为集技术开发、生产、种植、加工、销售为一体的龙头企业。"绰勒银珠"牌大米已经形成绿色和有机两个系列13个品种,销往国内各省市。与传统大米销售价格相比,有机大米价格要高出五六倍,最高端的米甚至每公斤能卖到160元。公司在北京、上海、广州等一线城市设立直销店、体验店,产品供不应求。

朴成奎被评为全国种粮售粮大户,全国民族团结进步模范个人;当选扎赉特旗人大代表、内蒙古自治区十三届人大代表;受邀赴京参加中国共产党成立100周年庆祝大会。

"我得带领大伙儿往好日子上奔,要不也对不起大家选我当代表的这份信任。"

朴成奎并没有忘记回报社会、回报父老乡亲。他自己承担合作社的经营风险,积极带动更多农户加入合作社,共同经营。公司按照高于市场15%的价格回收合作社员和链接农户的水稻原粮,每年让利200余万元。每年春耕,他还为社员提供无息扶贫资金160多万元。他的目标就是让身边的老百姓都能富起来。

现在,有更多农户申请加入合作社。几年来,绰勒银珠米业有限公司共安置100余人就业,创业孵化30余人独立创业。现公司员工都是当地群众和青年大学

| 袁隆平与兴安大米 |

生。

冬季农闲时节,茂力格尔嘎查低保户付正广到公司打短工,他说:"每年种地都是公司统一提供种子和化肥,还负责收购稻子,收购价格也比市场价高15%。冬天农闲时我们就到厂里打工,一个月还能挣五六千元贴补家用。"

从"漫撒籽"到"钵育摆栽"标准化生产,从卖稻子到卖品牌,水稻产业实现了大转变。朴成奎在有机稻田中进行鱼稻共生试验,形成"千斤稻百斤鱼"生产模式,在水稻种植领域实现了大跨越。

2019年,在全区"两会"上,作为兴安盟代表团成员的朴成奎在发言时说,按照兴安盟品牌兴农、质量兴农的要求,要深入推进绿色有机水稻种植、加工,让兴安盟大米真正成为带动农民致富的"金穗穗"。

站在展区的朴成奎兴致勃勃地为消费者讲述,这里有清新的空气、无污染的水、肥沃的黑土。现在,他们从选种、育秧、种植到生产、加工、保管、运输,每个环节都严格按照相关标准执行。

走在扎赉特旗国家现代农业产业园的产业融合发展示范基地里,稻浪飘香,鸭群嬉戏,鱼稻共生的美丽田园风光让人心旷神怡。

再次去拜访朴成奎时,他正在稻田间察看稻秧长势。7月初,正是投放稻田鱼苗、蟹苗的好时机。几年来,银珠米业始终实施"一地双收、一水多用"的"种植+养殖"模式,形成"千斤稻谷百斤鱼"的稻田养鱼模式。绰勒银珠有机水稻种植基地被农业部命名为"全国有机水稻种植示范基地"。

朴成奎站在田间向我介绍,种水稻时,控制杂草生长是非常重要的一环,除了人工拔草,稻田养鱼也是一个重要手段。投放的鱼苗有草鱼、鲤鱼、鲫鱼等,投放比例约为"千斤稻、百斤鱼"。鱼苗能充当"农药检测仪",如果稻田里施放化肥、农药,鱼就会大量死亡。他说,要做就做名副其实的有机产品。

他是这样说的,也是这样做的。

第五章　走一条大农业发展的路子

朴成奎目光坚定地说："我们要向消费者提供良心米、放心米、健康米。"

随着绰勒银珠大米品牌影响力的不断扩大，企业在得到长足发展的同时，也积极地履行社会责任。公司全力投身于脱贫攻坚伟大事业，积极筹措资金，先后投入100余万元，帮扶83户贫困户278人如期脱贫。

从单打独斗的水稻种植到成立合作社抱团发展，再到成立稻米加工厂，形成产、加、销产业链条，朴成奎始终坚持稻米品质第一。他常常说不能砸了祖辈的招牌，要种就要种经得起时间和消费者检验的放心大米。正是这种在创新中坚守质朴的精神，让绰勒银珠米业的有机大米一次又一次声名鹊起。

扎赉特旗绰勒银珠米业有限公司作为内蒙古自治区级龙头企业，拥有1400亩有机水稻种植基地，1.8万亩绿色水稻种植基地。兴安盟大米——绰勒银珠大米成为全国第十四届冬季运动会指定用米。公司先后获得中国低碳创新企业、优质产品供应商和"中国质量万里行放心产品"等荣誉称号，被评为扎赉特旗"民族团结示范单位"。绰勒银珠大米品牌被评为内蒙古名牌产品、内蒙古著名商标和全区诚信品牌。

朴成奎的儿子朴哲君见证了父亲艰辛而不平凡的奋斗历程，也对这片土地有着无法诠释的眷恋。中专毕业后，他带着新思想、新理念毅然回到故土，决心与父亲共同守望这片希望的田野，把产业进一步做大做强。

作为扎赉特旗第九、十、十一届政协委员，朴哲君始终情系群众、履职尽责，坚持走访调研，撰写提案，为乡村振兴、为扎赉特大米建言献策。"要把土地流转作为推进农村改革发展的重要举措，制定扶持政策，积极稳妥地推进扎赉特旗土地流转。"他说，"节能减排、低碳环保是企业生态发展的硬指标，特别是粮食加工企业。要坚持走节能环保的路子，助力粮食安全，保护绿水青山。"

他延续着爷爷和父亲的水稻梦想，向现代农业的发展征程再次进发！2021年，朴哲君荣获第十一届"中国青年创业奖·乡村振兴特别奖"。

袁隆平与兴安大米

当我再次拜访朴成奎时，看到公司展示柜前摆放着瓶瓶罐罐的米粉材料，他正在全神贯注地鉴别米质。他介绍道，这是公司准备研发的复合营养米。打造绿色有机农业的衍生品，保障人民食品安全，是他的下一个目标。

累了，他眺望稻田，会感到惬意、放松，内心随着稻浪起伏，细润而又不断前行。他说他喜欢艾青的那句诗："为什么我的眼里常含泪水？因为我对这土地爱得深沉……"

朴成奎还在深情地讲述自己的故事……

后来，当别人问他："你是哪里人？"他张口便说："内蒙古兴安盟人。"他恍然意识到，这里已然是故乡。那抔土，是自己的生长地，有无数生命的细节融于其中，渗入血液。

冬日雪后，安静祥和，朴成奎相信，这片土地正孕育着下一次丰收。

四、"我在兴安有一亩稻田"

我有一亩田,绿色看得见。

稻田也可以"认养",城市人可以随时通过互联网直播看到自己的"私家田"。插秧时节,人们开车到乡下参与生产活动,住在农家,吃着健康的绿色生态大米,听着蝉鸣,看着满天星斗,享受惬意的农家生活。

认养农业是订单式农业的一种,消费者按照自己的需求订制农产品,还可以全程参与农产品施肥、春耕、秋割、除草等生产过程。消费者既感受到参与农家种养殖的乐趣,又能获得自己的劳动成果。

这样的生活真的来到我们身边了吗?

是机遇,还是噱头?

兴安盟"一亩稻田"私人订制活动让人们看到竞相迸发的农业新业态。

兴安盟首届稻田插秧节在乌兰浩特市义勒力特镇敖包山稻田公园举行。阳光下的稻田,农民戴着草帽,弯腰将秧苗快速插入水田,绿油油的秧苗便一排排地在田间遍布开来。

稻田插秧节的重头戏自然是插秧、摸鱼比赛,丰富多彩的体验活动让游客们兴致勃勃。此外,还可以观看文艺演出,品鉴大米,共赏田园风光,使人们在城

袁隆平与兴安大米

市喧嚣与田园诗画间自由切换。

为了缩短"从稻田到餐桌"的距离,兴安盟稻田文化展示暨"一亩稻田"认购启动仪式就在这片稻田中举行。当天,多家提供认购服务的大米企业和合作社代表与认购方进行现场签约,成功认购专属稻田1100余亩。

兴安盟打造绿色有机水稻种植基地,建立以袁隆平水稻院士专家工作站为主体的水稻良种繁育体系、科技创新和推广服务体系,通过互联网、大数据、人工智能与农村实体经济深度融合,先后对育种、用种、安全质量、种植技术、控肥控药等实施全程监控与可追溯制度,也带动"认领一亩田"活动深入开展。

"一亩稻田"采用有机种植,全程可追溯,确保认领者吃上美味可口的放心大米。

"田园梦乡,诗意栖居",不再是梦中的期待。

如今,水稻种植与休闲旅游、文化等产业进行深度融合,产业观光、体验式消费等新业态逐渐兴起。"让稻田变景区、让田园变公园、让风景出产值",经济效益、文化效益和生态效益三者有机结合,使水稻产业释放出更强劲的发展动力,充分激活兴安盟的乡村经济。

"认领一亩田"在兴安盟各地悄然兴起,蒸蒸日上。

扎赉特旗的水稻种植面积有90多万亩,扎赉特旗产业园区通过大力推广"我在扎赉特有一亩田"订制认领活动,发展稻田综合种养、观光农业等新业态。

初秋时节,走进位于扎赉特旗国家现代农业产业园的好力保镇先锋村蒙源水稻融合发展示范基地,就能近距离体验"我在扎赉特有一亩田"私人订制生态农业生产方式以及稻鱼、稻鸭、稻蟹共养和农旅融合发展的模式。

在扎赉特旗国家现代农业产业园农旅休闲体验区,"兴安稻场"景观大门分外醒目。登上观景平台眺望,一个集生产科研、加工物流、生态休闲、旅游观光等于一体的现代农业综合体映入眼帘。

第五章 走一条大农业发展的路子

为了让更多的人体验稻米的天然和纯净，扎赉特旗实施订制认领农业模式，建立8个订制认领基地共1.6万亩，采取稻鱼、稻鸭、稻蟹、稻虾共生共养模式，全部溯源体系，每4亩地安装1个高清摄像头，实现从种到收再到加工的全程可追溯、手机可监控。

魏建明是扎赉特旗好力保镇的种稻大户，是一名年轻的企业家，经营着魏佳米业有限责任公司。扎赉特旗流传着好力保镇魏家祖孙三代的米业故事。

魏建明说："我们一家三代人就做一件事，就是种植水稻，加工稻米。从爷爷那一辈传下来的家训，其中一条就是不能做假米。"

魏家种水稻30多年，30年如一日。魏建明十几岁时和父亲学习种植水稻技术，父亲也是十几岁时和爷爷学习种植水稻技术。

爷爷魏国臣是村里的老庄稼人，有丰富的种植经验。魏建明对种地情有独钟，也是从小受到爷爷影响的缘故。

"三分种，七分管""七成收，八成丢"，爷爷口里说出的俗语在生活中都能应验，魏建明从心底里感到佩服。这也让他从小就对农业和这片土地产生了浓厚的兴趣。

在生产队，父亲魏广文是有名的"铁匠"，负责磨米房的电力维修。"包产到户"后，村集体将磨米房承包给了魏家。

从这一天开始，魏家迈出经营米业的第一步。

魏建明讲起当初创业时的艰难，说："最开始，家里没有资金，东拼西凑买了种大米的设备，然后连种地的钱都没有了。"

为了增加种地收入，爷爷魏国臣开始学习种植水稻。那时，家里只有十几亩口粮田，旱田收入少，没有保障。魏国臣向扎赉特旗鲜光嘎查朝鲜族村民学习种植方法，还去距离30公里的黑龙江曙光村学习水稻种植技术。魏家是村里第一个种植水稻的农户。最开始他们是用"漫撒籽"直播种植，用大水淹稗草的传统种

袁隆平与兴安大米

植方法，但这种方法种植面积小、产量低。

当时村民感到稀奇，也感到震惊。在他们的意识中，"靠天吃饭"的旱田种植模式早已根深蒂固。

然而，让他们更震惊的是，魏家利用自家的磨米房，磨出了新鲜锃亮的大米。

初中一毕业，魏建明就回到家中，和爷爷、父亲一起种植水稻。魏家米业越做越大，还注册了"魏佳米业"商标。

"当初，就靠着乡亲们对我家的信任，做出了第一袋大米。"

魏建明始终坚守一个信念："我爷爷说过这么一句话，咱们家的大米不只是我们自己在吃，也要留给我们的子孙吃，所以绝对不能做假，这是一笔良心账。我啊，不能让乡亲们的信任到我这辈就啥都没有了。"

现在，魏建明依然沿用父辈的大水淹灌除草模式，只是种植的都是有机水稻，种植技术更为先进，种植面积扩大，产量更高，米质更优。

稻田里，映着祖孙三代人的岁月年华。风调雨顺，饱满的稻穗，金黄的秋色，是爷爷与父亲对丰收的期盼。

望着那片熟悉的稻田，魏建明满眼都是自己十几岁时的样子，这里有太多的思念，太多的故事。

当我们见到魏建明时，他被晒得黝黑，正顶着7月火辣辣的太阳，向有机稻田中投放小龙虾苗。他俯身捉起一只小龙虾，一脸欣喜地向我们展示。

魏建明从乡土人才中心结业后，便担任扎赉特旗大米行业协会会长。他以公司为后盾，向村民提供土地，公司负责技术指导和回收。在此过程中，他还大力推广稻田螃蟹、稻田小龙虾养殖，推广"互联网+一亩田"水稻认领模式。农民种地省心省力，种出来的稻米品质更高，成为一种全新的产业经营模式。

"我们从来没有走过什么捷径，达到高产是因为每片地都是我们亲手在

第五章 走一条大农业发展的路子

种。"

魏建明是扎赉特旗第十五届人大代表。他说:"既然大伙儿选我当代表了,我就得干出个样儿来,我有信心带领乡亲们过上好日子!"

正是出于这份对百姓的承诺,魏佳米业不断追求高品质,推出私人订制认领模式,建立24小时不间断视频直播可视化溯源体系以及产品原产地追踪系统。以种、养、加、销为一体的扎赉特旗魏佳米业,从源头上把好投入品质量关,对生产过程进行全程监控,通过统一品种、统一栽培、统一管理、统一投入品、统一收货的"五统一"模式,打造魏佳蟹田有机大米品牌。

魏建明的近千亩水稻田采用稻鱼、稻鸭、稻蟹共生共养模式。雏鸭、鱼苗、蟹苗被分别放入不同的稻田里,直到秋季水稻收获。稻田为鸭、鱼、蟹提供食物和栖息的场所,鸭子可以清除水稻中的虫子和杂草,鱼、蟹可以疏松土壤。鸭子的粪便和蟹蜕掉的壳还能成为水稻的肥料。鸭、鱼、蟹和稻田相得益彰,和谐共生。

"稻田+"生态立体种养模式,提升了扎赉特旗订制认领农业的含金量。

"我在好力保有一亩田"私人订购销售模式及魏建明祖孙三代专注稻米品质的感人故事,也让北京的人们认识了兴安盟大米。

远在都市的客户只需花费6600元或1.2万元,就可认领一亩安装高清摄像头的绿色生态稻田或有机稻田,订制认领基地负责田间管理,客户只需通过手机软件,就能实时监测并参与田间互动管理。

魏建明说:"水稻长势、生长天数、管理次数……只要轻点儿下手机,就可以实时在线观看稻田情况,也可以溯源回放,对自己的'一亩三分地'进行全方位了解。"

秋收时,基地会把鲜米、稻鱼、稻鸭、稻蟹按月或按季配送到客户家中。

在种好水稻、保障绿色有机品质的同时,魏建明不断把认领模式打造得更

扎赉特旗现代农业园区

袁隆平与兴安大米

好。他说:"以前都是靠我们用笔记录,现在客户可以通过网站直接实现网络认购。"

认购者可在约定的订制期限内进行全程不间断视频监控,还可以按照自己的意愿投放鸭苗、蟹苗、鱼苗等,然后在收获季节,等着美味的米包邮到家。

魏建明继续介绍公司"认领一亩田"模式的实施情况,说:"我们已经实施3年了,绿色、有机田认领面积达800亩,认领对象主要是大城市的高端消费人群。前几天,一位客户到田间地头参观后,给家人和朋友订购了2亩稻田。订制认领模式推广集中在北京、浙江、山东以及内蒙古等地,已经成功订制出1500亩,稻米产值实现1000多万元。"

用祖辈传承的种植手艺,打造现代人追求的农业生态。

魏建明凭着多年的种植经验,总结出自己的一套"有机种植法"。他说:"种植普通水稻每年在4月28日左右就开始水耙地。我们推迟25天,并且一直保持稻田湿润,这样稻田中的杂草就会生长出70%左右。这时进行水耙地会把杂草带入泥土中,杂草还可以当作有机肥料。剩余的杂草会在稻苗移栽后一周左右生长,到时候用稻田鸭和人工就能解决杂草问题。在5月25日前,将羊粪扬完,再用旋耕机深旋,这样可以保证农家肥更有长劲。"

魏建明说起种有机水稻真是滔滔不绝。他的执着和激情,让人感受到一名年轻农民企业家的创业态度,真实触摸到现代农业和企业迸发的新活力。

兴安盟水稻产业探索了众多新业态、新模式。

优质产业不仅可以带领农民增收致富,还能有力拉动消费升级、助力经济发展。打造万亩连片的水稻"一优两高"绿色生产示范基地,全环节采用绿色高质高效技术。结合测土配方施肥,限量使用化肥农药,适期收获,确保米质优良,示范引领全盟走出一条以生态优先、绿色发展为导向的高质量发展之路。

从过去粗放的传统耕作模式到新的耕作模式。

第五章 走一条大农业发展的路子

科右中旗积极发展稻田养殖、观光农业、休闲农业、认养农业等新产业、新业态,深入挖掘农业的旅游功能,发挥第一产业接二产连三产的作用。巴彦呼舒镇哈日道卜嘎查、杜尔基镇双金嘎查、额木庭高勒苏木巴彦敖包嘎查等努力打造"旅游+农业+扶贫"新模式,实现从"种水稻"到"种风景"的转变。

在科右中旗巴彦呼舒镇乡间稻田的田埂上,有很多标注名字的红色牌子,煞是夺目,这些牌子表示这些优质水稻早已"名稻有主"。

哈日道卜嘎查党支部书记白金泉说:"这些是已经被订制的稻田,现在我们打造'农业+旅游',并推出私人订制农业'我在哈日道卜嘎查有一亩田'。订制者从手机上可以实时查看监控,了解产品从种植、加工到销售的一系列相关信息。"

秋收之际,在哈日道卜嘎查认养了"一亩三分地"的徐鹏前来体验,他说:"这边的环境特别好,大米、鱼和蟹不仅味道好,而且绿色健康。认领稻田也是一种情怀吧,我们都有一种农耕情结,自己家有一亩地,可能是大多数人向往的生活。"

周末,巴彦呼舒镇居民文龙带着孩子在哈日道卜嘎查万亩稻田里边走边拍照留念,还体验了绳索桥。他开心地说:"原以为来这里只是看看自然风景,没想到娱乐休闲项目、新型体验活动也不少,家乡的变化太大了。"

因种植的水稻绿色无公害,通过稻田综合种养宣传,这两年白金泉家种的水稻成了抢手货,生产出的大米每公斤售价达40元,价格翻了几番。

今年,白金泉又引进认领模式,开展"我在哈日道卜嘎查有一亩田"的私人订制销售活动。第一次开展私人定制活动时,就已经有60多位客户了。他的种稻之路越走越宽。

如今,农旅融合成为兴安盟的一大特色。企业将现代生态农业与旅游休闲产业深度融合,积极开发打造产业融合项目。

| 袁隆平与兴安大米 |

科右前旗首届稻田插秧节在察尔森镇举行。在活动现场，兴安家禾生态园的60亩有机稻田被认领一空。众多游客乘坐稻田观光小火车，不仅在稻田文化特色乡村感受旅游的乐趣，还在碧水青山中尽情拥抱美丽的田园风光。

兴安家禾米业借助锡佰图山、洮儿河湿地等察尔森景观资源，与园区内的树林、千亩稻田构成"山水林田"的生态格局，不仅美化乡村，也让农民找到了致富之路。

在义勒力特镇，用彩色水稻绘制的"兴安盟大米"和"红城1947"水稻景观吸引了众多游客拍照留念，也成为周边市民乡村游的"网红打卡点"。长势喜人的水稻铺就了16万亩绿色，阡陌纵横间形成一幅幅静谧的田园画卷。

三合村是少数民族特色村寨，是兴安盟"水稻高产村"，也是开展"认领一亩田"的稻田基地之一。

5月下旬，俯瞰乌兰浩特市乌兰哈达镇三合村，万亩水田在阳光的照射下反射出点点光斑，倒映着远处的山川、树木，与水田中劳作的身影和穿梭的机械一起，形成一幅美丽的水田画卷。

行走在寂静的村庄里，潺潺的流水，平整的稻田，田野中茂密的树林和花朵，花丛中的鸟鸣声和着潺潺流水声，让人们体会到一种由宏阔的自然之美所产生的愉悦。蓝天白云，碧波万顷。放眼望去，一望无际的稻田，还有白墙青瓦房，掩映在红花绿丛中。唯美的田园美景，让游客流连忘返。

我在三合村采访后，将"我在三合村有一亩田"的照片发在朋友圈，有不少人连连赞叹，还有很多人和我私聊想要订制兴安盟大米，期盼原生态稻米。这时，我才真真切切地感受到城市人对现代农村田园生活的向往。

经过一次次的探索，兴安盟的水稻产业逐渐形成新的发展格局，绿色高质量发展理念潜移默化地影响着每一个人。

水稻产业正在向生产绿色化、标准化、优质化方向转变。

第五章　走一条大农业发展的路子

从选种育苗到插秧施肥,兴安大地在不断的变革中探索新的生产方式,改良品种、提升技术,专注打造优质兴安盟大米,一条绿色种植、绿色管理的高质量发展之路逐渐形成。

| 袁隆平与兴安大米 |

五、他们，接过改革的接力棒

新一代小岗人接过老一辈的接力棒，传承父辈们"改革创新，敢为人先"的精神，乘着乡村振兴的东风，在这片热土上继续编织新的小岗梦。

"父亲给我取名'雨亭'，意为遮风避雨的亭子。这个名字似乎烙着他那个时代的印记。"韩玉亭出生在科右中旗杜尔基镇双金嘎查双金艾里，在他出生的3年前，这里还是个没有名字的荒草滩。玉亭，是他后改的名字。与我同年出生的韩玉亭，有一些和我相同的经历。

这片荒草滩就是他的父亲韩老帮带领牧民开发的。在他的记忆中，儿时这里还是茫茫的大草原，生态资源丰富，是牧民放牧之地。这里有成片成片的芦苇塘，还有柔软的乌拉草，小时候他就在上面尽情玩耍。

20世纪80年代中期，种地全都靠人力，父亲韩老帮带领牧民用铁镐刨地，一家四五亩地都是直播田。那时生产力落后，经济基础薄弱，在困难的年月，能填饱肚子就不错了。

"父亲带来了两个队，一共四五十户，建立了细粮生产基地，种植水田。原先在二龙屯只种植高粱、荞麦、小米、玉米，父亲带领牧民在这里开垦水田。"韩玉亭说，"我记得小时候父亲都是用铁耙子刨地。那时没有农机车啊，就用

第五章 走一条大农业发展的路子

一头老牛拽着一个木犁翻地。我们兄妹7个人,父母在稻田里干活时都是背上背着,手里领着,才将几个孩子带大,非常辛苦。父亲一大早到粮站排队交公粮,晚上空着车回家,每天都累得筋疲力尽。"

韩玉亭听父亲回忆说,在兴安盟复建初期,农村牧区生产力非常落后,农牧民生活很困难。当时,几乎所有乡镇都不通路、不通电、不通电话,有路也是坑坑洼洼的土路。在农村基本上看不到砖瓦房,农牧民都是住土房,因为买不起玻璃,只能在窗户上贴上塑料布遮风挡雨。农村基础设施不足,农业生产条件落后,生产效率低下,加上自然灾害较多,当时农民人均年收入只有80元。

"父亲很能干,作为队长以身作则,带领大家干活。包产到户后,他以自己的行动调动大家的生产积极性。刚开始是我们和朝鲜族农户学习种植水稻直播田技术,1985年以后,他们就和我们学习插秧技术了。科右中旗刚推广旱地稀植技术时是在双金嘎查。那时候,我父亲引进这个技术,开始育苗插秧,最早是人工插秧、小机械插秧,后来引进了日本插秧机,一直用到现在。稻田插秧技术推广后,产量好,保苗率高,村民慢慢都接受了。"

韩玉亭说:"前人栽树后人乘凉。现在我们是站在老一辈人奋斗的基础上,所以更应该珍惜成果啊!"

2015年,韩玉亭任双金嘎查达。现今,双金嘎查成为科右中旗最大的集中连片的水稻生产示范基地。与老一辈相比,双金嘎查的年轻人可以更加从容洒脱地面对人生抉择。

霍林河是科右中旗的"母亲河",10公里以上的支流达23条。霍林河河水滋润了两岸的沃土,也滋润了牧人的心田。

20世纪90年代,霍林河两岸生态资源好,稻田里有自然生长的芦苇塘,水源充足,泥土中有泥鳅、黄鳝、甲鱼、青蛙,随便拿叉子一叉,就能叉到几只。每年村里都有许多来牡丹江的朝鲜族人,一晚上能收上万斤的泥鳅。刚开始泥鳅干

袁隆平与兴安大米

是0.1元每公斤，后来是1元每公斤，现在已经涨到32元每公斤。活的泥鳅是20元左右每公斤。他们一个月就收了300多麻袋的泥鳅干。泥鳅干被收回去，卖给朝鲜族人制作成咸菜，再卖到韩国。

韩玉亭回忆说："起初我们也不知道泥鳅营养价值这么高，村民只知道自己土地上种出的大米好吃。由于生态资源丰富，水中营养元素丰沛，种出的水稻营养充足，专家鉴定后，得到绿色有机认证。很多来自吉林白城的老客户都买我们的米。"

二龙屯以盛产小米闻名，那里有条额木特河，两岸的山上盛产防风、黄芩、桔梗等30多种野生药材，以至于河水都受到了药材的影响，大人孩子都说这里的水"有股子中草药味"。

从种植小米到种植大米，随着土地和人口变迁以及产业调整，人们对生存的渴望，促进了村屯内部和外部的人口流动。牧民放下马鞭，学会了种地，从种植粗粮到种植细粮，实现了翻天覆地的转变。

韩玉亭的父亲经历过农村经济体制改革，深刻体会到包产到户给人们生活带来的变化。

韩玉亭也颇有体会，说："小时候能吃上一顿二米饭都了不得了！我六七岁时吃到二米饭，村里人都羡慕得不得了！"双金嘎查的大米金贵，2.5公斤或者3公斤小米才能换1公斤大米。因此，牧民常年吃不到细粮。现在是2公斤大米换1公斤小米，小米成了"细粮"，这是时代发展的真实记录。

日子越来越好了，过年时，韩玉亭带着自家种植的100公斤大米回二龙屯老家看望姑父。

"十多年前，这里沙化严重。一个村50多户，有上万只羊，由于过度放牧，牛羊早已把草根啃光了，生态环境严重恶化，一刮风这里就会形成沙尘暴，什么庄稼都长不了。国家进行生态治理后，这里的环境好多了，这几年沙尘暴的数量

第五章 走一条大农业发展的路子

也减少了。"从小生活在这里的韩玉亭对家乡的变化深有感触。

韩玉亭滔滔不绝地讲着,那时每家的田地旁都有成片的芦苇荡,里面有泥鳅、黄鳝、甲鱼、青蛙。但好景不长,随着生态环境的恶化,鱼塘里的鱼渐渐少了,水田也慢慢干涸了,山坡上被雨水冲刷出一道道沟壑,再也看不到以前的场景了。

降雨不均衡、超载放牧、人为干扰以及土地基础薄弱等原因,使巴彦茫哈苏木草原沙化、退化、盐碱化较为严重。科右中旗被定为国家级贫困县,纳入大兴安岭南麓集中连片特困地区,成为国家脱贫攻坚主战场之一。其中,双金嘎查就是重点扶贫对象。

"那几年,双金嘎查的黑土地差一点儿就被沙子埋没了。"超载放牧,导致沙化严重。夏季,额木庭高勒苏木附近的山经常暴发洪水。1998年,科右中旗暴发山洪,沙石流淹没农田,庄稼绝收,猪羊都被冲跑了。几代人都靠天吃饭的村民们感到生活没有希望了。

山洪冲毁了大片稻田,韩玉亭组织村民集资修筑防洪堤坝,但一连几场暴雨过后,防洪坝被冲毁,他又冒雨连夜组织村民修建"丁字坝"。他率先扛草袋堵决口,装砂土灌丝袋子,用树杈堆积,保护梯田。哪里被冲毁,他们就及时防堵哪里。由于防护及时,保护了稻田。

前些年,每逢下雨,韩玉亭就担惊受怕。这里的山洪特别厉害,沙子含量多,冲下来的沙子淤积达一米多深,能将黑土地、稻田整体埋没。后来开始禁牧,种植树木和草棘,生态环境变好了,韩玉亭的心也安稳了。

如今,稻田的草根都是草甸土,挖下去大概有一米多深,少的地方也得有七八十厘米厚,这都是1998年发洪水时覆盖的河淤土。农民根据经验,并没有清理,种上水田后,便自然找平了。自农业综合开发后,这些原始的草根和覆盖的淤泥竟然成了丰富的水田给养,地亩数也增加不少。2016年,双金嘎查实施国

| 袁隆平与兴安大米 |

家农业综合开发高标准农田水田建设项目,建设规模1.4万亩的项目区,总投资2100万元,水、井、电、路配套齐全。霍林河两岸是茂盛的柳树,郁郁葱葱。

科右中旗的万亩稻田集中在杜尔基镇,沿着霍林河两岸,这里的稻田种植条件非常优越。长期以来,农民一直保持着传统、分散的小农模式,"靠天吃饭""自种自收",虽然能解决温饱问题,但是可支配收入并不高。农民主要种植国储圆粒稻,但只能卖最初的稻谷,每亩收入600元左右,盈利相当微薄。

脱贫要走市场化、产业化的道路,韩玉亭想带领着村民尝试一下。

农业的可持续发展之路在何方?多年的水旱灾害让韩玉亭饱受折磨,他陷入深思。他认为,保护耕地就是保护农民的命根子,整治土地就是保护农民的粮袋子、钱袋子。

粮袋子,命根子,土地整治来助力。

任嘎查达的韩玉亭继续带领村民投入火热的建设之中,搭建井房、清理沟渠、建设育苗大棚……科右中旗杜尔基镇双金嘎查的农户们格外忙碌。

韩玉亭说:"2020年,受玉米价格的影响,村民们的收入普遍不高。2021年,大家对农业开发办实施的水田项目非常感兴趣,我们通过召开嘎查班子会议,又召开村民代表会议,决定将旱田改为水田,让村里的58户家庭积极加入这个项目。大家都想在国家政策的帮助下尝试不同的种植方式,从而获得更好的生活。"

在双金嘎查双金艾里的育苗基地,韩呼格吉乐图、宝智丽夫妻俩忙着搭建自家的育苗大棚。他们满怀信心地说:"这活儿我们都熟悉,自己动手干,能节省不少成本。"

双金艾里有多年种植水稻的传统,农户种植的水稻口感好,而且是现磨现卖,很受当地客户欢迎。2021年,实施高标准水田建设更是如虎添翼,通过项目的实施,井房、高低压线、田间路、水渠、排水沟等系列基础设施建设完成,加

第五章 走一条大农业发展的路子

上农民的勤奋劳动,秋季的丰收就在眼前。

韩玉亭种植的200亩有机水稻田破天荒地在双金嘎查落了户,当年水稻的亩产竟有五百多公斤,种植水稻的农牧民不仅吃上了香喷喷的大米饭,而且甩掉了贫困的帽子。他兴奋地给我讲述种植有机稻田的情景:"每当到了秋季,稻田里站满了人,有人割稻,有人递稻,有人打稻,有人挑稻,好不热闹。我最喜欢割稻,看着镰刀飞舞后那片留着稻桩的空地越来越大,我的成就感便越来越大。那些年暑假,我辗转到亲戚家割稻,虽然被晒得黝黑,胳膊上也全是被稻叶割伤的痕迹,但我一点儿也不觉得苦和累,一直沉醉于收获的快乐中。"

韩玉亭说:"双金嘎查有得天独厚的自然条件和地理位置,但我们的稻米在市场上却没有竞争力,所以我着手成立双鑫种养殖业专业合作社,想组织村民团结起来,抱团发展。"专业合作社在发展绿色、有机稻的同时,大力推广"稻—鱼""稻—鸭""稻—蟹"种养模式,不仅为自己的绿色、有机稻打品牌,而且实现了一田双收。同时,以水稻为依托,推进一、二、三产业融合发展,延伸水稻产业发展链条,走创新发展之路。

合作社成立后,全村有60多户农牧民入股合作社。双金嘎查开始种植精稻并统一品种,推进水稻产业规模化、集约化发展。从育秧、播种到收获,让种植户在统一的标准下生产作业,保证了大米的口感和品质。

走上规模化种植之路的韩玉亭信心十足,说:"之前我们是出售原稻子,现在是出售大米。经过深加工后,每公斤稻米能提高0.6元左右,每亩增收300元左右。"

合作社注册了"塔林阿沐"商标。"塔林阿沐",意为"草原上的米"。生活在贫困区的少数民族农牧民终于看到走向富裕生活的曙光,也永远记住了这个金灿灿的名字。

袁隆平水稻院士专家工作站入驻科右中旗,给农牧民增加了致富的信心和

| 袁隆平与兴安大米 |

希望。2018年9月,阿里巴巴电商平台与科右中旗政府及企业签订合作协议,共建"阿里巴巴淘乡甜数字农场·兴安盟大米标准示范基地"。投入资金400余万元,购置安装数字化设备,通过卫星遥感数据,实现耕地数字化建档,对作物长势、病虫害、收获、加工等环节全程监控,做到全程可追溯。数字农场的入驻,使水稻搭上互联网快车,通过线上、线下全渠道销售,加速当地农业现代化进程,提升了兴安盟大米的品牌影响力,也成就了万亩水稻田的盛景。

如今,双金嘎查村民说起有机稻米,脸上都洋溢着笑容,说:"我们这里80%的大米都能达到绿色标准,已经认证了8000亩绿色稻田。从白城地区来收水稻的司机也吃我们的大米,称赞这里的米口感好。"

杜尔基镇双金嘎查党支部为促进农牧民增产增收,及时调整种植结构,带动嘎查农牧民将7000余亩旱田改成水田,形成万亩水稻田,着力打造水稻观光农业,既要绿水青山也要金山银山。

韩玉亭说:"现在国家对农牧业实施新政策,以前是农民给国家交税,现在是国家给农民进行良种补贴,每亩稻田还补贴50多元。部分地区农民生产生活水平相对落后,国家还出台农机补贴政策,农民购买农用车可以享受35%的补贴。"

韩玉亭每年都带领村民去哈尔滨农博会考察,参选区域大米品种。他感慨地说:"原先我们的种植规模小,现在是万亩种植,还对产品进行深加工,厂房建起来了,机器引进来了。在打造万亩稻田时,建立主题公园,发展旅游产业。农文旅产业同步发展,形成了产业链。有的村民准备发展生态农业,到时候村民不仅可以从中分红,而且能在家门口打工。"

从依靠"黑土地"到嫁接"大数据",现代农业步伐加快推进,让远在偏僻小山村的农民感受到智慧农业带来的巨大改变。双金嘎查的村民说:"大米好卖了,价格也比以前高,每公斤比原来多卖0.4元。"

第五章 走一条大农业发展的路子

王梅花家自从加入数字农场，收入增加了好多倍。她说："以前自己家种植不成规模，种出的大米卖不出去。现在有保障了，我家今年承包了100亩土地种大米，预计收入能有3万多元。"

土地实现增收，农民从中受益，致富的梦想离他们更近了。

"旅游+农业+扶贫"的新模式使双金嘎查成为新农村、新牧区建设示范点，实现了从"种水稻"到"种风景"的转变。

这个深度贫困村渐渐苏醒。

双金嘎查推进水稻产业规模化、集约化发展，围绕旅游抓产业，以打造"水稻观光农业"为发展目标，围绕万亩水稻基地项目，建设总投资1400万元的集育苗种植、稻田养殖、加工销售、餐饮住宿、赏景摄影、休闲娱乐于一体的旅游观光综合基地。

从育秧、播种到收获，全程机械化作业，让种植户在统一的种植标准下生产作业，保证大米的口感和品质。"经过深加工后，每公斤稻米价格能提高0.6元左右，每亩增收300元左右。"合作社理事长韩玉亭说。目前，基地已种植水稻连片面积3万多亩，亩产量达600公斤。

数字农场为双金嘎查种下乡村振兴的种子。

阿里巴巴淘乡甜数字农场通过与国内外农业领域服务供应商合作，让双金嘎查搭上互联网快车，不仅加速当地农业现代化进程，还把农产品推广到全国。

在袁隆平科研基地驻地采访，我刚完成书稿的第一稿时，韩玉亭打来电话，邀请我去参加一年一度的盛大的稻田丰收节庆祝活动。稻田里的蟹苗、鱼苗也要上市了。我欣然前往，顺便欣赏一下双金嘎查盛夏的乡村风光。

霍林河水在宽阔平坦的草原上流淌着，来自蒙格罕山清澈而舒缓的河水，汇成湍急的大河，眼前还有连绵起伏的丘陵。山与水缠绵着，与蓝天白云相映。伴着清风流水和阵阵稻香，热情洋溢的安代舞拉开科右中旗庆祝首届中国农民丰收

袁隆平与兴安大米

节系列活动的序幕。

在科右中旗杜尔基镇双金嘎查的万亩稻田里,火红的安代、悠扬的马头琴声与金色的稻穗交相辉映,共同演绎丰收赞歌。农牧民在稻田里表演蒙古族安代舞和朝鲜族舞蹈,共庆丰收年。

韩玉亭带我来到万亩稻田,指着前方那片他种植的有机田,说:"前几年,我发现那块地的周边没有人种植,便对父亲说,我就在这块地里种绿色水稻。说干就干,我们开始在地里除草。有人提出打除草剂,我立即反对,对他们说,我们要人工除草、施农家肥。我硬是扭转了大家的观念。那可是老一辈的种地人呢!"

如今,韩玉亭的1000亩水田全部用于做订制稻田,其中400亩是有机水稻,600亩是绿色水稻,里面的鱼蟹个个肥壮,马上就要上市了。

"以前养蟹不成功,没等到收时,便都跑到山上了。上万只蟹苗最后只抓回来几只大螃蟹。其他都'跑路'了。"韩玉亭无奈地笑着说,"现在有了经验,我们已经做好了前期准备,也去其他地方取经了。今年一定会念好'蟹经'。"

这种不服输的劲,让人们看到他的父亲韩老帮的影子。

韩玉亭每日走入田中,呼吸着禾苗的清香,总能从土地中汲取一些奋斗的力量。

双金嘎查和父母给予他的,不仅仅是丰厚的物质基础,还有艰苦奋斗的精神。

韩玉亭正在积蓄力量,在更远更大的世界里追寻自己的梦想。

这是中国农村许许多多青年农民的缩影。

他们,已经接过改革的接力棒。

第六章

百年追梦　圆梦小康

> 发展杂交水稻，造福世界人民。
>
> ——袁隆平

第六章　百年追梦　圆梦小康

一、中国北方新粮仓

每年正月二十五，爷爷便会一大早起来，用筛过的炊灰在院子里划出一个个大小不等的粮囤，并在里面放上玉米、大豆、高粱、稻米等粮食。大人们说，打粮囤，也叫"填仓"，象征新的一年五谷丰登。这一天，家里要在粮仓填满粮食谷物，在水缸里填满水。

人们从困苦的日子中走出来，多么盼望能有个好年景，粮食大丰收，过上好日子啊！很多年了，家家户户都会隆重地"填仓"，这在我的脑海里留下很深很深的记忆。

爷爷过世后，家里就再没做过这些事了，也没有人提起，这个节日渐渐就被遗忘了。有一天早上起床后，我看到年迈的爹在院子里细心整理着一个个用草苫子围起的粮囤，那里盛着金灿灿的谷粒啊！晨曦照在爹佝偻的腰身，我一下子想起爷爷"填仓"时虔诚的身影。

粮仓，寄予一代代农民对幸福生活的无限向往。

仓廪实，这是千百年来，中国农民期待的丰收场面。

7月的山水间充满了欢笑，人们在稻田里捕鱼，抓蟹。禾苗肥硕的腰身，象征着一年的丰收，稻农们欢快地跳起"农耕舞"。

袁隆平与兴安大米

这该是怎样的乡村美景？山外是一望无际的稻田，红毛柳丝丝缕缕如絮如花，稻花香气甜得醉人，这景致让人如痴如醉。

行走在兴安大地上，我嗅到了大地的古朴气息，看到了一群执着向前的人，在日月中穿梭，为生活奔忙着。

还有一个默默躬身的背影，一个熟悉而又苍老的身影，匍匐田中，坚韧劳作，没有一丝倦意，多么像爷爷、父亲，像家乡的父老乡亲。他，是袁隆平院士！

中国有15亿亩盐碱地，它们的归宿难道只能是寸草不生、颗粒无收？袁隆平望向沿海碱滩，望向北方黑土地，荒芜的盐碱地在他的眼中却是天下粮仓。

他眷顾中国的每一寸土地，想利用有限的土地，打出一个个"粮囤"。他有一个梦，那就是将兴安盟建设成为"中国北方新粮仓"。

刚刚过完90岁生日的袁隆平在视频连线中为兴安盟送上祝福。

"我叫袁隆平，我们已经在兴安盟成立了水稻院士专家工作站，开展耐盐碱水稻和高产技术的研究与推广，希望兴安盟大米产量更高、品质更好、影响更大！"

他像无数个"填仓"的爷爷，有着自己的期待和愿望。

在我国东北部如吉林省西部、内蒙古兴安盟科右中旗等地，存在大量的苏打盐碱地，要充分利用这些盐碱地资源，通过开发与种植耐盐碱水稻品种，提高稻米产量，使东北地区再度成为中国人的"大粮仓"。

这是袁隆平的心愿。

2018年，袁隆平水稻院士专家工作站入驻兴安盟。带着这份心愿和嘱托，研究人员在盐碱地开发种植水稻，开发中国"未来的粮仓"。

伴随着农业生产的现代化，不少地区插秧甚至已经配备了无人机，现代科技已经广泛用于农业生产。眼下，兴安盟农牧科学研究所水稻科研基地迎来了如期

第六章 百年追梦 圆梦小康

而至的"插秧月"。

我看到80、90后的博士生、硕士生,还有兴安盟农牧科学研究所的青年农研人,他们低伏在田间,头顶烈日,撸起袖子,拉线、分苗、插秧……不一会儿,一排排青翠的秧苗铺满水田。

科研专家埋头劳作,小心翼翼地将一棵棵带着编号的水稻秧苗插入田中。在这里,上万份育种材料都采用传统单株插秧,实行分行、分区栽培管理。对于科研人员来说,这些秧苗就像他们的孩子一样宝贵。他们优中选优,精心试验,只为找到优质、高产、多抗的水稻新良种,实现袁隆平院士曾经为兴安盟定下的水稻亩产提高100公斤的目标。

粮食安全的出路不仅仅是保护耕地,更重要的是选育种技术攻关,不能让"造不如买,买不如套袋"这一幕重演。

怀揣坚定的信念,克服重重困难,他们在这里迈开科研的脚步。

白天,他们在田间踏勘;晚上,他们在灯光下细细研究方案:如何开展常规粳稻耐盐碱鉴定试验、品种资源鉴定、引种试验、耐盐碱品种展示、大面积示范。

"眼下正是水稻的抽穗期,扬花期很短,是杂交、孕育新品种的关键期,必须在几天之内,做好成千上万个杂交水稻配组。剪穗、去雄、选株、授粉、套袋……人工选育杂交水稻时就跟动手术一样。"水稻栽培专家张玉烛介绍说,"一个成熟的水稻品种从无到有,育种选种试验至少需8~9年的时间周期,10个世代繁殖过程后才能推广种植。"

每培育一个品种就像养育一个孩子。

张玉烛像动手术一样,挑选小品种材料的父本,剪穗、去雄后进行人工杂交授粉。

每一次试验都经过千万次甄选、鉴别,每一次报告都凝结着科研人无数的汗

| 袁隆平与兴安大米 |

水和泪水,饱含他们的心血和期盼!

治理耕地沙化、盐碱化,也让农民看到生态本身创造的价值,增强了生态保护意识。

科右中旗的盐碱地稻作改良基地,与周围极度退化的盐碱地相比,不但大大提高了植被覆盖率、有效增加了生物多样性、形成了良性循环的区域小生态,而且把生态环境保护、粮食安全和消费需求转型升级结合了起来。

兴安盟盐碱地高效利用基地在开发耐盐碱水稻种植及综合利用科研活动期间,为当地村民提供劳动岗位50多个,村民务工达2000多人次,带动扶贫村1个,辐射带动周边村4个,发挥了科技优势,为助力兴安盟实现脱贫摘帽起到了重要作用。

每年秋季的测产现场,就是他们经历的一场"大考"。

那一刻,他们像交上了一份答卷,心里充满期待!

"兴安盟耐盐碱水稻连续两年破千斤,这样的好成绩也是为国庆献礼啦!"视频连线的那端,袁隆平欣喜地说。

2019年兴安盟盟委领导在湖南长沙举办的兴安盟大米产业发展论坛上说,自兴安盟袁隆平水稻院士专家工作站建站以来,先后建立了种子繁育、耐盐碱水稻科研等基地,取得了重大技术突破,耐盐碱水稻第一年亩产达508.8公斤。此次试验的成功,对于我国北方,甚至对同一纬度、同一气候带上的国家都具有广泛而深远的示范意义。

同时,该论坛还举行了兴安盟招商引资项目战略合作签约仪式,签约了涉及大米销售、大米采购、玉米采购、红薯基地建设、蔬菜种植及加工基地建设、艺术村落建设、铁路建设以及高端装备制造产业园等11个项目。

袁隆平的殷殷嘱托犹在耳畔,兴安人民的热切期盼犹在眼前。如今,这一切都变成现实。

专家对盐碱地种出的水稻进行测产

袁隆平与兴安大米

曾经的盐碱地,如今的米粮川。

当我再次站在这片被袁隆平命名为"袁蒙稻"的稻田时,恍如隔世。仅仅几年时间,寸草不生的盐碱滩变成绿油油的稻田。

粮食,土地,是农民的命脉啊。

这里是他们躬耕一生的土地,农牧民双手捧着沉甸甸的稻穗,喜极而泣。

兴安盟是世界三大苏打盐碱地分布区之一,pH酸碱度接近9,盐度高于6‰,属于寸草难生之地。

历经重重磨难和无数次生死考验,海水稻才得以在这片贫瘠的盐碱地上长出生命的绿色,把一片片荒野化为希望的田野。

从试验田走向餐桌,从发现一个优良品种到让它稳产高产,这个过程漫长而曲折。这些海水稻,对于袁隆平团队来说,无疑是自己的孩子。

他们精心照顾、小心看护,从育种、出苗、移植、插秧、灌浆、防虫到收割,每一个程序都亲力亲为,每向成熟迈进一步,他们只能稍稍松一口气,直到袁老品尝第一口米后给出"不错,不错"的高度评价,他们才像如今丰腴的兴安盟一样重生了!

在我的老家,现在还保留着一些旧习惯。秋季收割庄稼时,会留一些麦子、玉米、稻穗在埂边,给过往的鸟雀吃,让它们得以生存。

在收获的季节,别忘了留一些果子在树上。这是老一辈传下来的话。

娘还有个习惯,60多年来从未改变。每年上秋,都会储存种子,高粱、水稻、玉米、谷子、大豆等各种各样的种子,装在一个个缝制好的布口袋里,再细心地把口扎起来。她颤巍巍地踩着木凳,把布口袋一个个吊挂在房梁上。每挂完一袋,母亲都会站在房梁下,细细地打量半天,笑容浮现在她的脸上,她的眼睛里映着光,仿佛看到来年地里丰硕的收成。

爹和娘俯身稻田的身影,很低,很低,渐渐隐没在禾苗的绿色中。

我仿佛看到袁隆平俯身稻田的身影。

为了装满农民的"粮仓",袁隆平和科研人在稻田里,一站就是一天、一年、一生。

| 袁隆平与兴安大米 |

二、藏粮于地，藏粮于技

"十三五"规划建议提出：坚持最严格的耕地保护制度，坚守耕地红线，实施藏粮于地、藏粮于技战略，提高粮食产能，确保谷物基本自给、口粮绝对安全。

绿水青山就是金山银山，万顷良田就是万代粮仓。要端稳手中的饭碗，就要大力发展现代农业科技，转变农业发展方式，努力打造保障丰收的"未来粮仓"。

"袁梦计划"落户内蒙古自治区兴安盟，这里位于北纬46°世界黄金水稻种植带，堪称中国的"北方新粮仓"。如何破解在盐碱地种稻的世界难题，探索实施"藏粮于地，藏粮于技"战略，迫在眉睫！

2020年，袁隆平水稻院士专家工作站扎赉特旗水稻试验基地建在好力保镇五家子村，面积达200亩。通过前期选地，设计方案，对接研讨，基地建设初具雏形。水稻旱种试验田中品种试验、肥料试验、覆膜旱种、无膜旱种、条播、穴播等不同试验处理全部播种完毕；插秧栽培试验田中所育各品种秧苗，紫稻、优质稻、常规稻育苗成功；自然供水两渠系全部修建完成。

当年，扎赉特旗水稻节水栽培科研基地经专家组现场实测，测产结果为：膜

第六章 百年追梦 圆梦小康

下滴灌种植模式的亩产为538.48公斤，浅埋滴灌种植模式的亩产为478.62公斤，旱直播种植模式的亩产为447.02公斤。这一结果展示了旱稻选育和水稻旱作技术研发推广的新途径、新动能和新优势。

从科技水稻到世界大米，"北方粮仓"发生了重大变革，被世人重新认知。

扎赉特旗地处高原，缺水成为影响农业生产发展的"桎梏"。

水稻旱作是扎赉特旗水稻种植史上的一次创新，成功突破"水稻离不开水"这一规律，可以说是兴安盟水稻种植史上的一次革命。兴安盟首次大规模水稻旱作展现出中国北疆智慧农业的"科技范儿"。

扎赉特旗国家现代农业产业园是全国首批批准创建的国家现代农业产业园。

在扎赉特旗好力保镇五道河子村的田地里，随处可见农民忙碌的身影和穿梭的一体化播种覆膜机。随着播种机缓缓驶过平整的地垄，铺设滴管、播撒种子、覆土覆膜便一次性完成。看着这样的播种程序，让人很难想象，这里种植的竟是水稻。

扎赉特旗打造百万亩绿色水稻产业基地，其中发展旱作水稻30万亩。水稻产业将成为扎赉特旗农民增收致富的支柱产业。

自创建国家现代农业产业园以来，扎赉特旗以此为契机，大力发展水稻、旱作水稻、甜叶菊等优势特色产业，全力打造智慧农业、科普教育、社会化服务和产权交易"四大平台"，实施科技创新引领、绿色提质增效、数字化生产示范、新型经营主体培育和品牌建设"五大工程"，把60万亩产业园打造成一、二、三产融合发展，产加销无缝对接的现代农业产业园，为实施乡村振兴注入新动力。

扎赉特旗走上一条新型节水增粮增收的发展之路。

2020年，兴安盟水稻种植面积达140万亩，扎赉特旗种植水稻90万亩，其中旱作水稻12万亩，已成为全国最大的旱作水稻种植基地。

藏粮于地，藏粮于技，这是科技兴农强农的战略选择，是传统农业向智慧农

袁隆平与兴安大米

业、精准农业的华丽转身。

扎赉特旗农业技术员刘复伟说:"旱稻种植是指种子在旱地条件下直接播种,不需要育苗和移栽,节水节肥。旱稻具有较强的抗病性和抗倒伏性,稻草没有腥味,可以为养殖业提供优质饲料。"

从2016年开始,扎赉特旗积极探索创新,引进膜下滴灌水肥一体化节水高产高效栽培旱作水稻种植技术,当年试种的200亩水稻每亩获得500公斤的产量。

水稻旱作使水稻种植更加简单化。从经济效益来看,平均每亩旱稻收入比大田玉米多280元,比传统水稻多80元。水稻旱作技术的推广,使内蒙古水稻种植走上节水、增粮、增收的新发展道路。

水稻旱作在缺乏水资源的内蒙古具有极大的发展潜力。

扎赉特旗旱作水稻经历了从"旱改水"再到"水改旱"的两次转变。

杜文义,在村民眼里是个"不安分"的书记。2012年,他牵头创办了五道河子农牧专业合作社;2014年,进行"旱改水"种植水稻;到2016年,又"水改旱",种起了旱地水稻。一路走来,在改来改去中,五道河子村老百姓的生活像芝麻开花一样节节高,全村人均收入由3000元提高到3.5万元,成为远近闻名的富裕村,甚至连毗邻的黑龙江省也专门派工作人员前来找杜文义,请他传授"致富经"。

在短短几年内,为什么会做出这样截然不同的两次调整呢?

杜文义看出我的疑惑,说:"我们村原先家家户户只种玉米和一些杂粮,仅仅能够解决温饱。成立合作社后,由于种植结构单一,连续两年都赔钱了。这对我们的打击很大,大伙儿开始反思,之后达成共识,必须走调整种植结构的路子。"

他决定把思路付诸行动。可有了思路,仍需要摸索具体怎么调整。好力保镇的旱地多为坡耕地,土地贫瘠,有农户种植玉米、大豆,但遇到干旱,当年就会

颗粒无收。

就在杜文义一筹莫展之际,有位旗领导来找他,问:"老杜,你敢不敢进行'旱改水',把种玉米改成种水稻?"

好像找到了一线天机,杜文义拍着胸脯说:"行!"

当年,借助自治区自然资源厅土地整治项目支持,五道河子村利用水资源丰富、土地集中连片等优势,实施"旱改水"项目。合作社将整治后的土地流转出来,从调整产业结构入手,发展绿色水稻、特色甜叶菊种植产业,种植面积达1.2万亩,每亩纯收益达1350元。

"2014年,我们村一棵玉米都没种,从种植800亩传统水稻田起步,第二年增加到5000亩,每亩收益约1000元。2017年,种植面积就增加到7000亩。"

自此,五道河子村形成以甜叶菊、绿色水稻两大优势产业为主体的产业发展格局,跳出了传统的单一种植结构,也破解了村民增产不增收的困境。

有人形容,五道河子村在产业发展的道路上开始了"三级跳"。

五道河子村从2014年开始种植水稻,效益确实不错,但传统水稻用水量很大,导致地下水位明显下降。

国家大力倡导节水型生态农业,而旱作水稻种子成本比玉米低,化肥使用量也低,对土地平整要求不高,有一些坑洼都不需要处理,既节水又环保。因此,发展旱作水稻前景广阔。

杜文义的心思又活了。

旱作水稻的最大优势就是节水,比常规水稻每亩节水700立方米左右,种植水稻从育秧、插秧到施肥全程机械化,既降低劳力投入,又促进农民增收。传统水稻种植环节较多,旱稻则省去扣棚、催芽、育秧、泡田、耙地、插秧等环节,每亩至少能省200元。一次性投入后,像玉米一样直接播种,500亩地一个人就可以管理。

袁隆平与兴安大米

旱作水稻和普通水稻相比,因为覆膜种植,不用打除草剂,所以绿色安全,其品质比起水田水稻来也毫不逊色。

杜文义带头试种了200亩旱作水稻,村民们看到了收益,也增强了信心。2017年,五道河子村开始大范围种植旱作水稻。2020年,3000亩旱作水稻种植规模已基本成型。

"玉米的投入,水稻的收入。"这是杜文义对旱作水稻的精辟总结,"传统水稻每亩用水量约千吨,而旱作水稻为200~300吨,一亩地节水2/3以上。"

回顾这几年走过的调整种植结构之路,杜文义深有感触地说:"要想有说服力,就要让村民看到收益,大家才能信任你。"

王刚是第一批跟着杜文义种水稻的农户,自家有水田30多亩,2020年又承包了50亩地,全部种植旱作水稻。这几年收入可观,王刚也越来越有信心了,等着卖完稻子,明年再扩大种植规模。

王刚满怀信心地说:"今后,我就打算跟着杜书记干了,多种些旱作水稻,还要提高水田稻米品质。"

金秋十月,稻谷飘香。好力保镇五道河子村3000亩旱作水稻田里,水稻联合收割机在金黄色的田野里穿梭,一派繁忙景象。

村民刘保玉说:"今年的旱作水稻亩产达600公斤,比种植玉米每亩收入多600元左右,明年肯定会有更多人种植旱作水稻。"

旱作水稻技术的推广,不仅让扎赉特旗走上一条新型节水增粮增收的发展之路,更为大面积发展水稻种植业开辟了全新的种植道路,加快了种植业结构调整步伐。

但是,发展中的五道河子村也遇到了"瓶颈",在水稻的病虫害防治、品种选育,以及米质、市场销售等方面,遇到一系列难题。如何提高水稻品质,加强品种选育及提高北方寒地水稻栽培技术,成为急需解决的问题。

第六章 百年追梦 圆梦小康

袁隆平水稻院士专家工作站的专家们对土质、积温、水质进行检测分析，结合村民种植旱作水稻的实际情况，进行科学分析，形成可行性分析报告，并明确科研方向。2020年，袁隆平水稻院士专家工作站、内蒙古自治区水科院、兴安盟农牧业科学研究所三家单位，与扎赉特旗农牧科技局联合进行了水稻作物节水旱种与插秧栽培水资源利用技术科技攻关。

金泽浩是扎赉特旗音德尔镇鲜光嘎查的农民，2019年他种植了80多亩水稻，纯收入有6万余元，利润并不高。2020年他购进了新品种，把种植面积扩大到126亩。本打算大干一场，可是在育秧时遇到了覆土、压种等技术上的难题，让他焦急万分。此时，袁隆平水稻院士专家工作站专家和旗农业技术推广中心的技术人员来到他家，对他提出的技术问题"对症开方"。

专家还向他介绍水稻直播、抛秧、机插等省工、省钱的新技术，并且建议他在水稻直播、出苗时，要适时通风炼苗，保证水稻生长。有了技术人员的指导，金泽浩对种植水稻更有信心了。金泽浩说："这段时间，技术人员现场指导，我学到不少知识，非常感谢他们。"

在音德尔镇鲜光嘎查水稻科技示范园区，有可满足15万亩稻田芽种需求的智能化催芽育秧基地。工作人员只需要将农户的水稻种子放入浸种箱，智能化系统就可以控制浸种箱内的注水、恒温消毒等催芽工作，保证水稻等农作物种子分阶段正常发芽。水稻标准化生产线的4处水稻智能催芽温室，从催芽到育秧全部流水线作业，既保障了种植户的品种统一，也做到了全程机械化作业。

百余名农技人员以粮食主产区、种植大户、专业合作社为重点，深入田间地头，围绕测土配方施肥、良种选购、病虫害综合防治、春季田间管理、标准化栽培等重点工作，为农民现场把脉、问诊，有针对性地进行技术指导，解决了农民种植水稻过程中遇到的一系列问题。

扎赉特旗整合高标准农田、农业开发、粮食增产等农田建设项目，在全旗打

| 袁隆平与兴安大米 |

造百万亩绿色水稻产业基地,其中发展传统水稻70万亩,旱作水稻30万亩,使水稻产业成为全旗农民增收致富的重要支柱产业。

扎赉特旗国家现代农业产业园通过一、二、三产业深度融合和产加销无缝对接,实现了传统农业向智慧农业、绿色农业、精准农业的华丽转身。田间的摄像头、温度湿度控制、土壤监控、无人机航拍等先进设备,以实时数据为核心帮助农民精准施策。

扎赉特旗蒙源粮食贸易有限责任公司总经理王佰刚说:"政府免费为我们提供了30个多功能杀虫灯。这套设备不仅可以进行紫外线杀虫,还可以作为照明和溯源体系的监控摄像头。基地里还配有6台无人机,建设了两个气象观测站。"

穿梭在星罗棋布的稻田水塘中,仿佛置身于秀美的江南水乡。

来到产业园区参观,会看到被"全副武装"的稻田:田间地头装有摄像头,全天24小时监控水稻生长情况。客户利用手机通过高清视频连线,可以随时查看水稻的长势,实时互动参与田间管理。

科学技术助力水稻产业发展,使水稻质量更好、效益更高。

秋天,扎赉特旗好力保镇的稻子到了收割的季节,这是村民期盼一年的收获的季节。种植旱作水稻的稻田引来村民的围观。村民王美娜种植水稻6年了。看着丰收的稻田,她难掩心中的喜悦,开心地说:"今年比往年要好一些,我家种的30亩地,估算最少有10万元收入。"

稻在水中长,鸭在水上戏,鱼、虾、蟹在水里游。这动静结合的画面,正是扎赉特旗水稻立体生态循环种养模式的生动写照。

这也是一年当中的旅游旺季,络绎不绝的游客到这里,就是想看一下这成片的金色稻田。为了让游客欣赏到最美的景观,稻子的收割往往要等游客潮散去后才统一进行。

扎赉特旗开启了乡村振兴模式。

第六章 百年追梦 圆梦小康

扎赉特旗依托当地农业资源和生态优势，着力推动农旅休闲农业、智慧农业、订制认领农业等建设，先后兴建了农耕文化博物馆、文创园、乡村六坊、稻花源生态体验区、稻田观景台、特色休闲驿站，通过打造集稻作文化、水稻种植、稻米加工、稻田观光于一体的"稻田+"生态立体农业经济，促进产业振兴。

扎赉特旗"味稻"也随之名声大振、香飘四方，"兴安岭""魏佳""绰勒银珠""绰尔蒙珠""极北香稻"等大米品牌享誉全国。从事水稻种植的农户达1.6万户，合作社有20家，年加工能力达到1万吨以上的企业有15家。目前，扎赉特旗已形成由绰勒银珠米业、魏佳米业、龙鼎农业、谷语现代农业、雨森农牧业、蒙源公司等15家水稻加工企业组成的产业集群。扎赉特大米已成为兴安盟大米中优质米、高端米的代表，成为示范带动扎赉特旗农牧业高质量发展的强劲引擎。

我国的农业发展，已经到了需要更多依靠科技突破资源和环境约束、实现持续稳定发展的新阶段。袁隆平与阿里巴巴集团的强强合作，为"未来粮仓"插上了科技与"互联网+"的翅膀。

数字科技的注入，是在传统和现代的碰撞中，带来的一种改变。

当袁隆平梦想成真的时候，中国的粮食产业强国之梦也将实现。

我的扎赉特旗之旅，看到的不只是草原上的水稻，更是一种农民生存状态的转变。

| 袁隆平与兴安大米 |

三、袁隆平的全球视野

袁隆平不仅要让人们吃得饱,还要吃得好。

在袁隆平简朴的家中,悬挂着一张特殊的中国地图。这是一张中国盐碱地分布图,地图显示中国内陆有近15亿亩盐碱地。如何将盐碱地改造成良田,是袁隆平内心的牵挂,也是他的又一个梦想。

他在向这个梦想逐步靠近!

"90后"老人袁隆平院士,亲率团队在兴安盟历经4年时间,在内蒙古的盐碱地上种出了海水稻。最终,以盐碱地亩产水稻508.8公斤、533.95公斤顺利通过"考试",创造了奇迹。

"让寸草不生的盐碱地稻花飘香。"袁隆平团队的海水稻种植创造了"农业奇迹"。2019年12月18日,在第四届国际海水稻论坛上,袁隆平团队传来好消息。

袁老在接受采访时连说几个"奇迹"。"盐碱地最高亩产800公斤,这是奇迹啊!"

"山东东营平均产量过了600公斤,这是奇迹啊!"

"台州遇到台风,产量还有670公斤,这是奇迹啊!"

第六章 百年追梦 圆梦小康

"海水稻研究,很多国家都在进行,美国、印度、日本……但是产量都不高,我们国家一上来,三年之内遥遥领先于全世界,杂交稻8年之内全国推广1亿亩,可以养活1亿人!这是奇迹啊!亩产500公斤,可以养活一亿六千万人,我们创造了奇迹啊!"

袁老一边列举着数字,一边不断重复着"这是奇迹!奇迹啊!"

据介绍,2019年山东、浙江等多省已建立9个区域试验种植基地,覆盖示范种植面积近2万亩,全国各基地平均亩产达400多公斤。

我国盐碱地分布极为广泛,类型也是多种多样,主要包括东部滨海盐碱地、黄淮海平原的盐渍土、东北松嫩平原盐碱地、半荒漠内陆盐土、青海新疆极端干旱的漠境盐土等。

松嫩平原盐碱地是世界三大片苏打盐碱地集中分布区之一,其中吉林西部是苏打盐碱荒漠化的重灾区。大面积土地盐碱化,严重制约着区域农业生产的可持续发展。为此,在我国宝贵的耕地资源日趋减少的大背景下,如何将盐碱地改造成高产粮田,一直以来是科学家们孜孜以求的奋斗目标。

袁隆平带领研发团队在位于新疆、黑龙江、山东、浙江和陕西的6个试验基地种植耐盐碱水稻,为我国大面积盐碱地筛选优势耐盐碱水稻品种。

人口多,耕地有限。现在,有一条新的路径,即把盐碱地利用起来,就可以提高单位耕地面积。

2012年,袁隆平带领团队在青岛开始进行耐盐碱水稻品种的研发选育,想再走出一条新路来。

湖南杂交水稻研究中心已在内蒙古兴安盟、海南文昌、吉林大安、广西北海等地建立耐盐碱水稻研究基地。

海水稻研究,也属于水稻杂交的一种。

袁隆平说,要么就是提高已开发耕地的亩产量,要么就是把那些没有被开发

袁隆平与兴安大米

的"差土地"给利用起来。海水稻不仅可以种植在海边滩涂，盐碱地中也可以种植。

盐碱地是盐类集积的一个种类，是指土壤里面所含的盐分影响到作物正常生长的土地。为了让水稻和土壤"活"起来，袁隆平团队通过"四维改良法"对种植环境进行改造，这也正是海水稻能够对盐碱地进行改良的核心技术。

根据联合国教科文组织和粮农组织不完全统计，全世界盐碱地的面积为9.5438亿公顷，我国约有14.8亿亩盐碱地，其中约2亿亩具备种植海水稻的条件。这些数据是袁隆平时刻关注的，他更担心的是盐碱地荒芜带来的危害。

据报道，全球现有6%以上陆地面积受到盐碱危害。耕地中，已有19.5%的水田和2.1%的旱地受到盐碱危害。在东南亚国家，每年有上百万公顷的适宜水稻种植土地，因盐碱化而被弃种。我国有15%的水田受到不同程度的盐害影响。气候变化、海平面升高、排灌系统不合理，以及富含有害盐分的底层岩石等因素，全球盐渍化土地面积将不断扩大。

"粮食始终是国计民生最重要的战略物资。"袁隆平说。2016年，86岁的袁隆平带领团队向海水稻发起挑战，并在新疆、山东、浙江、黑龙江、陕西等全国五大类型盐碱地区域开展测试。

2018年，袁隆平水稻院士专家工作站通过引进世界领先的水稻种植技术，在兴安盟发展耐盐碱水稻和高产杂交稻，打造中国第一个耐盐碱产业先行试验示范区。

项目成果还有一个亮点就是"以稻治碱"。总体思路是通过选育水稻抗逆品种来治理苏打盐碱地，通过不断集成和创新良田、良种、良法，构建以目标产量为核心的苏打盐碱地"以稻治碱"高效栽培新模式及技术体系，解决重度苏打盐碱地种稻难、见效慢及产量低等难题，为盐碱地高效可持续利用提供技术保障。

袁隆平希望通过耐盐碱杂交水稻的研发和推广，让盐碱地像普通耕地那样造

福人类。

在"杂交水稻之父"袁隆平的眼中,兴安盟大米的发展就是中国稻米走向国际的过程。他说:"这项种植技术一旦研究成功,处于同纬度的东北三省、新疆也可普及,甚至'一带一路'沿线国家都可对抗盐碱种植技术进行复制运用。"

2020年,袁隆平团队在十地启动海水稻万亩片种植示范,10万亩海水稻平均亩产稳定超过400公斤。袁隆平团队已在全国签约600万亩盐碱地改造项目,2021年正式启动海水稻的产业化推广和商业化运营,拟用8～10年实现1亿亩盐碱地改造整治目标,实现"亿亩荒滩变良田"。

金秋十月,全国海水稻种植示范基地传来捷报,一批批海水稻喜迎丰收,遍地开花!

山东省青岛市城阳区耐盐碱水稻测产结果,亩产为542.5公斤;

黑龙江大庆耐盐碱水稻测产结果,亩产达460公斤;

山东省潍坊海水稻种植基地平均亩产超千斤,达625.3公斤。

新疆喀什地区岳普湖县巴依阿瓦提乡的300亩海水稻试验基地,田间测产量达每亩548.53公斤。这里紧邻塔克拉玛干沙漠,被视为"农业的荒漠"。

江苏如东栟茶方凌垦区袁隆平"超优千号"耐盐碱水稻平均亩产802.9公斤,创下耐盐碱水稻高产新纪录。

突破性进展,是中国智慧的又一伟大创举。

海水稻研制成功,解决了众多人口的温饱问题。

在山东省潍坊海水稻种植示范基地测产时,袁隆平以视频连线方式,全程在线观看指导现场测产。袁隆平在致辞中,号召海水稻产业生态战略合作方为实现亿亩盐碱地荒滩变福田的目标努力。

在我国,人均耕地面积只有1.38亩。我们要用占世界7%的耕地养活占世界22%的人口,而全国盐碱化土地面积约为15亿亩。

| 袁隆平与兴安大米 |

袁隆平说:"如果所有的盐碱地能全部变成良田,我的梦,也算实现了。"

2021年,国家耐盐碱水稻技术创新中心获批,计划到2030年,培育出适合不同盐碱地生态区种植、有重大应用价值的水稻新品种10~15个,具有在全国推广面积达1亿亩产能,亩产在300公斤以上,并辐射东南亚和非洲的"一带一路"沿线国家,为落实"藏粮于地、藏粮于技"战略,保障国家粮食安全、生态安全提供技术储备。

从吃饱到吃好,袁隆平已经把吃饱的问题解决了,但他还担心着吃好的问题。

2021年,袁隆平团队正式启动海水稻的产业化推广和商业化运营。消息一出,网友纷纷向袁隆平致敬,称他为"当代食神",还说"您才是真正的偶像"。

全国共有15亿亩盐碱地,其中能种水稻的只有2亿亩,如果杂交海水稻种植推广到1亿亩,每亩增产粮食300公斤,1亿亩就是300亿公斤,将养活8000万人口。这个数字,就是袁隆平设定的目标。

当脚下的土地不断释放生产潜力,当中国人的饭碗里装满中国粮,谁来养活中国人的世界之问有了明确答案。

袁隆平说:"将荒芜、废弃的盐碱地变为良田,成为有高效利用价值的土地资源,让中国人的饭碗牢牢地端在自己手中,是我们的梦想,也是我们最终想达到的目标。"

据农业农村部公布的数据显示,稻谷是世界三大谷物之一,大米是全球食用人口最多的农产品,也是中国第一大口粮。中国水稻种植面积为3000万公顷,占全世界水稻种植面积的20%,产量多年保持在2亿吨以上,居世界首位,占全世界大米总产量的近40%。中国水稻种植地域广阔,从海南岛到黑龙江,跨越数千公里,形成了东北、长江中下游、东南沿海三大优势产区。

第六章 百年追梦 圆梦小康

我国的盐碱地面积很大，光山东就有2000万亩。因此，袁隆平在青岛成立了一个海水稻研发中心，选育耐盐碱水稻。

袁隆平说："山东这个纬度，有那么多荒地、盐碱地，却没有适宜的作物种植，可以尝试着种上杂交稻。山东其他的水稻种植区如果也种上杂交稻，亩产就可能由现在的1000斤变成1000公斤。世界上还有很多人没有饭吃，大片盐碱地滩涂被搁置荒废，那是资源的枯竭与浪费。"

袁隆平说："让盐碱地长出千斤稻，是我们下一步的目标。"

"现在是第三代杂交稻，一个一个台阶，一个一个突破，我非常有自信把我们国家的粮食安全发展起来。"

"超级稻，第三代杂交稻，还有耐盐碱的海水稻，这三个举措能够为我们国家的粮食安全做出重要的贡献。"

"粮食一个要增产，一个要节约，增产不节约也是空的。既要节约，又要增产，双管齐下，我们国家的粮食安全就有保证了。"

青岛海水稻研究发展中心常务副主任张国栋表示，在越南、印度、斯里兰卡等国家，海水倒灌造成土地盐碱化的情况都比较严重，他们对于海水稻有很大需求，中国海水稻正在走向世界。

当看到兴安盟大米成为2020年全国第十四届冬运会指定用米时，袁隆平院士欣然为兴安盟大米题词"东北上游 净产好米""红城粮安 草原香稻"。

2021年春季，兴安盟袁隆平水稻院士专家工作站开始春耕播种，正式启动2021年度内蒙古自治区农业重大协调推广项目和北方寒地水稻及区域耐盐碱水稻提质增效关键技术研究与集成示范项目，通过提升种业自主创新能力，为中国饭碗提供坚实保障！

袁隆平说，美国将近70%的稻田，种的是中国的杂交稻，品质可以媲美日本的"越光"。"越光"米亩产量只有800斤左右，而我们的亩产达800公斤。我们

袁隆平与兴安大米

要向亩产1200公斤攻关!

在祖国的大地上,有一种更厚重的东西,一种更高贵的东西,时时处处存在,到处弥漫……

从河畔、碱地飘来稻花香,河土依旧肥沃,那是怎样的世外桃源,那是多少人梦想中的家园。

如今,这些都实现了。

一位老人为了人们的粮食安全努力了一辈子,奋斗了一辈子。这是一位熔铸人类情感、血泪与生命的土地神话的缔造者。

第六章 百年追梦 圆梦小康

四、一粒种子，拯救世界

对这片土地，我从不陌生。深褐色的土地，摇曳的古榆，湛蓝的天空，青涩的草香，与我的血脉相融。

我是农民的女儿，我是兴安大地的女儿。

行走在兴安大地上，我们感受到古老大地的古朴气息。看到一群执着向前的农牧民为生活奔忙，在日月中穿梭。

那粒种子始终攥在农民的手里，无论风剥雨蚀，依然发着光，那是生命的微光。靠着它，人们在困境中坚挺，在挫折中奋进。

自从那粒种子开始萌芽，袁隆平这个响亮的名字，便走入人们的视野。他和所有的农民，一起见证国家的发展。是他，成为用种子拯救世界的人。

袁隆平有个解不开的心结。他目睹了饥荒年代给人们带来的痛苦，他要尽毕生努力，让所有人不再忍受饥饿。

他的一粒种子，给全人类带来了福音。

袁隆平说，杂交水稻虽然诞生在中国，但它属于全人类。把杂交水稻推广到全世界，造福全世界是他最大的愿望之一。

2004年，CCTV"感动中国"给袁隆平的颁奖辞：

袁隆平与兴安大米

他是一位真正的耕耘者。当他还是一个乡村教师的时候,已经具有颠覆世界权威的胆识;当他名满天下的时候,却仍然只是专注于田畴。淡泊名利,一介农夫,播撒智慧,收获富足。他毕生的梦想,就是让所有人远离饥饿。喜看稻菽千重浪,最是风流袁隆平!

我国推广杂交水稻种植,有效地促进我国粮食增产,也为世界粮食安全做出贡献。截至2019年,已有40多个国家和地区实现杂交水稻的大面积种植,种植面积达到700万公顷。

水稻是高产型农作物,要想完成联合国《2030年可持续发展议程》中提出的"在2030年前实现全球零饥饿"的宏伟目标,就必须加快推进水稻产业的高质量发展。通过永无止境的科技进步,实现水稻高产、高产、更高产,让中国杂交水稻技术为保障世界粮食安全和促进世界和平发展做出突出贡献!

袁隆平等一大批农业科学家不断突破,创造一个个水稻高产的奇迹,也为世界粮食安全做出"中国贡献"。

从20世纪80年代至今,袁隆平和他的研究人员先后赴印度、巴基斯坦、越南、缅甸、孟加拉国、斯里兰卡、马达加斯加、美国等国家为水稻研究人员提供建议和咨询,并通过开办国际培训班50多期,为80多个发展中国家培训超过1.4万名杂交水稻专业技术人才,毫无保留地向世界传授杂交水稻技术,以帮助克服粮食短缺和饥饿问题。

五大洲的学员围绕着一位中国老人,围绕着一粒神奇的"中国种子"。

袁隆平与他的杂交水稻正健步走向世界。

袁隆平的"天下无饥"梦,不仅要"把中国人的饭碗牢牢端在自己手中",还要促进杂交水稻走向世界,促进全球粮食增产增收。

21世纪,谁将养活中国?

这是20世纪90年代美国经济学家莱斯特·布朗提出的疑问。他在1996年出版

第六章 百年追梦 圆梦小康

一本书——《谁来养活中国人》。直到目前为止，他还认为，中国自己解决了粮食问题是一个奇迹。

袁隆平在人民大会堂进行演讲，针对布朗博士的尖锐问题，说："中国完全有能力解决自己的吃饭问题。"

袁隆平成功研制杂交水稻，在国际引起广泛关注。

全世界有122个国家种植水稻，面积超过1.5亿公顷，其中90%集中在世界人口分布最稠密的亚洲地区。世界稻谷年平均产量突破6亿吨。中国稻谷总产量在2亿吨左右，是世界稻米产量最高的国家。我国是世界上第一个成功培育杂交水稻并大面积应用于生产的国家。

在国外，人们称袁隆平研制的杂交水稻为"东方魔稻"。

杂交水稻的出现，在世界上引起的震动是巨大的。甚至有些人把杂交水稻誉为中国继指南针、火药、造纸术、印刷术四大发明后的第五大发明。

袁隆平向更高的目标发起冲击——选育超级稻。他选择的又是一个国际性科研难题。

20世纪80年代初，印度农业部前部长斯瓦米纳森博士庄重地将袁隆平请到国际学术会议的讲坛。他真诚地把袁隆平称为"杂交水稻之父"，并郑重地向各国专家介绍说："袁先生不仅是中国的骄傲，也是世界的骄傲。他的成就给世界带来了福音。"各国水稻专家纷纷称赞袁隆平："中国人真了不起。"

袁隆平的杂交水稻技术共享，使发展中国家的饥饿问题得到了一定的缓解。

早在20世纪90年代初，联合国粮农组织就将推广杂交水稻列为解决发展中国家粮食短缺问题的首选战略措施。中国政府也坚持推动构建人类命运共同体，积极开展农业外交，鼓励杂交水稻技术走出国门，扎根世界，为解决人类饥饿问题贡献中国智慧和中国方案。

中国用占世界7%的耕地养活了占世界22%的人口，创造了世界奇迹。自改

| 袁隆平与兴安大米 |

革开放尤其是党的十八大以来，中国在脱贫攻坚方面更是交出一张亮丽的答卷，对于联合国千年发展目标的实现做出了巨大贡献。

维护世界粮食安全，中国一直在努力。

2020年，中央经济工作会议指出，要加强种质资源保护和利用，加强种子库建设，立志打一场种业翻身仗。

袁隆平曾撰文指出，一粒种子改变一个世界，种子是农业之母，是农业科技的芯片，是粮食生产的源头。种业的可持续健康发展，对粮食安全的保障起着十分重要的作用。

中国的一粒神奇的种子，又何尝不是世界的种子，人类的种子！

我国在杂交水稻的研究及应用推广方面已进入世界前列。

水稻是我国乃至世界上较为重要的粮食作物之一，它为全球近50%的人口提供了食物来源。水稻增产对保障粮食安全和人民生活水平具有极其重要的作用。到2050年，全球人口增长预期将超过90亿，只有保证粮食产量持续增长才能满足人口增长的需求。

杂交水稻被誉为"第二次绿色革命"，已被联合国粮农组织列为解决发展中国家粮食短缺问题的首选技术。中国杂交水稻研究处于国际领先地位，具备强大的核心竞争力。杂交水稻解决了地球上数十亿人口的饭碗问题，对世界粮食安全和良种技术传播做出了重大贡献。

美国著名农业经济学家唐·帕尔伯格认为，杂交水稻是中国人战胜饥饿的重要方法。"袁隆平为中国争取到了宝贵的时间，他使饥饿的威胁已退却，他正在引导我们走向一个营养充足的世界。"

为了让世界上人口最多的国家摆脱饥饿，为了让中国人的饭碗里盛满飘香的米饭，无数科技人员和农民在稻田中耕耘不息。他们是中国的骄傲，也是世界的骄傲。"发展杂交水稻，造福世界人民。"袁隆平用了一生去实践这句话。

第六章 百年追梦 圆梦小康

袁隆平带领团队开展超级杂交稻攻关，2020年，实现了周年亩产稻谷1500公斤的攻关目标。从赤脚下田，到穿套鞋，再到田边……本该"颐养天年"的年龄，袁隆平依然坚持在科研第一线。

2021年初，联合国粮农组织发布预警，受疫情、蝗灾、极端天气等多种因素的影响，一场人类的粮食危机正在逼近。13个主要产粮国，紧急叫停粮食出口。

2020年，新型冠状病毒肺炎疫情蔓延全球，越来越多的国家开始担忧出现粮食危机。3月，越南率先宣布禁止粮食出口，泰国、印度、俄罗斯等13国紧随其后。

全球80亿人口中，有80%需要依靠进口粮食解决生存问题，一旦供应链断裂，随之而来的就是可怕的"饥荒"。

粮食安全问题受到前所未有的关注。如何确保国家粮食安全，保障农民增收，实现粮食生产的绿色、高效、安全和生态的要求？

受疫情冲击、洪涝灾害影响和国际粮价震荡传导，世界粮食问题再度进入公众视野。联合国此前发出预警：2020年，共有25个国家面临严重饥饿风险，全球濒临50年来最严重的粮食危机。

中国的粮食安全状况如何？

袁隆平院士在采访中表示："中国完全有实现粮食生产自给自足的能力，不会出现'粮荒'，希望大家不要担心。"

我国粮食产量虽实现连年丰收，但也面临不少挑战：当前，粮食安全的形势发生着深刻变化，粮食生产方式转变、作物种植结构调整、增产边际成本增加、环境因素制约加剧、供求结构性矛盾突出……

在这个关键时刻，袁隆平再次创造奇迹。

袁隆平团队加快对盐碱地的改良修复，加快耐盐碱水稻的种植推广，一切都刻不容缓！

袁隆平与兴安大米

海水稻项目的研发,已经不再是简单的一粒稻种。2018年初,袁隆平科研团队带着海水稻走出国门,并成功在迪拜开辟150余亩试验田。

在迪拜沙漠种出"中国稻"!

正当袁隆平团队努力扩大研究成果时,从迪拜沙漠传来令人振奋的消息。迪拜沙漠第一批海水杂交稻品种亩产超过400公斤。

但从全球范围看,粮食安全问题并未彻底解决。据联合国粮食及农业组织等机构发布的《世界粮食安全和营养状况》报告显示,由于新型冠状病毒肺炎疫情全球蔓延,国际粮价出现较大波动,加之蝗虫灾害、极端天气等影响,全球粮食安全形势愈发严峻。

《2021年全球粮食危机报告》显示:2020年,55个国家和地区至少1.55亿人陷入危机级别或更为严重的重度粮食不安全状况;

这是过去5年以来,全球面临重度粮食不安全人数的最高水平。

贡献更多"中国智慧",促进世界农业发展。

袁隆平表示,启动海水稻研究和盐碱地稻作技术推广,对实现我国"藏粮于地,藏粮于技",和"确保中国的饭碗一定要端在自己手里"的战略目标,具有重要意义。

稻米之路,伴随着迁徙、融合、发展和繁荣。

稻米之路,见证袁隆平在这片土地上创造的奇迹。

2008年,袁隆平被选为北京奥运会火炬传递湖南的头棒火炬手。78岁的袁隆平精神抖擞地跑向前方,目光中充满期望。

当他手持火炬时,感到的是一种拼搏和超越的力量。满载袁隆平梦想与希望的杂交水稻,在中国乃至世界的大地上播种、收获,创造着一个个奇迹。

袁隆平一生与水稻结缘,在攻克杂交水稻难关的艰苦日子里,母亲是他坚强的后盾。为了支持他的事业,他的母亲从重庆来到偏僻小山村,最后长眠在安

第六章 百年追梦 圆梦小康

江——那块杂交水稻的发祥地。他寄予母亲最深情的思念,写下《稻子熟了,妈妈我想你了》,情深意浓,催人泪下。

"稻子熟了,妈妈,我来看您了。妈妈,您在安江,我在长沙,隔得很远很远。我在梦里总是想着您,想着安江这个地方。"

"他们说,我用一粒种子改变了世界。我知道,这粒种子,是妈妈您在我幼年时种下的!"

"稻子熟了,妈妈,您能闻到吗?安江可好?那里的田埂是不是还留着熟悉的欢笑?我还要告诉您,一辈子没有耕种过的母亲,稻芒划过手掌,稻草在场上堆积成垛,谷子在阳光中哗啵作响,水田在西晒下泛出橙黄的颜色。这都是儿子要跟您说的话,说不完的话啊。"(节选)

由他作词的《我有一个梦》讲述了一个关于成长与梦想的故事,诠释了"禾下乘凉梦",寄托了他对母亲的深厚感情,传递了一种朴实美好的情怀,描绘了一个充满希望的梦想蓝图。

《我有一个梦》

我有着一个梦,
埋在泥土中,
深信它不同。
光给了它希望,
雨给了它滋养,

袁隆平与兴安大米

它陪种子成长。

我有着一个梦,
走在田埂上,
它同我一般高。
我拉着我最亲爱的朋友,
坐在稻穗下乘凉。
妈妈,我来看您了,
您看这晚霞洒满小山村。
妈妈,我陪您说说话,
这种子是您亲手种下,
在我心里发芽。

风吹起稻浪,
稻芒划过手掌,
稻草在场上堆成垛。
谷子迎着阳光哗啵作响,
水田泛出一片橙黄。

这是你的梦,我的梦,是天下所有农业科研工作者的梦!

他,一直没有让自己停下脚步。

"我现在已经从'80后'变成了'90后',我希望自己能活到100岁。"刚刚过完90岁生日的袁隆平说,"我对祖国的未来充满信心,我要为祖国的繁荣做出更多贡献!"

第六章 百年追梦 圆梦小康

袁隆平与千千万万个科研人员,南繁北育,发展稻作,使中国农业挺起了脊梁。

每当人们端起手中的碗,仿佛看到眼前有一位躬身稻田的老人,抚摸着生长的稻穗,阳光照在他的脸上。

他张开双手,拥抱着硕大的稻穗。

他抚摸大地的姿态,透亮的脸孔,犀利的眼神,他的血液和骨骼都已被阳光深深地渗透。那刚毅、健康的色泽,不止是来自阳光的直射,他本身就是一个发光体。

这是一粒种子的光芒!

| 袁隆平与兴安大米 |

五、一针一线织出"平安瓶"

一粒种子,改变了世界。

一粒稻米,串起南北情谊。

在中华人民共和国成立70周年前夕,党和政府将国家最高荣誉授予为国家建设和发展建立了卓越功勋的杰出人士和为促进中外交流合作做出杰出贡献的国际友人。

2019年9月29日上午10时,中华人民共和国国家勋章和国家荣誉称号颁授仪式在人民大会堂隆重举行。中共中央总书记、国家主席、中央军委主席习近平向共和国勋章获得者袁隆平颁授勋章。

"杂交水稻之父"、中国工程院院士袁隆平被授予"共和国勋章",袁隆平接过14亿人民的礼赞和重托,接过沉甸甸的共和国勋章。

全国人民沸腾了。

袁隆平院士带领专家团队加快引进推广最新培育的"耐盐碱杂交水稻"品种和先进技术,在内蒙古兴安盟的耐盐碱水稻科研基地,采取边试验、示范,边推广的技术路线,助推当地贫困群众增产增收、脱贫致富。2021年,科右中旗巴彦淖尔苏木白音塔拉基地耐盐碱水稻平均亩产537.5公斤,连续三年递增,并打破

第六章 百年追梦 圆梦小康

兴安盟耐盐碱水稻产量的历史纪录,实现高产、稳产。西白音基地示范田平均亩产达715.3公斤,创造了兴安盟水稻产量的新高。

盐碱地里长出稻米!土地里的碱花花,村民的泪花花,变成沉甸甸、白花花的稻米,是袁隆平让这片寸草不生的土地出现了奇迹。

这是一片复活的土地,袁隆平用稻米唤醒沉睡的大地,让兴安盟的水稻产业高质量快速发展,让人们过上更富足的生活!

兴安盟因地制宜发展水稻种植业,历经数年的发展,荣获"内蒙古优质稻米之乡""中国草原生态稻米之都"等称号。为感谢袁隆平做出的贡献,祝贺袁老荣获"共和国勋章",科右中旗牧民自发为袁隆平敬赠蒙古族刺绣作品《平安瓶》,表达对袁隆平最纯洁、最真挚的祝福。

这幅刺绣作品《平安瓶》由科右中旗蒙古族刺绣产业专项推进组组长白晶莹设计。这位设计师叙说两年前为袁隆平院士设计《平安瓶》时的心情,依然热泪盈眶。

"我端起碗就想到袁隆平,想到他的专家团队。他们把盐碱地改造成良田,把寸草不生的土地变成绿洲,多不容易啊!"白晶莹说,"当我从电视里看到袁隆平院士获得'共和国勋章'时,既高兴又激动。心里想,袁老让中国人吃好,还帮助其他国家解决粮食问题。今天又带领团队来兴安盟帮助农牧民种水稻,我们该怎样感谢他呢?我想到了图什业图王府刺绣。于是,我立即找出纸和笔,设计图案。我的脑海中浮现出蓝天、碧水、金黄的稻穗,还有哈达和鲜花。'平安瓶'的构思设计就完成了。"

《平安瓶》寓意平安、吉祥、尊贵,色彩搭配简洁,设计精巧别致。饱满的稻穗,环绕的蓝色哈达,盛有生命的圣水瓶,浑然一体。瓶颈金色的小花是草原的"夕颜花",也叫"月光花"。它吸收清晨的露水,蒙古族牧民称之为"吸收天露",用以滋养生命,是草原的吉祥花。花朵上面的花籽儿,寓意儿女成群、

袁隆平与兴安大米

吉祥如意。瓶身上的"勋章"设计别致,"勋"字被长长的哈达环绕,"章"字由饱满的稻穗籽粒组成,寄予兴安人民的祝福及对美好生活的期望。特别是《平安瓶》的"瓶"字与袁隆平院士的"平"字是谐音,瓶口朝上,寓意祝福袁隆平永远平安。

这样寓意深刻、内容丰富的设计,白晶莹只用15分钟便完成了。她说:"因为我的脑海里都是袁隆平院士可敬的形象,心里满满的都是对老人的感恩之情。所以,一下子就画出来了。"

白晶莹将设计图案交给技艺精湛的绣娘梅荣,并细心叮嘱。梅荣看了设计图后,非常激动。当天夜里开始刺绣。她为刺绣选出最好的贡缎,找出最鲜艳的彩线,一针一线,绣了三天三夜,一幅庄重精美、内容丰富、色泽层次鲜明的刺绣作品完成了。"平安瓶"上的稻穗、花朵凹凸有致,质感强烈,系在蓝色哈达上的那朵"夕颜花",仿佛含露绽放。

兴安盟科右中旗被誉为"中国蒙古族刺绣文化之乡",蒙古族刺绣是当地特有的文化瑰宝。

白晶莹荣获"全国脱贫攻坚楷模""中国纺织非遗推广大使""蒙古族刺绣大师"称号,并受邀登上中华人民共和国成立70周年庆典彩车。她带领全旗2.6万名绣娘参与蒙古族刺绣,并带领刺绣团队挖掘、研究、传承以及开发科尔沁地区民间传统手工刺绣工艺,引进湘绣等优秀工艺精华,让科右中旗蒙古族刺绣艺术得以传承和升华。

2019年10月21日,"兴安盟大米产业发展论坛"在湖南省长沙市召开,这幅满载着兴安儿女心意的蒙古族刺绣作品《平安瓶》由出席论坛的兴安盟盟委领导敬赠给袁隆平院士。袁隆平开心地一遍遍用手轻轻摩挲,接受这份来自内蒙古人民的深情厚谊。他说:"这是我沉甸甸的'草原勋章'!"

袁隆平细心询问科右中旗刺绣产业的发展情况,并祝福科右中旗的刺绣产业

科右中旗蒙古族刺绣《平安瓶》

袁隆平与兴安大米

发展越来越好!

2019年,科右前旗大坝沟中学依托地缘优势,在兴安盟袁隆平水稻院士专家工作站的全方位指导下打造了一片校园水田,开辟了袁隆平水稻种植小小实践基地。学生们参与水田建设,种植水稻,第一年水稻亩产就达到480公斤。

手捧丰收成果,孩子们感慨万千,学校老师便将孩子们的心声汇集在一起,由学生代表给袁隆平院士写了一封信。

敬爱的袁隆平爷爷:

您好!

我是内蒙古兴安盟科右前旗大坝沟中学的一名学生。初识您是在电视里,熟悉您是在我们学校的兴安盟袁隆平水稻院士专家工作站大坝沟中学试验示范基地。我们的校园实践基地是在兴安盟袁隆平水稻院士专家工作站全方位指导下,在原有的旱田基础上改造的。改造过程中,我校师生克服了巨大的困难,挥洒汗水换来了这个占地面积5600平方米的水稻种植基地。在这里,我们不仅认知劳动的意义,享受科技创新带给我们的快乐,还播下了我们的梦想,那就是圆您的"禾下乘凉梦"。

袁隆平爷爷,我知道,您一直有一个"禾下乘凉梦":试验田里,杂交水稻长得比高粱还高,穗子像扫帚那么长,颗粒像花生米那么大,沉甸甸地低垂着头,一阵风吹来,稻浪此起彼伏,您就躺在稻穗下乘凉。我和您一样,也有一个超级梦想:希望能够见到您,真诚邀请您到我们学校亲自指导我们种植水稻。袁爷爷,我们想掌握水稻种植的技术,想体验劳动的快乐,更想品尝收获的喜悦。我们一定会牢牢地抓住这个机遇,让稻花的香味飘散到校园的

第六章 百年追梦 圆梦小康

每一个角落,也飘进每个同学的心里。

袁爷爷,有机会您一定要来看看这个小小实践基地,亲自指导一下以前"四体不勤,五谷不分"的孩子们,让我们有能力接过您手中的接力棒……

袁爷爷,您说过:知识+汗水+灵感+机遇=成功。我们有了旱田里种植水稻的灵感,同时也学会了沟通合作交流,感受到劳动的快乐,体会到在校园里享受"稻花香里说丰年"的美好。袁爷爷,我们一定努力学习,参加劳动,健康体魄,做一个对社会有用的人。

祝您身体健康!

此致

敬礼

科右前旗大坝沟中学全体学生代表

不久,学校就收到袁隆平的视频回信,让全体师生兴奋不已。

作为砥砺青春的"磨刀石",由兴安盟农牧科学研究所挂牌的"袁隆平水稻院士专家工作站大坝沟中学试验示范基地"打造了5600平方米的水稻田,配备水稻农业实验室、修建冷棚、安装喷灌设备、配备气温观测站,根据时令设置水稻文化节、科技节、育种节、插秧节、拔草节、收割节。让学生们走出教室、走向田野,来到大坝沟中学了解水稻起源、兴安盟大米的发展和家乡水稻种植情况,以及中国杂交水稻造福全世界的壮举。

"落其实者思其树,饮其流者怀其源。"这份情怀滋润着每一个兴安人的心灵。

袁隆平与兴安大米

在袁隆平院士90岁华诞之日,兴安盟文学艺术战线的作者们合著文集《兴安稻香》,作为特殊的生日礼物,敬献给袁隆平。

阿娜儿《一粒稻米的忧伤》:如若你刚好要回江南/请你捎去一粒稻米无尽的思念/请你告知江南的每一粒稻米/在北方,在兴安盟/也有它们的兄弟姐妹/与它们同根同祖/与它们一脉相连/与它们一样也都姓袁。

邵琦《一株植物的父亲》:你原本是女儿的父亲,是儿子的老爹/只因一件事情,你目光炯炯地徜徉在田野/寻找你前世的孩子/它若是我们人间里的也可以啊/偏偏它,只是一株稻子,一种野草般的植物/看着翻滚的稻浪和你沧桑的脸/刹那间找到一个耄耋老人/曾经葳蕤的青春岁月。

一针一线绣平安,一丝一缕感恩情。兴安人民为袁隆平院士献上最绵长的祝福!

尾 声

我在写长篇报告文学《袁隆平与兴安大米》的3年多时间里，与袁老虽未谋面，内心深处却无数次接近。在他的学生、他的团队身上，无不闪耀着他的影子、他的精神。数次实地采访，数次泪浸纸稿，袁老就像我的父辈。袁老还答应给我的书题词。当我在修改书稿第三稿时，忽然传来噩耗，我崇敬的袁老，兴安人爱戴的袁老，人民敬仰的袁隆平院士走了。他匍匐大地的一生，已经走进人民的心中。

新华社报道：2021年5月22日13时07分，中国工程院院士、"杂交水稻之父"、"共和国勋章"获得者袁隆平在湖南长沙逝世，享年91岁。

这一天，天地哀鸣，举国悲恸。

这一天，袁隆平院士逝世的消息传到兴安大地。兴安盟党政领导满载兴安各族人民的深切怀念前往长沙，参加悼念活动。一群兴安种稻人在盟农牧科学研究所一楼大厅，缅怀袁老。一幕幕往事，浮现在他们的眼前：就在几个月前，袁老品尝过刚刚从盐碱地里生产出的稻米，连连说"好吃，真好吃"；就在一年前，袁老说：要把兴安盟优质科研成果推广到同纬度其他地区，让那里的盐碱地也像兴安大地一样满地稻花香；就在两年前，袁老在基地授牌仪式上挥手说道：力

袁隆平与兴安大米

争在3年内实现每亩水稻增产100公斤，为内蒙古的粮食生产、绿色发展做出新贡献。

这一天，袁隆平院士静卧在鲜花翠柏丛中。他的身上覆盖着鲜红的国旗，外面摆满人们敬献的鲜花。一眼望去，就像黄色和白色花朵组成的海洋。成千上万人依依不舍，含泪送别这位为人类温饱奋斗一生的"杂交水稻之父"。

湖南长沙10万人在雨中洒泪告别袁隆平院士。上百辆出租车打出悼念横幅鸣笛致意，贴出"免费接送悼念人群"的字样；一位中年人站在商务车旁为人群免费发放口罩……有老年人说："袁老，您太累太辛苦了，到天堂禾下乘凉，好好休息吧。"有中年人说："袁老，您是我们的榜样，未竟事业有我们。"孩子们说："袁爷爷，我们来接您的班！"

联合国发文悼念：袁隆平院士为推进粮食安全、消除贫困、造福民生做出杰出贡献！国士无双，一路走好！

还有许多国家发文沉痛悼念：袁隆平是真正有国际视野的人，贡献了自己的一生，让全世界人民免于饥饿，他和他的贡献，我们会永远记得。

江山思国士，人去稻田丰。

一代"稻神"袁隆平走了，他把梦留在稻田里，他把理想扎根在兴安大地上，他的"在3年内实现每亩水稻增产100公斤"的庄严承诺，实实在在落在兴安人的心田里。

禾下乘凉梦，仓满无饥恐；粒粒皆辛苦，吾辈不敢忘。

如今，袁隆平院士带着梦的"种子"去了远方，却将粮食的种子、创新与奋斗的"种子"留给了后人。

2021年6月18日，袁隆平院士离开我们的第27天，国家杂交水稻工程技术研究中心兴安盟分中心、国家耐盐碱水稻技术创新中心兴安盟试验基地在乌兰浩特市揭牌。守护中国饭碗，接力父亲梦想，袁隆平的儿子袁定阳，带领10名从事数

尾声

字农业的青年来到兴安盟，启动"袁梦计划"二期发布会。

袁定阳继承父亲袁隆平遗志，他带领团队借助"一中心、一基地"重大科技创新平台，如期实现袁隆平院士生前规划的"袁梦计划"，"十四五"期间在兴安盟的盐碱地种植面积3年内达到20万亩，帮助当地水稻种植户实现收入翻番。

2021年7月1日，神州大地欣欣向荣，首都北京旌旗飘扬。在庆祝中国共产党成立100周年大会上，中共中央总书记、国家主席、中央军委主席习近平庄严宣告：经过全党全国各族人民持续奋斗，我们实现了第一个百年奋斗目标，在中华大地上全面建成了小康社会，历史性地解决了绝对贫困问题，正在意气风发向着全面建成社会主义现代化强国的第二个百年奋斗目标迈进。

民为国基，民为谷命。粮食安全是国家战略，是人民生活中的头等大事，牢牢掌握粮食生产和把握粮食安全是长期的艰巨任务。为中国人民谋幸福、为中华民族谋复兴，我们要践行以人民为中心的发展思想，发展现代农业、智慧农业，把中国人民的饭碗牢牢端在自己手中。

赓续红色血脉，秉承绿色先行。兴安大地生机盎然，在袁隆平团队的鼎力支持和兴安人的积极进取下，改良盐碱地，种出优质水稻，为全国乃至全世界粮食安全做贡献，让兴安盟大米名气和品牌更响亮，努力绘就乡村振兴的壮美画卷。

袁隆平院士的夙愿在兴安大地已然深耕厚植，绵延不绝。

    2018年冬，初稿于兴安盟袁隆平水稻院士专家工作站科研基地
    2020年5月，二稿于海南省三亚南繁基地
    2021年8月，三稿于"袁梦计划"启航之地科尔沁右翼中旗